그 집의 언어

일러두기

◦ 수어로 오가는 대화는 글씨체와 글자 색을 다르게 구분해 표기했으며, 한글 맞춤법에 맞지 않더라도 수어가 가진 고유한 문법 체계에 맞추어 썼습니다.

◦ 지문자는 한글의 자모를 손 모양으로 표현하는 방식으로, 이름·고유명사·외래어처럼 대응하는 수어가 없는 경우에 사용합니다. 본문에서 지문자로 표현되는 단어는 자모를 풀어 표기했습니다. (예: 구구단 → ㄱㅜㄱㅜㄷㅏㄴ)

◦ 일부 표현은 구어체의 말맛을 살리기 위해 고치지 않았습니다.

◦ 책 제목은 『 』로, 영화 제목, 과목명, 노래 제목은 〈 〉로 표기했습니다.

나의 모어와　　바깥의 모국어를 잇는　　순간들

그 집의 언어

유슬기 지음

티라미수
THE BOOK

1장

이름의 탄생

"흘!", "슬!", "흐슬리!"

엄마는 단 한 번도 내 이름을 제대로 부른 적이 없었다.

'흘리', '슬리', '휴슬리'……. 또 어떤 날은 '흐르리'. 자식의 이름 하나 온전히 말하지 못하는 부모가 몇이나 될까. 어린 시절의 나는 내 이름을 똑바로 불러주는 것만이 엄마가 나를 사랑한다는 증거라고 믿었다. 그래서 엄마가 이 세상에 없는 단어로 날 부를 때마다 차오르는 눈물과 서러움을 애써 삼켰다.

나는 이번에야말로 엄마가 내 이름을 제대로 부르게 하겠다고 결심했다. 엄마의 양 볼을 두 손으로 잡고 평소보다 더 크게, 또박또박 말했다.

"유.슬.기."

엄마는 미간을 찌푸리며 잠시 내 입술을 유심히 바라보았다. 그러고는 항상 그랬던 것처럼 엄마의 손등을 내 턱 밑에 살며시 가져다 댔다.

엄마는 평소에도 양파를 '사파'라고 발음했다. 그럴 때마다 알 수 없는 신경질이 났다. 나는 짜증이 가득 묻은 얼굴로 "양파!"라고 소리쳤다. 그러면 엄마는 내 턱 밑에 손등을 가만히 댔다. 그것이 엄마가 소리를 기억하는 방법이었다. 손등 위로 전해지는 조그마한 간지러움과 턱의 떨림을 느끼고, 입 모양을 눈으로 새긴 뒤 자신의 턱 밑에 손등을 대고 나의 입술이 보여준 단어를 따라 했다. 엄마의 손등은 수많은 단어를 기억하고 있었다. 이번에는 내 이름 차례였다.

'엄마가 내 이름을 제대로 불러야 진짜 나를 사랑하는 거야.'

나는 마치 스스로에게 다짐이라도 하듯, 고작 내 이름을 부르는 것으로 엄마의 사랑을 시험하려 했다.

"유후슬리."

엄마는 나를 보며 수어로 물었다.

"아니라고! 아니라고!"

엄마는 고개를 갸웃하다가 펑펑 우는 나를 달래려 했다. 그리고 다시 한번 자신의 턱 밑에 내 손등을 대고 따라하기를 반복했지만, 그것은 내 이름이 아니었다. 나는 더 거세게 울어댔다.

"유흐슬……, 유슬흐."

엄마가 애쓸수록, 필사적인 노력이 눈에 보일수록 나는 더욱 참담해졌다. 이마와 볼이 뜨거워지며 곧 터질 것 같았다. 나는 주먹으로 바닥을 쾅쾅 내리치며 소리쳤다.

"엄마는 나 안 사랑해!"

목이 쉬어가며 더 크게 울부짖었다.

"이럴 거면 나를 왜 낳았어! 왜! 사랑하지도 않을 거면서!"

나는 어깨를 들썩이고, 손으로 얼굴을 감싸 쥐고, 발로 바닥을 세게 굴렀다. 엄마는 목소리를 들을 수 없으니까 내가 얼마나 슬프고 얼마나 화가 났는지 온몸으로 부여줘야 했다.

내가 태어난 날, 엄마는 간호사가 보여주는 내 손가락과 발가락을 눈으로 하나하나 세며 처음으로 안심했다. 병실에서 엄마 옆에 앉아 있던 할머니가 간호사와 길게 대화를 나누고 있었지만, 엄마는 그 내용을 전혀 알 수 없었다. 마침내 할머니 입가에 옅은 미소가 떠오르고 '건강해'라는 단어를 입 모양으로 읽고 나서야 비로소 안도할 수 있었다. 그리고 그제야 나를 품에 안았다.

엄마는 품에 인겨 앵앵 울던 나를 보고 있자니 문득 내 울음소리가 어떤지 궁금해졌다고 했다. 청인들은 울음소리를 듣고 아기의 감정을 알 수 있다고 하던데, 엄마는 내가 왜 우는지, 세상에 나와서 기쁜 건지, 아니면 배고픈 건지 알 수 없었다. 엄마는 조심스럽게 내 배 위에 손을 올려보았다. 그때 손끝으로 전해지는 미세한 진동이 엄마에게 큰 감동이었다. 비록 내 울음을 들을 수는 없었지만 느낄 수는 있었다.

하지만 그 기쁨도 잠시였다. 한참 나를 보며 감흥에 젖어있을 때 갑자기 간호사가 나타나 나를 안아 들고 엄마를 향해 무언가 이야기했다. 엄마는 할머니를 찾았지만, 주변에는 아무도 없었다. 검지로 귀를 가리키며 들리지 않는다고 표현했지만, 간호사는 여전히 자기 할 말만 하고 어디론가 사라졌다. 엄마는 아무것도 모른 채 그저 의료진이 나를 안고 나가는 모습을 바라볼 수밖에 없었다. 내 아기가 어디로 가는지, 어디로 가야 다시 볼 수 있는지 물어보고 싶었지만 그럴 수 없었다. 엄마는 혹시라도 내가 다른 아기와 바뀌지는 않을까 하는 불안한 마음에 내가 옮겨져 가는 복도를 끝까지 눈으로 좇았다. 하얀 천에 싸인 작은 몸뚱이가 저 멀리 모퉁이를 돌아 사라질 때까지 엄마의 눈은 단 한 순간도 떨어지지 않았다.

아빠는 신생아실 유리창 너머로 보이는 작은 배지에 적힌 글이 신경 쓰였다. '최미숙 씨의 아기' 그 다섯 글자가 마음을 무겁게 했다. 어서 '최미숙 씨의 아기'가 아닌, 진짜 이름을 만들어 주고 싶었다.

사실 출산을 몇 달 앞두고 엄마는 이미 이름을 준비하고 있었다. 어느 날 교회에서 만난 청인 친구에게 뜻밖의 칭찬을 들었다. "미숙 씨는 '은'이라는 발음을 정말 또렷하게 하네요." 그 말은 엄마에게 자신감을 주었다. 그날 이후로 엄마는 '은'이 들어간 모든 단어가 특별하게 느껴졌다. 그리고 마음속으로 결심했다. '아기가 태어나면 이름에 '은'을 넣어야지.' 어떻게든 그 한글자에 자신의 사랑을 가득 담아 부르고 싶은 마음이었다. 엄마는 몇 가지 이름을 노트에 적어 아빠에게 보여주었다. 그리고 각자 하나씩 발음해 보았다.

"'은아''은미''은혜' 어때?"

"'혜' 어렵다. 별로."

아빠는 특히 '은혜'의 '혜'발음이 어렵다며 다른 이름을 생각해 보자고 했다. 보통의 부모는 아이의 이름에 담긴 뜻을 중요하게 여기지만, 엄마와 아빠에게는 또렷이 발음할 수 있는지가 더 중요했다.

엄마와 아빠가 이름을 고민하고 있을 때 할아버지가 '슬기'로 짓는 것이 어떻겠냐고 제안했다. 슬기는 '똑똑하고 지혜롭게 자라라.'라는 뜻을 가진 이름이었다. 할아버지는 청각 장애가 있는 부부에게 한자 이름보다 한글 이름이 더 적합할 거라고 덧붙였다. 할아버지가 보기에 '슬기'라는 이름은 받침도 없고 쓰기도 쉬워서 엄마와 아빠가 부르기에 편할 것 같았다.

엄마는 '슬기'라는 이름을 보고 한동안 고민했다. 뜻도 좋고 글자로 보기에도 예쁜 이름이었다. 하지만 '슬'이라는 발음이 자신에게 어렵다는 걸 알고 있었기에, 다른 이름을 고려해 보자고 글로 적어 내밀었다. 하지만 가족들은 "아버지가 하자는 대로 하면 돼."라는 말로 답을 대신했다.

엄마의 인생에서 중요한 결정은 늘 본인을 제외한 사람끼리 그들의 언어로 빠르게 결정했다. 이번에도 엄마와 아빠는 듣지 못한다는 이유만으로 자녀의 이름조차 자유롭게 결정할 수 없었다.

그렇게 나는 유슬기가 되었다.

사랑의 역사

아빠에게 언제부터 듣지 못하게 되었는지 물으면 아빠는 "3살 열병."이라고 대답하면서 "나 옛날 노래 잘하다." 라는 말을 꼭 덧붙였다. 아빠는 아주 옛날, 사람들 앞에서 노래 부르던 기억이 있다고 했다. 노래를 잘해서 사람들이 박수 치던 장면을 평생 잊지 못한다고 말이다.

어렸을 적 할머니 등에 업혀 밖에 나갔다가 온몸에 비를 맞고 돌아온 아빠는 열병을 앓았고, 결국 고열은 아빠의 청력을 앗아갔다. 하루아침에 듣지 못하게 된 아빠는 이웃들의 동정과 가십의 대상이 되었다. 유일하게 아빠에게 천천히, 큰 입 모양으로 말해주던 일영 삼촌은 "너 옛날에 노래 잘했는데!"라며 두 손을 모아 노래하는 제스처를 보이고는 엄지손가락을 치켜세우곤 했다. 삼촌은 아빠를 볼 때마다 넌 노래를 잘했다는 말을 해줬다. 아빠는 덕분에 그 기억을 잊지 않을 수 있었다.

할머니는 사람들 입에 오르내리는 게 싫어 집에 손님이 올 때마다 아빠를 옷장에 숨겼다. 장애가 있는 자식은 숨기는 것이 낫다고 여겼다. 아빠는 깜깜한 옷장 속에 몸을 웅크리고, 문틈으로 스미는 빛줄기와 그 사이로 보이는 장면들을 엿보며 시간을 보냈다.

옷장에 들어갈 수 없을 만큼 몸집이 커지고 나서야 아빠는 밖으로 나올 수 있었다. 할머니는 그 뒤로 다른 형제들보다 유독 아빠에게만 자주 용돈을 쥐여줬다. 아빠는 옷장에 가뒀던 게 미안해서 그러는 거라고 생각했다. 용돈을 받으면 시내에 나가 간식을 사 먹고 사람 구경을 했다. 그러다 어느 날은 돈이 금방 떨어져 일찍 집에 돌아왔는데 손님을 배웅하던 할머니와 눈이 마주쳤다. 할머니의 눈동자가 흔들렸다. 당황한 표정이었다. 아빠는 그 눈빛을 잊지 못한다고 했다.

아빠는 그제야 여전히 자신이 집안의 창피라는 것을 알게 되었다. 지금의 아빠는 오른쪽 입꼬리를 살짝 올리며 담담히 말한다. "옛날 사람, 장애 상식 부족." 아빠는 그렇게 그때의 일을 이해하려 했다.

아빠는 언어를 완벽하게 배우기 전 청력을 잃었기에 말이라는 것을 몰랐다. 당연히 어른들이 말하면 못 알아듣는 게 대부분이었는데 못 알아듣겠다는 표정을 지으면 으레 어른들의 잔소리가 길어졌다. 그래서 그다음부터는 이해하지 못해도 고개를 끄덕이며 이해하는 척하는 버릇이 생겼다. "멍청이야!"라고 해도, "무식한 새끼."라고 해도 남들이 하는 모든 말에 순하게 끄덕이는 아빠를 보며 할머니는 가슴을 쳤다.

"엄마 입 잘 봐. 바보. 바보라고 하면 가서 때려버려!"

할머니는 며칠에 걸쳐 아빠에게 입 모양을 과장해 '바-보'라고 보여주고 그 뒤에 주먹으로 사람을 때리는 시늉을 했다.

그러던 어느 날 아빠는 우연히 옆 동네 친구들과 홀짝 놀이를 하게 되었다. 구슬을 두 손에 나눠 쥐고 '홀'인지 '짝'인지 맞추는 놀이였다. 아빠는 친구들이 게임하는 것을 구경하며 규칙을 익혔다. 아빠 차례가 오자 아빠도 "홀!", "짝!"하고 외쳤다. 아빠의 목소리를 들은 친구들은 인상을 찌푸리다가 다 같이 깔깔 웃어댔다. 그때 아빠의 눈에 한 친구의 입에서 '바-보'라는 모양이 또렷이 읽혔다. 아빠는 그 친구를 향해 달려가 할머니가 말한 대로 흠씬 때려줬다.

그날 저녁, 아빠에게 맞은 남자아이가 엄마 손을 잡고 집으로 찾아왔다. 남자아이의 엄마는 아빠를 향해 빠른 말로 뭐라고 했다. 아빠는 알아들을 수 없었지만 화난 표정만은 읽을 수 있었다. 할머니가 아빠에게 가만있으라는 손짓을 보냈다.

"네가 정순이한테 먼저 '바보'라고 했지?"

꿀밤을 맞아 억울해하던 남자아이가 그렇다고 대답하자 할머니는 오히려 그 아이와 아주머니를 나무랐다. 그 이후 동네에서 소문이 돌았다. 저 집 아들한테 바보라고 하면 큰일 난다고, 죽일 듯이 팬다고. 결과적으로는 오히려 잘된 일이 된 셈이다.

아빠는 여덟 살이 되던 해, 국민학교에 입학했다. 학교는 말과 소리를 기준으로 돌아가는 곳이었다. 선생님과 친구들이 무슨 말을 하는지 알아들을 수 없었기에 아빠는 습관처럼 모든 말에 고개만 끄덕였다. 얼마 가지 않아 담임 선생님이 할머니를 불렀다. "못 듣는 애 가르치는 게 쉽지 않네요." 아빠는 고개만 끄덕였다는 죄로 배움의 기회를 얻지 못한 채 집으로 돌아가게 되었다. 아빠는 그렇게 두 해를 집에 머물렀다.

형이 중학교에 입학하는 날, 심심했던 아빠는 할머니를 따라나섰고 입학식을 마치고 돌아오는 길에 택시를 탔다. 택시 기사는 백미러로 아빠를 몇 번씩 쳐다보더니 할머니와 대화를 나눴다. 그리고 집에 도착해 내리기 전, 조수석 서랍에서 종이를 꺼내 뭔가를 적었다. 기사가 건넨 종이에는 듣지 못하는 아이들을 가르치는 학교의 이름과 주소가 적혀 있었다. 바로 서울농학교였다. 할머니는 그 종이를 받아 들고 말이 없었다. 아빠의 큰형이 말했다. "아무리 장애가 있어도 배워야 해요." 큰형과 할머니는 농학교를 수소문해 입학할 방법을 찾았다. 결국 아빠는 열 살이 되던 해, 서울농학교 1학년에 입학했다.

농학교도 국민학교와 크게 다르지 않았다. 입말로 글을 가르쳤다. 선생님은 아침마다 출석부를 펼치고 학생들의 이름을 불렀다. 아빠는 선생님의 입술만 쳐다보다가 '우', '어' 같은 동그란 입 모양이 보이면 얼른 손을 들었다. 하지만 때때로 선생님은 '듣는 훈련'이라며 출석부로 입을 가렸다. 그러면 아빠는 아무것도 알 수 없었다. 고개만 두리번거리다가 반에서 소리를 조금 들을 수 있는 친구가 몰래 '너! 너!' 하며 손짓으로 알려주면 그제야 눈치껏 손을 들었다.

국어 시간에는 휴지 한 칸을 뜯어 입 가까이 대고 '파', '초', '카',

'하' 같은 소리를 뱉으며 말 연습을 했다. 아빠는 선생님을 흉내 냈다. "파!", "카!" 그리고 선생님의 표정을 살폈다. 표정이 풀리면 '잘했다'라는 뜻이고, 미간이 찌푸려지면 '못했다'라는 뜻이었다. 아빠는 들리지도 구별할 수도 없는 소리를 머릿속으로 그리며 입 모양을 따라 했다.

학급에는 아빠보다 나이가 많은 사람도 있었고 동갑인 친구들도 있었다. 수어를 하는 친구들은 대부분 형제나 부모가 농인*이었다. 아빠가 농학교에서 처음 배운 수어는 "엄마"였다. 한 친구가 "엄마"라고 수어하고 두 귀를 막았다. 아빠는 단번에 알아챘다. '귀가 들리지 않는 엄마.' 아빠도 신이 나서 똑같이 "엄마"라는 수어를 하고, 손을 입 가까이에 대며 입이 움직이는 모양을 흉내 냈다. '말하는 엄마.'

집과 학교가 그리 멀지 않음에도 아빠는 기숙사를 택했다. 낮에는 입말을 배우고 밤에는 수어를 사용했다. 밤마다 기숙사에서 선배들과 손을 흔들며 이야기를 나눴고 손끝으로 자신의 언어를 익혔다. 농학교 생활은 아빠의 행동과 생각에 '말의 모양'이 붙는 세계였다. 집에서는 골칫거리였지만 학교에서는 달랐다. 직접 의견을 내기도 하고 친구들을 이끌기도 했다. 아빠는 그 세계가 좋았다. 그렇게 수어는 아빠의 언어가 되었다.

---

* '농인'은 수어를 제1 언어로 사용하며 농문화와 농정체성을 공유하는 사람을 뜻한다. '청각장애인'은 청력 손실이라는 의료적·기능적 상태에 초점을 둔 행정적 개념이다.

아빠와 달리 엄마는 자신이 왜 청력을 잃었는지 정확히 알지 못했다. 할머니에게 물었을 때 돌아온 대답은 이랬다. 출산이 길어져 할아버지가 머리를 잡아당겼고 그때 충격을 받았다고. 그렇다면 태어날 때부터 청각장애가 있어야 하지 않았을까? 그런데 엄마는 두세 살 무렵부터 듣지 못하게 되었다. 엄마는 수어를 모르는 부모님과 소통하는 데 한계가 있었다. 그래서 이에 관한 설명은 늘 어딘가 모호하게 남아있다.

할아버지는 젊은 시절 학문을 가르치던 사람이었다. 그래서였을까, 엄마의 교육에 대해 남다른 기준이 있었다. "너는 장애인이기 때문에 남들보다 월등히 잘하는 것이 있어야 해." 그 결과 엄마는 초등학교에 입학하기도 전에 서예학원에 보내졌다. 말은 어려우니 글씨라도 잘 써야 한다는 할아버지의 생각이었다.

엄마는 서예를 배우고 집에서는 신문을 필사하며 글쓰기를 연습했다. 신문에 나온 글이 무슨 뜻인지 아는 것보다 획을 반듯하게 세우는 일이 더 중요했다. 엄마가 국민학교에 입학할 무렵 할아버지는 신문에서 농학교 입학생 모집 공고를 보았다. 동네에 이미 농학교에 다니는 고등학생이 있었고 그 집을 통해 입학 정보를 자세히 알게 되었다. 그렇게 엄마도 여덟 살에 농학교에 입학하게 되었다.

입학 첫날, 선생님은 칠판에 글을 적어 학생들에게 질문했다. 엄마는 선생님의 질문을 보고 노트에 적어 펼쳐 보였다. 선생님이 놀란 표정으로 물었다.

"미숙이 글을 아니?"

엄마는 선생님의 입 모양을 대략 짐작하고 다시 글로 대답했다.

'서예'

그 모습을 본 선생님은 말했다.

"오늘부터 반장은 최미숙이다."

당시 같은 반 친구들 가운데 글을 읽고 쓸 수 있는 아이는 거의 없었다. 수어를 쓰는 친구들이 몇몇 있었고 수어를 모르는 친구들도 있었지만 상관없었다. 이곳 사람들은 어떻게 해야 서로에게 잘 가닿는지 이미 알고 있었다. 손짓으로, 표정으로, 몸짓으로 충분했다. 그것으로도 얼마든지 깊고 많은 이야기를 나눌 수 있었다. 하루 종일 사람들의 입 모양만 보고 눈치만 보던 집에서와는 다른 경험이었다.

얼마 후 엄마의 담임 선생님은 할아버지에게 엄마가 얼마나 글을 잘 쓰는지, 칠판에 적힌 문제를 얼마나 잘 이해하는지 설명했다. 그러면서 "미숙이는 농학교가 아니라 일반 학교에 보내셔도 됩니다. 그만큼 똑똑한 아이예요. 거기 가도 충분히 잘할 겁니다."라고 말했다.

할아버지는 엄마에게 다른 학교로 가자고 말했지만, 엄마는 가고 싶지 않았다. 혼자 훌륭하거나 똑똑해 보이고 싶지도 않았고 다시 입 모양만 읽으며 지내고 싶지도 않았다. 그저 이곳에 있고 싶었다. 그렇게 엄마는 농학교를 졸업할 수 있었다.

농학교는 단순한 학교가 아니라 농인들의 작은 세계였다. 국민학교부터 고등학교까지 한 건물에 있었는데 학생 수가 많지 않았기에 복도에서, 운동장에서, 교회에서 고등부 선배들과 자연스럽게 마주쳤다. 엄마는 수업이 끝나면 항상 운동장에서 축구하던 고등부 선배를 본 기억이 있었다. 까맣게 그을린 얼굴, 공을 쫓아 달리는 다리. 엄마는 그저 생각했다.

몇 년 뒤, 스무 살이 된 엄마는 농학교 동문회에서 그 까만 선배를 다시 만났다. 그날 선배는 축구 대회를 마치고 와서 햇볕에 그을린 까만 얼굴이 붉게 익어 있었다. 엄마는 술에 취한 듯 보이는 그의 얼굴을 보고 옆에 있던 친구들에게 손가락질하며 수어로 말했다. "술 중독 쯧쯧."

멀리서 엄마의 수어를 본 선배가 미간을 찌푸리며 다가와 엄마 얼굴을 향해 입으로 바람을 불었다. '후!' "술 냄새 있어?" 엄마는 깜짝 놀라 "오해 미안."이라고 수어를 하며 웃음을 터뜨렸다. 엄마와 아빠가 나눈 첫 대화였다.

엄마는 그해 겨울 버스 안에서 선배를 다시 만났다. 선배는 축구하다가 손을 다쳐 오른손에 깁스를 하고 있었다. 엄마와 선배는 서로 인사를 나눴고 선배는 깁스하지 않은 반대편 손으로 버스 손잡이를 잡다가, 또 수어를 하다가, 버스 손잡이를 잡다가 휘청거렸다. 엄마가 불안해하던 찰나 버스가 급정거하는 바람에 아빠가 뒤로 넘어질 뻔했다. 엄마는 아빠의 허리를 붙잡았다. 아빠는 그때 처음 엄마를 마음에 새겼다.

두 사람은 고려당이라는 빵집에서 본격적으로 데이트를 하기로 했다. 그날은 밸런타인데이였다. 아빠가 먼저 도착해 엄마를 기다리고 있었는데 농학교 후배가 우연히 빵집에 들어왔다. 아빠는 후배와 반갑게 인사를 나눴고, 사회에서 농학교 후배를 우연히 만나는 일은 흔하지 않기에 흔쾌히 먹고 싶은 빵이 있으면 고르라고 말했다. 그리고 이 다정한 장면을 목격한 엄마는 그들이 어떤 대화를 나누는지 숨어서 몰래 지켜보았다. 엄마는 밸런타인데이에 다른 여자와 함께, 게다가 빵을 사주는 모습을 보면서 속으로 저 사람은 진심이 아니구나 생각했다.

엄마는 아빠와 그 후배가 대화하는 테이블로 다가가 말했다. *"끝."* 그러고는 뒤돌아서 밖으로 나가버렸다. 엄마는 아빠를 다시는 만나지 않겠다고 다짐하며 집으로 돌아왔다. 어딘가 분한 마음이었다. 그렇게 세수를 마치고 나오는데 삼촌이 엄마 방에 들어와 말했다. "미숙아 손님 왔어." 무슨 손님이 왔는지 영문도 모른 채 밖에 나가보니 문 앞에 아빠가 서 있었다.

눈이 마주치자마자 아빠는 해명했다. *"오해. 우연히 만났다. 오해 미안."* 아빠는 손을 떨었지만 솔직했다. 엄마는 그 모습에 마음이 풀렸다. 그리고 생각했다. *"마음 깨끗 착하다."*

삼촌은 문밖에서 하염없이 대화를 나누는 두 사람의 모습을 보았다. 그 두 사람의 대화가, 모습이 좋아 보였다.

연애를 시작한 지 얼마 되지 않았을 때 아빠는 할머니의 성화에 못 이겨 엄마를 집에 초대했다. 수어를 모르는 가족들과 엄마가 한자리에 앉았다.

"몇 살이라고 했지?"
큰아빠가 할머니의 말을 글로 적었다.

'몇 살입니까?'

엄마는 글로 대답했다.

'25입니다.'

엄마가 글로 적으면 큰아빠가 그 종이를 또박또박 읽어 할머니에게 전했다. 그런 방식으로 대화가 한동안 이어졌다. 큰아빠는 글씨를 정갈하게 쓰는 엄마가 마음에 들었다. 그 무렵부터 아빠 쪽 가족들은 결혼을 서두르기 시작했다.

엄마 쪽에서도 아빠가 집까지 찾아온 일을 계기로 분위기가 달라졌다. 할아버지는 "청인과 결혼해야 네가 편하다. 장애인과 장애인이 만나면 불행하게 산다."라는 말을 거듭했다.

엄마도 고민이었다. 청인과 결혼하면 맞춰야 할 것이 너무 많았다. 수어를 아는 청인은 많지 않고, 방귀 소리나 트림 소리를 혼자만 모른다고 생각하니 상상만으로도 창피하고 싫었다. 하지만 농인 남자를 만나면 가난하게 살아야 한다는 할아버지의 엄포는 조금 겁이 나기도 했다. 그래도 성실하다면 괜찮지 않을까 생각했다.

가족 중 엄마의 결혼을 적극 지지한 사람은 삼촌이었다. 고려당 그날, 문밖에 땀을 뻘뻘 흘리며 서 있던 아빠의 모습을 본 삼촌은 두 사람이 같은 감각과 같은 언어로 살아가는 편이 엄마에게 좋지 않겠냐며 할아버지를 설득했다.

그 남자를 한 번 봐야겠다는 할아버지의 말에 엄마는 아빠를 저녁 식사에 초대했다. 아빠는 예전처럼 모든 말에 고개를 끄덕였다. 엄마가 할아버지의 입 모양을 아빠에게 수어로 설명해 줘야 하는 바람에 대화가 한참 길어졌다. 할아버지는 글을 잘 모르는 아빠가 탐탁지 않았다.

할머니는 그날 해물탕을 끓여두었는데, 아빠가 국을 마실 때 손을 너무 많이 떨어 국물이 입술 사이로 흘러내렸다. 땀도 비 오듯이 쏟아냈다. 할머니가 휴지를 건네다가 나중엔 수건을 건넬 정도였다. 땀과 국물을 계속 흘리는 아빠를 보며 할아버지가 물었다.

"자네 긴장했나?"

아빠는 웃으며 '조금' 그렇다고 고개를 끄덕였다. 할아버지는 그 순수한 모습에 마음이 흔들렸다. 그리고 엄마에게 물었다.

"너 후회 안 하겠어?"

엄마는 생각했다. 가난하게 살 거라고, 힘들 거라고, 손가락질받을 거라고 말하는 할아버지의 조언에 아무런 걱정이 없는 건 아니었다. 하지만 아빠와 잘 통한다는 것, 그것으로 충분했다.

엄마는 대답했다.

"후회 없다."

첫 번째 밤

엄마 아빠는 갓난쟁이인 나를 안고 집으로 돌아왔을 때, 벅찬 마음보다 걱정이 더 컸다. 아기를 키운다는 건 청인들에게도 힘든 일이라던데, 울음소리를 듣지 못하는 농인 부부에게 육아가 어떨지 감히 상상조차 할 수 없었다. 아기가 새벽에 깨어 울어도 울음소리를 듣지 못할까봐, 자다가 이불이 얼굴을 덮어 숨을 쉬지 못하는데 듣지 못할까봐, 뒤척이다가 침대에서 떨어지는 소리를 듣지 못할까봐 두 사람은 밤새 눈을 붙이지 못했다. 엄마와 아빠는 매 순간 아기의 작은 몸을 빈틈없이 살폈다. 잠이 들면 가슴 위에 손바닥을 가만히 올려 숨을 쉬는지 지켜보고, 오르내리는 배와 꼼지락거리는 손가락과 발가락, 손바닥에 닿는 뜨거운 숨결을 확인했다. 그것이 엄마 아빠에게는 내가 살아있다는 유일하고도 확실한 대답이었다. 그 조용한 대답을 놓치지 않으려 모든 감각을 곤두세운 채 여러 날을 버텼다.

　병원에서 퇴원하는 날 건네받은 육아 수첩에는 '아기가 울 때는 이렇게 하세요!'라며 여러 육아 조언이 적혀 있었다. 하지만 울음을 듣지 못하는 농인 부모를 위한 조언은 단 한 줄도 없었다. 훌륭하다는 의사도, 이미 아이를 여섯이나 키워본 친정 부모도 그 질문에 답을 주지 못했다. 밥도 먹이고 기저귀도 갈았는데 왜 아기가 끊임없이 우는지 알 수 없었다. 이 심정을 이해할 리 없는 주변 가족들은 성능 좋은 보청기를 쓰면 되지 않겠냐고 했지만 그게 답이 아니라는 걸 엄마와 아빠는 잘 알고 있었다.

　엄마는 처음으로 서점에 들렀다. 얼마 전 산후 검진에서 책을 읽어보라는 의사의 조언이 떠올랐기 때문이었다. 살면서 책을 사본 적이 없던 엄마는 서점 책장에 빼곡히 꽂혀있는 책들을 낯설어하며 서성였다. 그때 서점 주인과 눈이 마주쳤고, 엄마는 나를 안은 채 서점 주인에게 손짓하며 "아기! 아기!"라고 말했다. 서점 주인은 엄마와 나를 번갈아 보다가 알겠다는 표정을 지으며 엄마를 육아 서적이 있는 곳으로 안내했다.

　엄마는 수많은 육아 책 중에서 사진이나 그림이 많은 책을 골랐다. 가장 두꺼운 육아 백서였다. 그 책에는 젖병을 삶는 방법, 분유를 타는 방법, 분유의 적정 온도, 목욕시키는 방법 등이 적혀있었다.

　농인 부부가 아이를 키우는 게 걱정스러웠던 할아버지와 할머니는 종로에서 성능 좋은 보청기를 맞춰주었다. 할아버지는 보청기가 큰 도움을 줄 것이라고 호언장담했지만, 실제로는 그리 큰 도움이 되지 못했다. 간간이 들리는 소리는 그저 소리일 뿐 어디서 나는 소리인지 무슨 소리인지 가늠할 수 없었다. 하루 종일 보청기를 착용한 엄마는 어지러움과 두통에 시달렸고 밤새 귓속에 차오른 땀과 습기로 인해 생긴 심한 가려움을 견뎌야 했다.

하루는 보청기가 빠진 줄도 모르고 깊이 잠이 든 엄마가 이상한 느낌에 문득 눈을 떴다. 내가 한참을 울었는지 두 눈가가 빨갛게 부어올라 있었다. 엄마는 알 수 없는 서글픔에 젖어 소리를 내어 울었다. "미안, 미안." 그렇게 엄마와 아빠는 부모로서의 본능에만 의지한 채 내 곁을 지켰다.

인터넷도 스마트폰도 없던 시절, 엄마와 아빠가 의지할 수 있는 곳은 이미 아이를 키워본 농인 친구들뿐이었다. 누군가는 텔레비전을 밤새 켜놓고 잠들었다고 했다. 화면이 깜박깜박하면 자연스럽게 눈을 떠 아이를 확인하는 방법이었다. 또 누군가는 보청기가 빠지지 않게 귀에 테이프를 붙여두고 잠을 청했고, 누군가는 아이 손목과 자기 손목을 실로 묶어 아이가 움직일 때마다 일이나 상태를 살폈다고 했다. 또 누군가는 두 시간씩 번갈아 가며 밤을 새웠다. 소리 없는 밤을 수차례 견뎌온 이들의 절실한 마음과 경험은 그 어떤 의사의 조언보다 현실적이었다.

엄마 아빠의 육아 고충은 미국으로 이민 간 삼촌에게도 전해졌다. 삼촌은 청각장애인을 위한 보조기기가 있다며 독일에서 개발한 특수 알람을 수소문해서 구했다. 그 기기는 아기의 울음소리에 있는 특정 주파수를 감지하여 수신기를 통해 진동으로 알려주는 시스템이었다. 엄마는 당장 그 기계를 보내달라고 말했고, 삼촌을 통해 마침

내 한국으로 들여올 수 있었다.

엄마는 내 머리맡에 특수 알람의 본체를 두고 연결된 진동 모터를 아빠의 베개 밑에 넣었다. 아빠는 침대에 누워 베개에 머리를 댔다. 설치를 마친 엄마는 내 옆에 무릎을 꿇고 앉아 몸을 숙여 진동기를 향해 "아!"하고 소리를 냈다. 그때 아빠의 베개 밑에서 미세한 진동이 느껴졌다. 아빠는 진동을 확인하고 엄지손가락을 치켜들었다.

그제야 엄마와 아빠는 한숨 돌릴 수 있었다. 알람을 켜둔 채 오랜만에 마음 놓고 잠들었다. 그 후로 내가 울음을 터뜨릴 때마다 베개에 진동이 전해졌고 부모님은 주저 없이 나를 안고 달랠 수 있었다. 아이의 울음에서 시선을 떼지 못한 채 하루하루 부모라는 감각을 키워간 엄마와 아빠는 비록 서투른 게 많았지만, 그래도 충분히 훌륭했다.

우리 엄마 아빠는 말을 못해요

매일 아침 엄마는 내 배와 얼굴을 부드럽게 쓰다듬으며 잠을 깨웠다. 그렇게 일어난 내가 반쯤 눈을 감고 달그락달그락 소리가 나는 쪽을 향해 걸어가면, 아빠가 나를 향해 오른손에 가상의 숟가락을 쥐고 입으로 가져가 우물우물 음식을 씹는 시늉을 했다. 밥 먹자는 뜻이었다.

엄마와 아빠는 항상 마주 앉아 식사를 했다. 엄마를 마주 보고 앉는 건 아빠만의 특권이었다. 나는 대부분 엄마 옆자리에, 가끔은 아빠 옆자리에 앉으며 엄마 아빠의 대화를 TV 삼아 밥을 먹었다. 내가 하고 싶은 말을 하기 위해 서둘러 음식을 삼킬 필요도 없었다. 우리 집에서 대화란 언제나 손과 눈으로 이루어지는 것이었기에, 나는 아침에 눈을 뜨는 순간부터 밤에 잠자리에 들 때까지 손과 눈을 반짝였다.

가끔 할아버지와 할머니를 비롯한 친척들은 나를 볼 때마다 "엄마 아빠 말을 잘 들어야 한다."거나 "엄마 아빠가 불쌍하니 네가 효도해야 한다."라는 말을 자주 했다. 엄마 아빠가 왜 불쌍한지, 어떤 효도를 해야 하는지에 대해서는 아무도 말해주지 않았다.

사실 늘 궁금했다. 왜 우리 엄마 아빠는 듣지 못하는지, 왜 우리 가족은 수어로 대화하는지. 하지만 어른들은 엄마와 아빠 이야기가 나올 때면 서로 눈치를 보며 말끝을 흐렸고 슬쩍 화제를 돌렸다. "넌 아직 어려서 몰라." "크면 다 알게 돼." 같은 말로 얼버무리거나 아예 입을 다물어버렸다. 그런 묘한 침묵 속에서 나는 깨달았다. 엄마와 아빠의 '귀'에 관해 입 밖으로 꺼내면 안 된다는 것을. 엄마와 아빠가 듣지 못하는 이유는 알 수 없었지만, 우리가 수어로 대화하는 게 좋은 일이 아니라는 것쯤은 자연스럽게 알게 되었다.

엄마는 나와 대화할 때 수어와 입말을 섞어 사용했다. 말도, 수어도 서툴렀던 나를 배려한 대화 방법이었다. 엄마는 "밥.", "알았어.", "기다려." 같은 단어는 비교적 정확하게 발음했지만, 그 외의 말들은 어딘가 엉성하고 서툴렀다. 나는 엄마의 발음을 들으며 '우리 엄마는 말을 잘 못한다.'라고 생각했다. 말할 때 쇳소리처럼 끼익 대는 목소리, 어눌한 발음, 지나치게 큰 목소리……. 그런 것들이 모두 창피하게 느껴졌다.

엄마가 밖에서 내 이름을 부르면 사람들은 흠칫 놀라며 우리를 쳐다봤다. 그때마다 나는 목에 손을 가져다 대고 천천히 아래로 내렸다. 목소리를 조금 줄이라는 우리만의 신호였다. 엄마는 자신이 어떤 소리를 내는지, 그 크기가 어느 정도인지 알지 못했다. 그래서 늘 엄마의 소리를 조절하며 사람들의 눈치를 살폈다.

외출할 때면 언제나 엄마 아빠를 대신해 설명하고 해명했다. 나는 사람들의 표정에서 미묘하게 흐르는 불편한 분위기를 잘 알아차렸다. 어른들은 항상 엄마 아빠 앞에 선 나를 보고 그리고 나선 부모님을 쳐다봤다가 또다시 나를 봤다. 그런 시선이 오가면 나는 슬며시 말했다. "우리 엄마 아빠는 말을 못해요. 저한테 말하면 제가 수화할 수 있어요."

사실 '말을 못해요.'보다 '듣지 못해요.'가 더 정확한 말이다. 하지만 그때의 나는 듣지 못한다는 사실보다 말하지 못한다는 것에 더 집중했다. 엄마 아빠는 겉으로 보면 다른 사람들과 같았다. 청각장애는 눈에 보이지 않아서 보통은 엄마와 아빠가 듣지 못한다는 사실을 쉽게 알아채기 어려웠다. 하지만 서툰 발음, 과하게 큰 목소리, 큰 제스처는 금방 알아챘다. 나는 엄마 아빠가 듣지 못해도 괜찮으니 말만 잘하면 좋겠다고 생각했다. 그러면 밖에서 해명할 일도 없어질 테니까. 나는 엄마와 아빠가 '말을 못하는 병'에 걸려 있다고 믿었다. 언젠가는 나을 수 있는 병. 할아버지 할머니가 말한 것처럼 공부를 열심히 하고 돈을 많이 벌어서 병을 낫게 해드리는 것이 내가 생각한 효도였지만 그 효도는 아주 먼 미래의 일이었다.

어느 날, 집 앞 슈퍼에서 모르는 아줌마가 엄마에게 비켜달라고 말했다. 당연히 엄마는 듣지 못했고 대꾸 없이 물건을 고르고 있었다. 그러자 그 아줌마가 엄마의 어깨를 툭 밀었다. 갑작스러운 손길에 놀란 엄마는 화를 내며 큰 소리로 말했다.

"흐바쭈바후흐쭈바 왜? 쯔나쭈바쭈 왜?"

상상을 초월할 정도로 큰 엄마의 목소리와 알아듣기 힘든 발음은 슈퍼 안 모든 사람의 이목을 집중시켰다. 엄마의 말을 이해하지 못한 그 아줌마는 "뭐라는거야? 외국인이에요?"하고 되물었다. 엄마는 화를 가라앉히지 못했다. 똑같은 말을 되풀이하며 계속해서 큰 소리로 소리쳤다. "아법버버빈빈 왜! 왜!" 다른 사람들에게는 그저 괴상한 외국어처럼 들렸을 테지만 나는 엄마의 목소리를 해석할 수 있었다. "장애인 무시해? 왜 밀어?"와 비슷한 말이었다. 모든 걸 보고 듣고 있던 나는 얼떨결에 그 아줌마에게 말했다.

"우리 엄마는!"

"말을…… 못해요……."

지금 생각하면 웃긴 대답이다. 조금 전까지 외계어처럼 들릴지언정 큰 소리로 말하던 엄마더러 말을 못한다니. 엄마는 분명 말을 했고 그 말이 무엇을 의미하는지도 나는 알아들었지만, 말을 못한다는 표현 이외에 엄마를 설명할 다른 방법을 몰랐다.

사람들에게 "우리 엄마 아빠는 말을 못해요."라고 말하면 두 가지 반응이 돌아왔다. 나를 안쓰럽게 여기며 대단하다고 칭찬하거나 엄마 아빠를 쳐다보며 조심스럽게 피하거나.

첫 번째 반응은 나를 위로하는 마음에서 나온 것이겠지만, '대단하다'라는 말 속에 나와 우리 가족이 평범하지 않다는 전제가 깔려 있다고 느꼈다. 두 번째 반응인 엄마 아빠의 수어를 보고 깜짝 놀라

피하는 행동은 더 직관적으로 다가왔다. 나는 사람들의 반응을 보지 않으려고 일부러 더 착하게 말하고 살갑게 굴었다. 먼저 인사하며 착한 어린이로 보이면 사람들이 우리를 피하지 않을 거라고 생각했다.

엄마와 지하철역 근처를 지나가던 중 한 사람이 우리에게 길을 물었다. 엄마는 당연히 그 말을 이해하지 못했고 눈을 크게 뜨며 궁금하다는 표정으로 나를 바라봤다. 통역해달라는 표정이었다. 나는 그 사람에게 엄마가 말을 못한다는 사실을 설명해야 했지만, 그 말이 입 밖으로 도저히 나오지 않았다. 내가 한참 동안 머뭇거리고 있을 때 엄마가 오른손 검지로 귀를 가리키고, 그다음엔 입술을 검지로 가리키더니 이어서 손을 좌우로 흔들었다. '귀, 입, 안돼.' 수천 번은 했을 법한 자연스러운 손짓이었다.

엄마는 손짓과 동시에 찢어질 듯 큰 목소리로 "안ㄷ트ㄹ려요."라고 말했다. 오랜 시간 그 단어만 연습한 듯 꽤 정확한 발음이었다. 길을 물어본 사람은 엄마의 손짓에 놀라 당황하다가 도망가듯 떠났다. 나는 그 사람의 반응에 또 놀라고 상처받았다. 엄마도 같이 상처받았을 거라고, 내가 통역하지 않아서 엄마에게 혼날 거라고 생각했다. 하지만 엄마는 그 사람의 뒷모습을 보고 깔깔깔 웃기 시작했다. 일부러 골려주기라도 한 듯 "재미있다."라며 한참 동안 웃음을 멈추지 못했다. 마치 개구쟁이 같았다.

엄마가 세상에게 직접 자신을 소개하는 모습을 본 건 그날이 처음이었다. 엄마는 본인을 '말 못하는 사람'이 아닌 '듣지 못하는 사람'으로 소개했다. 그 말은 분명 사실이었다. "안 들려요."라고 또박또박 말할 수 있었고 손으로는 더 생생하게 말할 수 있는 사람이었다.

나는 왜 엄마가 말을 못 한다고 생각한 걸까. 사람들이 엄마의 목소리를 이상하게 쳐다봤을 때, 나는 엄마가 잘못했다고 생각했다. 엄마의 목소리가 이상해서 사람들이 놀라는 거라고 믿었다. 하지만 사실은 그게 아니었다. 내가 부끄러워했던 건 엄마의 목소리가 아니라 사람들의 시선이었다. 엄마를 숨기려고 했던 건 내가 두려웠기 때문이다. 그날 이후, 나는 "우리 엄마 아빠는 못 들어요."라고 말하게 되었다.

꼬마 통역사

동생 용호가 태어난 지 얼마 되지 않아 천식으로 입원했을 때, 나는 일곱 살이었다. 용호는 태어날 때부터 호흡기가 약해 자주 아팠지만, 이번엔 좀 달랐다. 작은 가슴에서 나는 쇳소리와 몰아서 내뱉는 숨소리를 들으며 나는 어렴풋이 죽음을 느꼈다.

엄마는 용호의 얼굴색이 새하얗게 변져 눈 밑이 유난히 퍼렇게 보일 때마다 "용호 소리 어때?" 하고 내게 물었다. 나는 용호의 색색거리는 소리를 어떻게 설명해야 할지 몰라 고민하다가 "나빠."라고 답했다. 나의 말 한마디에 엄마는 용호를 데리고 병원에 갔고 나는 당분간 할머니 집에 맡겨졌다.

나는 며칠 만에 엄마와 함께 용호가 있는 병원에서 지내게 되었다. 엄마는 병실에 도착하자마자 시계를 가리키며 숫자 9와 4를 기억하라고 했다. 의사 선생님이 회진 오는 시간이었다. 그때마다 엄마의 눈빛은 평소보다 더 간절했다. 엄마가 나를 바라보는 눈길에서 내가 느낀 것은 책임감이었다.

의사 선생님은 나를 의심의 눈초리로 쳐다보았다. '이 어린애가 통역을 한다고?'라고 금방이라도 말할 듯한 표정이었다. 나는 나를 믿지 못하는 사람들에게 내 능력을 증명이라도 하려는 듯이 최선을 다해 설명했다. 처음 듣는 단어나 수어로 모르는 말이 나올 때면 엄마를 향해 입 모양을 또박또박 보여주었다. "혈-당." "혀얼다앙." 내 입술을 읽은 엄마가 겨우 그 단어를 알아채고 그제야 "피 달다."라는 수어를 알려주었다.

나는 어른들의 시선이 나에게 쏠리는 순간에 일종의 쾌감을 느꼈다. 똑똑한 의사 선생님도, 무뚝뚝한 간호사도 그 순간만큼은 내 앞에 멈춰 섰다. 그리고 내 손과 입술이 움직이기만을 기다렸다. 세상에서 가장 똑똑한 사람이 된 기분이었다. 어른들이 모두 무력해지고 일곱 살인 나만이 유일하게 할 수 있는 일이 있다는 것이 자랑스러웠다. 조금 부담스럽기도 했지만 동시에 무척이나 달콤했다. 시간이 흐르면서 통역은 나만의 권력이 되었다. 모든 말이 내 귀와 손을 거쳐야만 엄마 아빠에게 닿는다는 것의 의미를 깨달은 것이다. 엄마 아빠가 온통 용호만 생각하는 것 같을 때면 나는 사람들의 말을 이해했음에도 모르는 척했다.

"선생님 말 뭐?"

"몰라."

'몰라.'는 내게 면죄부이자 피난처였다. 때로는 정말 몰랐고 때로는 알면서도 모른 척했다. 내가 모른 척할 때마다 엄마는 "왜? 알려 줘 꼬마 선생님 설명 주세요." 하며 애원했다. 어쩌면 '몰라'라고 답하는 것이 용호에게 빼앗긴 관심을 되찾는 유일한 방법이라고 생각했는지도 모른다.

용호가 입원한 지 두 달쯤 지났을 때, 우리 가족에게 또 다른 시련이 닥쳤다. 아빠가 교통사고로 두 다리를 다친 것이다. 이제 엄마는 두 병원을 오가야 했고 나는 당연히 엄마와 함께 움직였다.

병원에 들어가기 전 엄마가 누군가를 찾더니 곧 한 여자가 다가와 엄마와 반갑게 인사를 나눴다. 그런데 이상했다. 그 사람은 엄마의 다른 친구들과 달리 '말'을 하는 사람이었다. 다름 아닌 통역사였다. 엄마와 나는 통역사 언니와 함께 병실을 찾았다. 안으로 들어서자 아빠의 두 다리가 천장에 매달려 고정된 모습이 보였다. 충격적이었다. 눈물이 터질 것 같았다. 아빠는 눈물이 고여있는 나보다 통역사 언니와 먼저 반갑게 인사했다. 그리고 나에게 할 말을 통역사 언니를 통해 전했다. 내가 해야 할 일인데, 조금 이상한 기분이 들었다.

통역사 언니는 간호사와 의사를 만나며 아빠의 상태에 관해 물었고 나보다 더 빠르게, 더 어른스럽게 수어로 엄마 아빠와 대화했다. 의사 선생님이 언니를 보는 눈빛도 달랐다. 나를 볼 때처럼 의심하지 않았다. 언니의 손은 날아다녔다. 내가 한참 생각해야 알 수 있는 수어도 척척 알아듣고 바로 통역했다.

엄마는 통역사 언니가 가는 길을 배웅하며 오른손으로 왼손 등을 수없이 두드렸다. "고맙다."는 뜻이었다. 나는 그 모습을 지켜보며 괜히 질투가 났다. ‘나한테는 고맙다고 말한 적 없으면서.’ 통역사 언니의 존재가 홀가분하면서도 한편으론 섭섭했다. 나도 엄마 아빠를 위해 열심히 통역했는데. 그렇게 통역사 언니가 떠나고 아직 서운한 마음이 가시지 않았을 때, 아빠가 머리맡에 놓인 수첩을 꺼냈다. 아빠는 빠르게 수첩을 여러 장 넘기더니 간호사와 필담으로 나눈 대화 중 ‘드레싱’이라는 단어를 짚었다.

“무슨 뜻?”

“몰라.”

아빠는 내가 또 일부러 모른 척한다고 생각했는지 미간을 찌푸렸다.

“빨리 아빠 아파. 설명 줘.”

하지만 이번에는 정말이었다. 억울하게도 나는 정말 드레싱이 뭔지 몰랐다.

“몰라! 아까 언니한테 시켰어야지!”

나를 반기지도 않았으면서 필요하니까 내게 이것저것 시키는 아빠가 미웠다. 나는 아빠에게 내일 언니 오면 물어보라고 말했다. 아빠와 엄마는 한참 대화를 나눴다. 엄마가 내게 “아빠 도와줘 응?”하고 다시 나를 타일렀고, 나는 짜증이 났다는 것을 온몸으로 표출하며 간호사실로 향했다.

“저⋯⋯, 청각장애인 유정순 씨 딸인데요. 혹시 드레싱이 뭔지 아세요?”

“상처 위에 붕대 갈아주는 거예요.”

다시 병실로 돌아와 "드!레!싱!" 크게 외치고 아빠 상처 위 거즈를 가리켰다. 아빠는 "알다."하며 궁금증이 풀린 표정을 지었다.

"아빠 다리 묶여서 화장실 못 가지? 아빠 기저귀 갈아달라고 간호사한테 말해줘."

나는 얼어붙었다. '아빠 기저귀를 갈아주세요.'라는 말을 내 입으로 해야 한다니. 아빠도 차마 못 하는 말을 내가 왜 대신해야 하는지 이해할 수 없었다. 나는 아빠에게 직접 글루 써보라고 했지만, 아빠는 '문장 한계'라는 수어만 반복했다. 이번엔 반항이었다. 싫다고 말할 수 없으니 모른다는 말로 거부했다. 그때의 나는 꼬마 통역사이기도 했지만 여전히 그냥 아이이기도 했다.

"몰라. 절대 못 해. 이건 절대 안 해."

나는 왜 아빠가 통역사 언니가 가기만을 기다렸는지, 왜 그 대신 나에게 부탁했는지 당시엔 알지 못했다. 아빠에게 나는 딸이었고, 나에게만큼은 부끄럼 없이 의지할 수 있었다는 것을 알게 된 건 훨씬 나중의 일이었다.

물음표 표정

내가 가장 두려워하는 표정이 있다. 엄마의 고개가 내 쪽으로 살짝 기울고 눈이 커지면서 눈썹이 치켜 올라가는 표정. 그 표정이 나오면 무엇을 해야 하는지 나는 잘 알고 있다.

길에서 누군가 엄마에게 말을 걸거나 새로운 상황이 닥칠 때마다 엄마는 나를 바라보며 그 표정을 지었다. 그럼 나는 엄마에게 무슨 일인지, 그 사람이 무슨 말을 했는지 설명했다. 나는 말을 배우면서 자연스럽게 엄마의 통역사가 되었다. 시장에서든, 병원에서든, 은행에서든 언제나 엄마를 대신해 이야기했다. 세상의 소리 앞에서 엄마의 물음표 표정은 "이제 네 차례야."라고 말하는 신호였다.

우리 집 초인종이 울리면 나는 "누구세요?"하고 소리치며 엄마가 있는 곳을 향해 뛰어가 "사람 왔어."라고 설명했다. 그럼, 엄마는 높이 있는 인터폰 수화기를 들어 내게 건넸다. 나는 인터폰 속 사람과 이야기했다. "아! 잘못 오셨어요. 거기는 윗집이에요." 그리고 엄마에게 *"아저씨 길 잘못."*이라고 설명했다. 끓는 주전자에서 끼익 소리가 나면 *"주전자"*라고 엄마에게 전했고 세탁기가 끝났다는 알림이 들리면 다시 엄마에게 말했다. *"세탁기 끝."*

처음에는 여러 말 중에 중요한 것만 골라 통역하면 된다고 생각했다. 누군가 "안녕하세요."라고 인사하는 건 별로 중요하지 않은 것 같았고 마트에서 들리는 타임 세일이라던가 아파트 안내 방송 같은 것도 굳이 전하지 않아도 될 것 같았다.

그러던 어느 날이었다. 엄마는 그날 아침부터 부지런히 창문 밖에 이불을 널어놓았다. 그때 아파트 안내 방송이 흘러나왔다. 수목 소독을 한다는 내용이었다. 나는 그게 중요하지 않다고 생각해서 엄마에게 말하지 않았다. 우리 집은 4층이었는데 베란다까지 나뭇가지가 쭉 뻗어 있어서 나무에 소독약을 뿌리면 창문까지 그대로 튀었다. 한참 뒤 엄마는 베란다 쪽에서 풍기는 약품 냄새를 맡고 황급히 뛰어갔다. 아래를 내려다보니 수목 소독 작업이 한창이었고 나무를 타고 올라온 하얀 소독약이 이불 위에 촘촘히 내려앉고 있었다.

"악! 이불 약 다 묻다."

엄마에게 소리를 설명하기 전에 내 판단으로 '별일 아니겠지.'하고 건너뛰면 늘 이런 일이 벌어졌다.

"앞으로 모든 소리 있는 대로 깨끗하게 줘."

깨끗하게 달라는 말은 숨기지 말고 있는 그대로 다 말하라는 뜻이었다. 귀는 듣고 싶은 것만 골라서 듣지 않는다. 엄마가 소리를 듣지 못한다고 해서 내가 대신 뭐가 중요한지 판단하면 안 되는 것이었다. 별일인지 아닌지는 엄마가 직접 듣고 판단해야 하는 일이다.

하지만 엄마를 위해 모든 소리를 전해야 한다는 것과, 엄마를 위해 전할 수 없는 소리도 있다는 것은 다른 문제였다. 시장에서 내가 엄마 대신 얼마냐고 물으면, 아주머니는 엄마를 한 번 더 쳐다보고는 과하게 친절한 표정을 지으며 말했다.

"오천 원인데 사천 원만 줘."

그리고 옆에서 자기도 깎아 달라는 손님에게는 "아, 여기는 귀머거리라 좀 싸게 줘야 해."라고 말했다. 나는 그 말을 듣는 순간 얼굴이 굳었다. 옆에서 엄마가 내게 물었다.

"오! 할인 준다? 단골 할인 있나 봐."

단골 할인이 아니라고 설명해야 하나 고민하다가 기뻐하는 엄마 표정을 보고 그냥 가만히 있었다. 모든 소리를 전하라고 했지만, 이 소리는 엄마 귀에 닿지 않는 게 낫다고 생각했다.

엄마는 여전히 모든 소리를 알고 싶어 했다. TV에 자막이 나오지 않을 때도 "뭐래? 왜 저래?" 하며 물었고 길을 걷다 앞 사람들이 갑자기 뒤를 돌아봐도 "왜 돌아봐?" 하고 물었다. 이 세상의 모든 행동과 모든 상황을 내가 설명해 주길 원했다. 나는 잠시 쉬고 싶을 때도 있었지만 엄마의 물음표 표정 앞에서 한없이 지는 딸일 수밖에 없었다. 나라도 잘해야지, 나라도 알려줘야지 하는 마음이었다.

그럼에도 나는 때때로 완전히 지치곤 했다. 한번은 세상이 제발 잠시만이라도 조용했으면 좋겠다고 생각한 적이 있다. '딱 10초만 조용해 지면 인생이 더 행복해질 거야!'라며 나 자신과 이상한 내기를 했다. 눈을 감고 10초를 셌다. 10, 9, 8, 7, 6……. 그 순간 우리 집 팩스 벨이 울렸다. 10초만 조용히 하자니까! 딱 10초만!

나는 소리가 없는 세상을 끊임없이 상상했다. 시계 소리조차 들리지 않는 완벽한 침묵을 꿈꿨다. 이 세상 사람들이 모두 엄마처럼 못 듣는다면 어떨까? 그럼 통역도 필요 없겠지. 그리고 아무도 나에게 물음표 표정을 짓지 않을 테지. 하지만 실제로 그런 세상을 원하는 건 아니었다. 나는 소리 없는 한없는 고요가 어떤 것인지 누구보다 잘 알고 있었다.

결국 세상의 소리는 멈추지 않았고 물음표 표정은 여전히 나를 찾았다. 엄마의 고개가 내 쪽으로 살짝 기울고 눈이 커지면서 눈썹이 치켜 올라가는 그 표정. 그게 나의 일상이었다.

어린 어른

은행원 언니는 오랫동안 컴퓨터를 두들겨 보다가 슬픈 표정으로 나에게 말했다.

"어휴……, 오늘 대출 안 될 것 같다고 엄마께 전해드릴래?"

나는 엄마를 돌아봤다. "안 된대." 엄마는 고개를 끄덕였다. 나는 그 말이 무슨 뜻인지 알고 있었다. 우리 집에 돈이 없다는 것. 엄마가 돈을 빌릴 곳이 없다는 것. 하지만 나는 아무것도 모르는 척 웃으며 은행 언니에게 말했다.

"제발요! 우리 엄마 돈 좀 빌려주면 안 될까요?"

은행 언니는 안타까워하며 말했다.

"동사무소에 가면 도움 받을 수 있을지도 몰라! 한번 가볼래?"

"네……."

나는 처음 듣는 조언인 것처럼 고개를 끄덕이며 밝게 대답했다.

우리는 이미 동사무소에서도 도움받을 수 있는 지원사업이 없다는 말을 듣고 은행에 온 것이었지만 굳이 말하지 않았다. 그냥 아무것도 모르는 척하는 게 더 나았다. 가끔은 내가 어린이의 탈을 쓴 어른이 아닐까 생각했다. 이날도 그런 무수한 날 중 하나였다.

동생 용호의 잦은 병치레와 아빠의 교통사고가 겹쳐 집안 사정이 어려워졌다. 엄마는 할머니에게 더 좁은 집으로 이사 가야 하니 집을 알아봐 달라고 부탁했다. 나는 엄마의 수어를 할머니에게 전하며 '우리 집이 가난해졌구나.'라고 생각했다.

그날 이후, 나는 어른들의 대화를 더 주의 깊게 듣게 되었다. '대출', '담보', '연체', '독촉'. 학교에서는 배우지 않는 단어들이었다. 어른들이 그 단어들을 말할 때면 목소리는 낮아지고 한숨은 깊어졌다. 나는 그 단어들이 무슨 뜻인지 알게 되었지만, 여전히 모르는 척했다. 그래야 엄마도 아빠도 마음이 편할 거라고 생각했다. 힘들고 슬픈 내용일수록 아무것도 모르는 아이의 표정을 짓고 통역하는 것이 내가 생각한 모두를 위한 일이었다.

그렇게 며칠을 전전긍긍하던 엄마는 할아버지를 찾아가 돈을 빌리기로 했다. 그 부탁도 역시 내 몫이었다. 나는 평소 할아버지가 나를 예뻐하니까 내가 잘하면 돈도 쉽게 빌려줄 거라고 생각했다. 그래서 그날따라 할아버지에게 더 똑똑하고 착해 보이려 애썼다. 엄마는 할아버지 집 소파에 앉아 조금 시간을 보내다가 눈치를 보고는 나를 불러 말했다. "할아버지한테 얘기해." 나는 집에서 엄마가 내게 미리 일러두었던 말을 떠올리며 할아버지한테 말했다.

"할아버지, 우리 돈 좀 빌려주세요."

할아버지는 안경을 내리며 엄마와 나를 번갈아 보았다. 손바닥에 땀이 났다.

"얼마?"

할아버지가 빌려줄 거라는 희망이 보이자 내가 신이 나서 엄마에게 물었다.

"얼마? 할아버지가 빌려줄 것 같아!"

엄마는 나를 한참 쳐다보다가 할아버지에게로 가서 할아버지 앞에 놓인 신문지 위에 숫자를 적었다. 할아버지는 숫자를 보더니 잔소리를 시작했다.

"그러니까 어려울 때를 대비해서 돈을 모아야지. 이제 와서 돈을 빌려달라니. 너 아버지 죽으면 어떻게 살려고 그러냐."

할아버지는 계속 비슷한 말들을 늘어놓았다. 할아버지의 잔소리는 굳이 통역할 필요가 없었다. 엄마는 이미 모든 말을 알고 있는 듯했으니까. 다행히 할아버지는 돈을 빌려주었다. 그리고 그 대가로 우리 집의 모든 일들을 마음대로 결정할 수 있게 되었다.

어느 날 예고 없이 할아버지가 우리 집에 오셨다.

"슬기야, 엄마 아빠한테 전해. 교회 다니지 말라고."

나는 고개를 끄덕였다.

"헌금이 한두 푼도 아니고, 그 돈을 1년 동안 모으면 큰 저축이 된다. 돈이 없을수록 아껴야지. 할아버지가 방금 한 말 엄마한테 얼른 전해."

나는 엄마에게 "교회 가지 말래."라고만 전했다. 그 이상은 전하고 싶지 않았다. 할아버지는 일요일마다 성실하게 우리 집에 찾아와 주차장을 확인했다. 나는 일요일이 오는 게 싫었다. 우리가 차를 타고 교회에 간 날이면 할아버지는 엄마와 아빠에게 "돈 낭비하려고 돈을 빌렸냐."라며 "당장 돈 갚아라."라고 소리쳤다. 그럴 때마다 나는 할아버지와 엄마 아빠 사이에 서 있었다. 일요일 4시쯤 울리는 전화에 노이로제가 생길 지경이었다.

할아버지가 엄마를 향해 말했다. "미숙아, 너는 어쩜 그렇게 답답하냐. 용호 아픈데 교회는 왜 가고 그래." 나는 할아버지의 목소리를 들으며 엄마를 쳐다봤다. 엄마는 나를 보고 있었다.

"할아버지 뭐래?"

나는 이 문장을 어떻게 전해야 할지 고민했다. 할아버지의 말 속에 담긴 비난 섞인 어조를, 엄마를 향한 차가운 시선을 어떻게 그대로 옮길 수 있겠는가. 나는 거친 밀들을 부드럽게 길러냈다.

"할아버지가 용호 걱정해."

하지만 엄마와 아빠는 할아버지의 말을 모두 들은 듯한 표정을 지었다.

어느 날부터 할아버지는 나를 거치지 않고 직접 글로 쓰기 시작했다. 내가 할아버지의 말을 온전히 전하지 않는다는 걸 알게 된 것이다. 할아버지는 아빠와 엄마를 불러 앉히고 종이에 글을 썼다.

'미숙이 보아라. 용호가 중요하냐 교회가 중요하냐. 지금 신종플루로 전국이 야단인 데다가 용호가 열나고 아픈데 교회를 가고 있다니, 그것이 부모로서 할 수 있는 일이냐. 앞으로 차 타고 교회 가면 아빠가 하나도 안 도와줄 거야. 너희들이 사치가 심해. 검소하게 살아. 돈을 저축해야지. 저축한 돈이 얼마나 있냐, 하나도 없지. 앞으로 아빠가 말한 대로 꼭 실천해야 한다. 아버지가 너희 자동차 번호 알아놓고 일요일에 조사해서 차가 없으면 하나도 안 도와줄 거다. 알았어? 꼭 실천해라.'

할아버지가 쓴 글을 엄마 아빠와 함께 읽었다. 내가 걸러냈던 말들이 글자가 되어 고스란히 놓여 있었다. 나는 무력했다.

"아빠 엄마 교회 안 가도 돼. 가지 말자. 나 너무 슬퍼."

"용호 아프다 기도해야지. 슬기 잘 크다 기도해야지. 괜찮아 걱정하지 마."

아빠는 계속 "괜찮아."라고 말했다. 하지만 전혀 괜찮은 표정이 아니었다. 나는 빨리 어른이 되고 싶었다. 돈을 벌어서 할아버지 돈을 갚고 엄마랑 아빠랑 같이 차 타고 매주 교회에 가고 싶었다. 어른이 된다는 건 뭘까. 돈을 벌 수 있게 되는 것? 할아버지에게 맞설 수 있게 되는 것? 아니면 엄마 아빠처럼 괜찮지 않은데 괜찮다고 말할 수 있게 되는 것? 통역은 할 수 있었지만 상황은 바꿀 수 없었다. 어른의 무게를 짊어졌지만 어른의 힘은 없었다.

나는 고작 어린 어른일 뿐이었다.

나의 첫 보청기

엄마 귀에서는 가끔 땅콩이 떨어져 나왔다. 엄마는 종종 땅콩을 꺼내 보여주며, 이 귀한 땅콩이 엄마를 들을 수 있게 해주는 것이니 혹시 바닥에 떨어진 걸 발견하게 되면 절대 밟지 말고 조심조심 주워서 엄미에게 가져다 달라고 당부하곤 했다. 바로 보청기였다. 보청기의 작고 매끄러운 곡선을 손에 쥐면 '삐-' 하는 이상한 소리가 났다. 내게는 신비한 장난감처럼 보였다.

엄마 귀를 들리게 해주는 땅콩이라니……. 보청기. 그걸 귀에 끼면 내 목소리를 들을 수 있냐는 질문에 엄마는 무슨 말인지는 입 모양을 봐야 알 수 있지만 소리가 있다는 건 느낄 수 있다고 대답했다. 나는 엄마가 보청기를 끼는 날이면 왠지 모르게 신이 나서 엄마가 등을 돌리고 있을 때마다 "엄마!"하고 여러 번 불러보곤 했다. 엄마는 자꾸 부르는 내가 귀찮을 법도 한데 매번 "왜?"라고 대답해 주었다.

어쩌면 엄마도 내 부름에 대답하는 순간을 즐겼던 것 같다. 하지만 엄마의 말대로 보청기를 낀다고 해서 무슨 말인지 알 수 있는 건 아니었다. 엄마에게 "아빠!"라고 불러도, 심지어 장난삼아 "방귀!"라고 해도 엄마는 "왜?"하고 답했다.

아빠에게도 오래된 보청기가 있었는데 엄마 거랑은 조금 다른 모양이었다. 아빠는 잔존 청력이 거의 없어 보청기를 착용해도 무용지물이라며, 옛날에 보청기가 유행했을 때 호기심으로 사용해 본 뒤 한 번도 귀에 대지 않았다고 했다. 당시 아빠가 가지고 있던 보청기는 주머니형 보청기로 직사각형 모양의 기계 본체에서 이어폰을 통해 소리를 증폭시켜 내보내는 방식이었다. 기계 상단에는 전원 스위치와 다이얼이 있어서 청력에 따라 소리를 작거나 크게 조절할 수 있었다. 지금 생각해 보니 그것은 보청기라기보다는 소리 증폭기나 미니 마이크 같은 느낌이었다. 아빠의 보청기도 전원을 켜면 이어폰에서 '삐' 소리가 났다.

나와 용호도 늘 보청기를 껴보고 싶었지만 엄마는 단호하게 안 된다고 했다.

"보청기 농인 사용. 아기 사용 귀 아파. 너 농인 원하다?"

농인이 되고 싶냐는 엄마의 무서운 경고에 보청기 착용의 꿈은 실패로 돌아갔다. 하지만 안 된다고 하면 할수록 호기심은 더 커지는 법이다.

며칠 후, 용호와 나는 몰래 엄마의 보청기를 껴보기로 했다. 보청기는 엄마의 귀 모양에 딱 맞게 만들어져서 작은 내 귀에는 들어가지 않았다. 용호와 나는 포기하지 않고 서랍 속 아빠 보청기를 찾았다. 긴장되는 마음으로 귀에 이어폰을 꽂고 전원을 켰다.

그 순간, 귓속에 날카로운 파동이 쏟아졌다. '휙'하는 바람 소리와 '삑'하는 고주파 소리가 사정없이 귓속을 울렸다. 그 소리가 너무 큰 탓에 귀가 간지럽고 따가워서 재빨리 보청기를 뺐다. 보청기를 빼고 나서도 날카로운 파동이 여전히 들리는 듯했다. 나는 그제야 엄마의 경고가 사실이었음을 깨달았다. 귀가 먹먹하고 아파서 귓속에 손가락을 넣고 한참 동안 긁었다. 놀란 용호는 내 뒤를 졸졸 따라다니며 들릴 듯 말 듯한 작은 목소리로 내가 정말 들을 수 있는지 몇 번이고 확인했다.

"누나 내 말 들려?"

하루 종일 용호의 테스트에 시달리던 나는 장난기가 발동했다. 용호가 부를 때마다 일부러 못 들은 척했다.

"소리 안 들려. 다시 말해줘!"

용호에게 안 들린다고 수어로 대답하자 용호는 대성통곡을 시작했다. 내 귀에 얼굴을 가까이 대고 "누나! 누나! 안 들려? 말해 봐!" 하고 울부짖는 용호를 보다가 결국 웃음이 터지고 말았다. 그 바람에 나의 장난은 들통났다.

그 무렵 MP3가 유행했다. 내 눈에는 고급 보청기 같기도 했다. 디자인도 미키마우스 모양부터 세련된 디자인까지 다양했는데 이미 친구끼리는 서로 노래를 공유하기에 바빴다. MP3가 없는 나는 더욱 소외되는 기분이었다. 한참 동안 엄마에게 MP3를 사달라고 졸랐다. 엄마가 MP3가 뭐냐고 물어보길래 노래 듣는 보청기라고 했더니 청인이 왜 보청기를 끼려 하냐며 절대 안 된다고 말했다. 음악을 들어본 적 없는 엄마에게 노래를 들어보게 할 수도 없으니 MP3를 어떻게 설명해야 할지 막막했다.

때마침 엄마와 함께 협회에 가게 되었다. 나는 수어 통역사 언니들에게 제발 우리 엄마에게 MP3에 관해 설명해 주고, 나에게 아주아주 필요한 물건이라는 말을 해 달라고 부탁했다.

며칠 뒤 엄마가 흔쾌히 MP3를 사주겠다고 나섰다. 그것도 가장 최신형에 제일 비싸고 좋은 것을 골라도 된다길래 그 말이 진짜인지 엄마의 표정을 살폈다. 엄마의 얼굴에 비친 표정은 진심이었다. 평소와 다른 모습에 계속 의심하는 눈초리를 의식했는지, 엄마가 말했다. 살면서 엄마는 너에게 노래 못 해주잖아. 엄마 대신 MP3가 노래해 줄 거야.

나는 MP3만 사면 그 안에 음악이 다 들어있는 줄 알았다. 집에 와서 켜보니 이어폰을 꽂아도 아무 소리도 들리지 않았다. 다음 날 학교 친구들에게 물어보니 노래를 다운받아 그 안에 넣어야 하는 것이었다. 친구들은 대부분 부모님이 노래를 넣어주었거나 혼자서 인터넷으로 내려받았다고 했다. 노래를 검색해서 파일을 다운로드 받아 MP3에 넣는 과정은 직접 보지 않고서는 전혀 알 수 없는 일이었다. 엄마가 어쩌면 방법을 알지도 모른다는 일말의 희망을 품고 물어봤지만, 역시나 잘 몰랐다. 할아버지도 할머니도 모르는 일이었다. 나는 겨우 MP3를 얻었는데 노래를 들을 수 없다는 실망감에 서럽게 울었다. 그런 나를 보고 엄마는 다시 마트로 가 아저씨에게 노래를 조금 넣어줄 수 있겠냐고 필담으로 물었고, 아저씨는 당시 유행하던 최신곡 100여 곡을 내 MP3에 넣어주었다. 게다가 새 노래가 나올 때쯤 오면 무료로 노래를 더 넣어주겠다는 약속까지 받아왔다.

나는 마트를 나오자마자 이어폰을 연결하고 첫 곡을 재생했다. 귓속 가득 노래가 흘렀다. 세상이 새롭게 색칠해지는 느낌이었다. 귓속에 악기들의 둥둥거림이 느껴지니 소름이 돋았다. 학교 친구들은 최신곡이 가득 담긴 내 MP3를 부러워했다. 나는 어깨가 으쓱해져서 "이 노래 진짜 좋아!"하고 노래를 추천해 주기도 했다.

그렇게 몇 날 며칠을 노래를 들으며 지냈다. 나는 노래를 크게 들어도 엄마 아빠가 나를 손짓으로 부르면 바로 알아차릴 수 있었다. 눈과 손으로 대화하니 엄마의 말을 놓칠 일도 없었고, 오히려 노래를 들으면서 더 신나게 대화할 수 있었다. 친구들이 누리지 못한 자유를 가진 느낌이었다. 엄마는 노래를 듣고 있는 나에게 기끼이 와서 이어폰을 빼고 한참 내 귓속을 들여다보았다.

엄마는 보청기를 오래 착용하면 귀 안에 땀이 차서 간지럽다고 했다. 자신이 그랬으니 나도 그럴 거라고 생각한 모양이었다. 엄마는 나를 무릎 위에 눕히고 내 귓속을 들여다보며 면봉으로 부드럽게 닦아주었다. 귀 안쪽부터 구석구석 꼼꼼하게 닦는 엄마의 조심스러운 손길이 좋았다.

　나는 문득 생각했다. 엄마도 노래를 들어보면 어떨까? MP3랑 보청기랑 비슷하니 소리를 크게 들으면 엄마도 들리지 않을까 하는 기대감을 품었다. 나는 MP3 볼륨을 최대로 올려 이어폰을 엄마 귀에 꽂았다. 엄마는 박수를 쳤다. 심지어 리듬을 타고 춤까지 추었다. 하지만 이어폰 밖으로 새어 나오는 박자와 엄마의 박수 리듬은 전혀 일치하지 않았다. 엄마는 음악을 즐기는 척하고 있었다.

　"엄마도 노래 듣고 싶지?"

　엄마는 고개를 저었다.

　"음악 몰라. 음악 궁금 보다 슬기 용호 목소리 듣고 싶다."

　나는 엄마의 말이 너무 슬퍼서 엄마를 꼭 껴안았다.

학교

초등학교 입학식 날, 나는 할아버지, 할머니 그리고 엄마와 함께 학교에 갔다. 교실에 들어가기 전에는 할머니가 시키는 대로 엄마 손 대신 할아버지 손을 잡았다. 칠판에는 내가 앉을 자리가 이름과 함께 적혀 있었다. 뒤에 서 있던 엄마와 눈을 마주치지 엄마는 이미 내 자리를 파악한 듯 창문 쪽을 가리키며 검지, 중지, 약지 세 손가락을 펼쳐 보였다. 그리고 그중 약지를 톡톡 두드렸다. 창가에서 세 번째 자리가 내 자리라는 의미이다. 엄마가 알려준 책상 위에는 정말로 '유슬기'라는 이름표가 놓여있었다.

나는 사실 입학식을 앞두고 할아버지와 할머니에게 길고 긴 훈계를 들었다. 친구와 사이좋게 지내고, 수업을 열심히 듣고, 복습도 성실하게 하고, 무엇보다 선생님 말씀을 잘 듣겠다고 두 손을 모아 약속했다.

"부모가 장애가 있으니 네가 잘해야 엄마 아빠도 고개 들고 살아."

할아버지의 그 한마디가 가슴 어딘가에 콕 박혔다.

나는 교실에서 뛰어다니는 친구들과 달리 의젓해 보이려 의자에 앉아 있었다. 선생님과 눈이 마주칠 때마다 착한 아이임을 어필하려 미소 짓는 것도 잊지 않았다. 누구보다도 선생님에게 잘 보이고 싶었다. 입학식이 끝나자 선생님 앞에 부모님들이 빼곡히 줄을 섰다. 엄마와 나, 그리고 할머니는 모두 할아버지 눈치를 살폈다. 할아버지는 아무 말 없이 입술을 꾹 다문 채 교실 뒤편에서 다른 학부모들이 모두 떠날 때까지 기다렸다. 그리고 줄 가장 마지막에 서서 선생님과 긴 이야기를 나눴다.

나는 할아버지가 선생님과 무슨 대화를 나누는지 듣지 않았다. 하지만 어떤 말들이 오갔는지 짐작할 수 있었다. 나는 그저 아무것도 모르는 순진한 아이처럼 교실 뒤에 있는 칠판을 구경했다. 그러다 할아버지의 부름에 교실 앞으로 걸어가, 엄마 손을 잡고 선생님께 90도로 고개를 숙여 인사드렸다. 할아버지는 분명 엄마가 듣지 못한다는 것과 그러니 앞으로 모쪼록 잘 부탁드린다고 이야기했을 것이다. 마지막으로 할아버지도 선생님께 정중히 인사를 마치고, 일부러 선생님도 들으라는 듯 나에게 말했다. "학교에서는 선생님이 부모야. 슬기 너, 이제 선생님 말씀 잘 들어야 해!" 그렇게 나의 학교생활이 시작되었다.

매년 새 학기가 시작되면 선생님은 '가정에서 학교로'라는 가정 통신문을 나눠줬다. 학생들은 거기에 가족 관계, 부모님의 성함, 직업 같은 내용들을 적어야 했다. 엄마는 예쁜 글씨로 가족들의 이름을 적고 아빠의 직업을 뭐라고 써야 할지 한참 고민하다가 '나무 목수'라고 적었다. 그리고 가정 통신문 가장 아래에 있는 특이 사항 칸에 이렇게 적었다.

'저는 청각장애인이오니 긴급 시 문자 연락 바랍니다.'

나는 아빠의 직업이 목수라는 것과 엄마와 아빠의 다름이 청각 장애 때문이었다는 것을 그때 처음 알았다. 가끔 할아버지 입을 통해 '장애인'이라는 말을 들어본 적이 있어서 '장애'라는 단어가 무엇인지 단번에 알 수 있었다. '청각장애' 누가 설명해 주지 않아도 그 의미가 바로 와 닿았다. 이 잔인한 종이는 새 학기마다 다시 새로 적어 제출해야 했다. 나는 그대로고 엄마와 아빠의 장애도 그대로인데, 담임 선생님과 교실이 바뀌었다는 이유로 엄마는 매번 우리 가족의 이야기를 써내야 했다. 나는 종이를 낼 때마다 혹시라도 종이에 적힌 글을 짝꿍이나 뒷자리 친구가 볼까 조마조마해하며 종이를 뒤집어 선생님께 드리곤 했다. 덕분에 늘 어딘지 모르게 주눅이 든 채 새 학기를 보냈다.

초등학교 3학년 새 학기, 담임 선생님이 나를 불러 이야기했다.

"슬기야, 어머님께서 말씀도 못 하시니?"

"네?"

선생님의 질문에 가슴이 철렁했다. 단순히 확인차 물어보는 건지, 청각 장애에 관해 잘 몰라서 그러는 건지, 그것도 아니라면 혹시

다른 이유라도 있는 건지 생각했다. 그렇게 내 머릿속이 온갖 의구심으로 가득 찰 때쯤 선생님의 질문이 이어졌다.

"통화도 못 하시고?"

나는 선생님이 조금만 더 작게 이야기했으면 좋겠다는 생각뿐이었다. 나는 조용히 "네……."라고 대답하며 엄마가 전화하지 못해 죄송하다고 전했다.

'엄마 아빠가 말을 못 해서 선생님이 나를 싫어하면 어쩌지?' '선생님이 먼저 소문을 내면 어떻게 하지?' 나는 이런 생각으로 항상 초조했다. 교과서에 가끔 장애인에 대한 설명이 나올 때는 심장이 벌렁거렸다. 혹시 우리 엄마 아빠 이야기가 나오는 건 아닐지 걱정했다. 친구들 사이에서 '바보', '장애인'은 누군가를 놀릴 때 서슴없이 쓰이는 말이었다. 나는 엄마와 아빠가 장애인이라는 사실을 아무에게도 말하고 싶지 않았다. 그 단어로 내가 따돌림의 대상이 될 수 있다는 것을 알고 있었기 때문이다. 그래서 어떻게 해서든 그 사실을 들키지 않기 위해 애썼다.

학교가 끝날 때쯤이면 정문 앞에 엄마들이 모여있었다. 친구들은 엄마를 발견하자마자 "엄마!"하고 큰 소리로 부르며 달려갔다. 친구들이 그렇게 큰 소리로 엄마를 부르는 모습이 낯설면서도 부러웠다. 나는 집에서 조용히 엄마를 부른 적은 있어도 그렇게 크게 외쳐본 적은 한 번도 없었다.

나도 모르게 엄마들 사이를 훑어봤다. 혹시 저기에 우리 엄마도 있을까 기대하면서도, 엄마가 정말 거기 있으면 어쩌나 싶었다. 친구들 앞에서 엄마와 대화하는 모습을 들킬까 봐 차라리 엄마가 오지 않는 게 낫다고 생각했다. 친구들에게 부모님이 청각장애인이라는 사실을 밝히기엔 아직 마음의 준비가 되지 않았다.

친구들은 놀이터에 가고 싶으면 쉬는 시간이나 학교를 마치고 복도 중앙에 있는 공중전화로 부모님께 전화를 걸어 더 놀아도 되는지를 허락받았다. 친구가 내게 물었다. "너는 왜 전화 안 해?" 친구의 말에 어떻게 둘러댈지 고민하다가 전화기를 들고 엄마에게 전화를 걸었다. 드르릉드르릉 신호음을 몇 번 듣고는 말했다. "엄마 전화 안 받네!" 엄마는 안 받는 게 아니라 못 받는 건데. 나는 친구들에게 잠시 기다려 달라고 말하고 집으로 달려갔다. 그리고 직접 엄마의 눈을 마주하고 더 놀고 오겠다는 허락을 받고서야 친구들과 놀러 나갈 수 있었다.

이런 일이 반복될수록 숨기는 것이 내 일상의 한 부분이 되었다. 그런데 '절친'이라는 존재가 생기자 감추는 것 자체만으로 거짓말하는 기분이 들었다. 나는 친구들에게 들키는 것보다 내가 직접 말하는 게 낫다고 생각했지만, '도대체 언제 말해야 하지?'하는 생각으로 늘 초조했다.

그러던 어느 날, 동네 놀이터에서 놀고 있을 때 멀리서 익숙한 목소리가 들렸다.

"흘리야!"

가슴이 철렁 내려앉았다. 당연히 그 목소리는 우리 엄마였다. 나는 속으로 생각했다. 아, 이름은 부르지 말지. 친구들이 저 목소리를 듣지 않았으면 좋겠다는 마음과 동시에 이 상황을 어떻게 모면해야 할까 하는 생각이 꼬리를 물었다. 친구 중 한 명이 엄마를 발견하고 물었다.

"저기 누가 와. 너 아는 사람이야?"

나는 나도 모르게 대답했다.

"어……, 우리 이모야. 그냥 지나가시겠지."

언젠가는 말해야지 생각했는데 그 순간이 예기치 못하게 와버렸다. 나도 모르게 거짓말을 했다. 내 입에서 나온 거짓말이 너무 낯설고 부끄러웠다. 나는 엄마를 향해 "이모!"라고 말하면서 손으로는 "가."라고 수어를 계속했다. 엄마는 내 쪽으로 가까이 오지 않고 조용히 놀이터를 지나갔다.

그날 나는 우울한 마음에 늦은 시간까지 집에 들어가지 못했다. 집에 돌아와서도 마음이 무거웠다. 엄마가 내 이름을 제대로 부르면 놀이터에서처럼 엄마를 창피해하거나 이모라고 거짓말하지 않아도 될 거라고 생각했다. 그래서 나는 엄마에게 내 이름을 연습시켰다. 그리고 엄마가 내 이름을 제대로 부르지 못할 때마다 짜증을 냈다.

한참을 그렇게 지내던 어느 날, 가족들과 찜질방에 갔다. 나는 냉탕에서 실컷 놀다가 엄마가 뜨거운 물로 들어가라고 하면 뜨거운 물에 몸을 한참 불린 후에 실컷 때를 밀리곤 했다. 그날도 냉탕에서 노는데 엄마가 왔다.

"뜨거운 물 가."

뜨거운 탕 안에서 여러 번 숨도 참고 보글보글 올라오는 물방울로 장난치고 있을 때 또다시 엄마가 나를 찾아왔다.

"나와. 때 밀다."

엄마는 내 이름을 부르지 않고 있었다. 때를 밀면서 나는 계속 그 생각을 멈출 수 없었다. '놀이터에서 있었던 일 때문인가?' 나는 때를 다 밀고 엄마가 건네준 딸기 요구르트를 먹으며 솔직하게 이야기하기로 했다.

"나 저번에 친구들한테 엄마를 이모라고 거짓말했어."

엄마의 예쁜 얼굴이 슬퍼졌다. 그리고 엄마가 말했다.

"알고 있어."

엄마는 그날 내가 가라고 한 손짓에서 알 수 있었다고 말했다.

"슬기 나이 어려서 그래 괜찮아. 괜찮아."

엄마의 괜찮다는 말에 눈물이 났다.

"엄마 농인이지만 너 수어 잘한다. 수어 잘하면 친구늘 너 부럽다."

나는 엄마의 말에 용기를 얻었다. 그리고 이제 친구들에게도 사실을 말할 때가 되었다고 생각했다.

며칠 뒤 나는 중요한 할 말이 있다며 가장 친한 친구들을 불렀다. 선뜻 말할 용기가 생기지 않아 한참 시간을 끌었다. 시간이 흐르고 흘러 어느덧 놀이터가 노을빛으로 빨갛게 물들고 있었다. 친구들이 도저히 궁금해 못 참겠다는 표정을 지을 때가 되어서야 나는 결심했다. 나와 친구 두 명은 놀이터 미끄럼틀 안에 들어가 셋이 몸을 구기고 한데 모여 앉았다.

"저기……, 저번에 놀이터에서 봤던 이모 말이야. 사실 우리 엄마
야."

나는 숨을 한 번 더 크게 들이쉬고 말했다.

"우리 엄마는 청각장애인이라 말을 못 해."

"그럼, 엄마랑 어떻게 대화해?"

친구의 질문에 엄마의 말이 떠올랐다.

"나 수어 짱 잘해! 엄마 아빠가 알려줬어."

내 말에 친구들은 놀라며 수어를 알려 달라고 했다. 엄마의 말이
맞았다. 친구들은 엄마에게 청각 장애가 있다는 사실보다 내가 수어
를 할 수 있다는 것에 더 큰 관심을 가졌다. 그날 우리 세 명은 각자
의 비밀을 한 가지씩 털어놓았다. 나는 엄마와 아빠가 청각장애인이
라는 비밀을, 채령이는 같은 반 남자아이에게 고백했다는 비밀을, 다
원이는 사실 싫어하는데 그냥 어울려주는 것뿐인 친구가 있다는 비
밀을 꺼내놓았다. 우리는 엄청난 우주의 비밀을 풀어놓는 듯 속삭이
며 놀이터 안에서 영원한 우정을 다짐했다.

구구단

"이 일은 이, 이 이 사, 이 삼 육, 이 사 팔."

교실에 주문 같은 노래가 퍼졌다. 쉬는 시간마다 퍼지는 이상한 합창. 왜 숫자를 노래로 부르는 걸까? '숫자 송'이랑 비슷한 듯 다른 노래였다. 친구들이 모두 같은 리듬으로 흥얼거리는 걸 보니 나만 모르는 무언가가 있는 거였다. 나는 친구들을 바라보며 빨리 듣고 따라 하려고 입술만 달싹였다.

"너 구구단 몇 단까지 할 줄 아냐?"

짝꿍이 잘난 척하며 물었다. 구구단이 뭔지 몰라 고개를 갸웃하자 그 옆 친구들이 더 놀란 표정을 지었다.

"너 구구단 몰라? 그거 못 하면 수학 못 하는 거야!"

친구들은 쉬는 시간 내내 구구단 노래를 불렀다. 나는 그 속에서 혼자 입을 다물고 있었다. 가르쳐 달라고 말할 용기도 없었다. 괜한

자존심이었다.

며칠 뒤 수학 시간에 선생님께서 구구단 노래를 가르쳐 주셨다. 친구들은 금방 따라 불렀지만 나는 리듬을 따라가기에도 벅찼다. 그날의 숙제는 구구단을 2단부터 4단까지 노래로 외워 오는 것이었다. 친구들은 숙제가 너무 쉽다며 누구는 벌써 7단까지 할 수 있다고 서로 웅성거렸다. 나는 연필을 꽉 쥐고 구구단 노래 숙제를 알림장에 적었다.

나는 집에 도착하자마자 엄마 아빠에게 달려갔다.

"ㄱㅜㄱㅜㄷㅏㄴ 알다?"

아빠가 잘 모르겠다는 표정을 지었다. 나는 가방에서 수학책을 꺼내 오늘 배운 구구단 부분을 펼쳐 아빠에게 보여줬다. 아빠는 '아!' 하는 표정을 지으며 양손 검지를 교차해 X자 모양을 만들고는 입말로 '곱!'이라고 말했다. 나는 아빠가 구구단 노래를 안다는 사실에 신이 났다.

"학교 숙제 가르쳐 주다"

아빠는 자신 있게 노트를 펼쳐 2단부터 4단까지 구구단을 쭉 적었다. 아빠의 글씨로 숫자들이 줄지어 섰다.

"이거 아니야!"

나는 소리와 입 모양을 크게 보이며 말했다. "구! 구! 단! 노! 래!" 그리고 검지와 중지를 살짝 구부려 입 앞에서 움직이며 "노래"라고 설명했다. 아빠는 또다시 고개를 갸웃하더니 엄마에게 가보라고 했다.

나는 엄마에게 가서 아빠에게 배운 대로 손으로 "X" 입말로 "곱!"이라고 말하며 "노래 숙제."가 있다고 설명했다.

"나 노래 몰라. 노래 못해."

엄마 아빠도 모르는 숙제라니. 친구들은 다 알던데 우리 집에서는 아무도 모른다. 나는 아빠가 적어준 숫자들을 보며 눈물을 흘렸다. 이건 친구들처럼 리듬에 맞춰 부를 수 있는 그런 게 아니었다. 아빠는 우는 나를 보고 종이를 다시 가리키며 설명했다.

"봐봐 곱 방법 쉽다."

아빠는 '2×1=2'를 가리키며 손가락으로 하나씩 세어 보여주었다. 2, 4, 6, 8, 10. 아빠는 앞에 있는 식은 보지 말고 이 숫자들만 순서대로 외우면 된다고 했다.

"쉽지?"

"아니다." "노래! 노래라고 노래!"

"할아버지한테 전화해서 물어보는 거 어때?"

맞다. 할아버지는 들을 수 있으니까 구구단 노래도 알 거다. 나는 바로 할아버지에게 전화를 걸었다.

"할아버지!"

"슬기냐? 왜 울어?"

"구구단 노래 외우기가 숙젠데 엄마 아빠가 안 가르쳐 줘요."

"할아버지가 가르쳐 줄게. 내일 할아버지 집으로 와."

다음 날, 나는 학교가 끝나기만을 손꼽아 기다렸다. 그리고 종이 울리자마자 가방을 메고 할아버지 집으로 달려갔다. 오늘만 지나면 나도 친구들처럼 구구단 노래를 부를 수 있다는 생각에 발걸음이 가벼웠다. 할아버지는 달력 뒷면에 구구단표를 미리 써 펼쳐 놓고 기다리고 계셨다. 할아버지가 입을 열자 구구단 노래가 흘러나왔다. 내가 상상했던 것과는 조금 달랐다. 그래도 학교에서 들어본 노래와 비슷했다. 나는 신이 나서 할아버지 노래를 따라 불렀다. 할아버지는 2단부터 노래로 구구단을 알려주었다. 숙제는 4단까지였지만 친구들에게 자랑하고 싶어서 6단까지 배웠다.

나는 집으로 돌아오는 길 내내 구구단 노래를 흥얼거렸다. 버스안에서도 골목길을 걸어가면서도 계속 불렀다. 드디어 나도 할 수 있게 된 것이다. 며칠 뒤, 담임 선생님이 구구단을 자신 있게 외울 수 있는 사람은 손을 들어보라고 했다. 나는 일부러 나를 멸시했던 친구들에게 자랑하러 용감하게 손을 들었다. 선생님의 질문에 손을 든 아이는 나를 포함해 서너 명뿐이었다. 며칠 만에 구구단을 안다고 손을 드니 친구들이 제법 놀란 표정이었다.

"진짜? 너 저번에 구구단 모른다며?"

"나 이제 6단까지 할 수 있어!"

나는 자신 있게 일어섰다. 그리고 할아버지가 가르쳐 준 대로 부르기 시작했다.

"육 일은 육, 육 이는 십이, 육 삼은 십팔, 육 사는 이십사, 육 오는 삼십."

교실이 갑자기 조용해졌다. 그러더니 한두 명이 킥킥거리기 시작했다. 친구들이 웅성거렸다.

"너 노래 그거 아니야."

내 노래를 듣고 웃음을 참던 한 친구가 나를 옆 반으로 끌고 갔다. 그리고 얘가 수학을 진짜 잘한다며, 옆 반 친구 앞에서 불러보라고 했다. 나는 점점 작아지는 목소리로 다시 불렀다.

"육 일은 육, 육 이는 십이, 육 삼은 십팔, 육 사는 이……."

옆 반 아이가 무슨 옛날 노래 같다며, 그게 아니라고 말했다. 그러고는 빠른 리듬으로 구구단을 불렀다.

"육 일 육, 육 이 십이, 육 삼 십팔, 육 사 이십사!"

똑같은 구구단인데 완전히 다른 노래였다. 내 얼굴이 빨갛게 달아올랐다.

할아버지가 알려준 구구단이 옛날 노래라니. 나는 쉬는 시간 내내 친구들이 부르는 구구단을 귀 기울여 들었다. 그리고 그 리듬과 가사를 노트에 적었다. 이 일 이, 이 이 사, 이 삼 육, 이 사 팔……. 할아버지가 가르쳐 준 것과는 박자도, 속도도, 심지어 가사도 조금씩 달랐다. 집에 돌아와 노트를 펼쳐보자마자 눈물이 터졌다. 울면서도 계속 노트에 뭔가를 적었다. 눈물 때문에 글씨가 번지고 얼굴에 종이와 연필 자국이 붙어 떨어지지 않을 정도로 오래 울었다. 내 눈물을 뒤늦게 발견한 엄마가 놀라서 달려왔다.

"왜 울어?"

"몰라."

"말해봐, 왜 그래?"

"나만 노래 못해."

엄마는 내가 적은 노트를 보더니 한숨을 쉬었다. 그리고 나를 꼭 안아주었다. 엄마의 품에서 나는 더 서럽게 울었다.

그날 저녁, 엄마는 할아버지를 찾아갔다. 그리고 무언가를 부탁하는 표정을 지으며 할아버지에게 종이와 펜을 가져다드렸다. 엄마는 슬기가 노래를 잘하도록 '노래 학원'에 보내 달라고 종이에 적었다. 할아버지는 노래 학원이라는 글씨 위에 X 표시를 하고 '속셈 학원'이라고 고쳐 썼다. 엄마가 속셈이 뭐냐고 묻자, 할아버지가 대답했다. "수학 학원." 나는 할아버지의 대답을 재빨리 수어로 옮겼다. 구구단 노래를 하기 위해서는 노래 학원이 아니라 속셈 학원에 가야 하는 거였다.

그렇게 나는 속셈 학원에 등록했다. 드디어, 정말로 친구들과 똑같은 구구단 노래를 배우게 된 것이다. 이 일 이, 이 이 사, 이 삼 육, 이 사 팔. 빠른 박자에 맞춰 손뼉을 치며 부르는 구구단이었다. 나는 학원에 다니면서 구구단을 모두 깨우쳤다. 학교에서 쉬는 시간에 친구들이랑 8단을 누가 더 빨리 말하는지 내기도 할 줄 알게 되었다. 스스로 제법 구구단을 잘하는 것 같다고 생각했다.

그러던 어느 날 나는 학교를 마치고 집으로 돌아와 엄마 아빠를 모두 불러 그 앞에 섰다.

내가 구구단을 보여주겠다고 하자 엄마는 손등을 턱밑에 대며 라고 말하고는 서랍에서 보청기를 꺼냈다. 엄마의 표정은 준비가 다 됐다는 기대감으로 가득했다. 엄마, 아빠, 용호는 소파에 나란히 앉아 들뜬 얼굴로 나를 봤다. 나는 심호흡을 하고 구구단을 2단부터 9단까지 쭉 불렀다.

"구 일 구, 구 이 십팔, 구 삼 이십칠, …… 구 팔 칠십이, 구 구 팔 십일!"

엄마 아빠가 노래에 박수를 쳤다. 나는 속으로 생각했다. 구구단을 외울 때는 박수 치지 않는데……. 심지어 엄마 아빠의 박수는 노래 리듬과는 전혀 맞지 않는 박자였다. 아빠는 신나서 팔을 크게 휘저으며 박수를 쳤고 엄마는 조금 느린 박수를 치고 있었다. 용호는 그 옆에서 신기한 듯 나를 바라보며 아빠를 따라 박수를 쳤다.

엄마 아빠는 노래가 언제 끝날지 몰라 내 입술에서 눈을 떼지 못했다. 그리고 끝날 때까지 내내 박자가 맞지 않는 박수를 쳤다. 나는 이 상황이 이상해서 웃음이 났지만 동시에 뿌듯했다. 엄마 아빠는 내 구구단을 들을 수 없었지만 내가 노래하는 모습을 오래도록 바라보고 있었다.

브래지어

내가 초등학교 4학년쯤 되었을 때 엄마는 내 가슴을 보고 "여우"라는 수어를 자주 보였다. 오른손의 엄지와 중지, 약지를 모아 입 앞에서 시계 반대 방향으로 돌렸다. 그 수어가 뜻하는 건 브래지어를 착용하지 않은 가슴의 실루엣이 마치 여우의 뾰족한 주둥이처럼 톡 튀어나왔다는 의미였다.

어느 날 아침, 엄마가 서랍에서 뭔가를 꺼내 내게 건넸다. 분홍색 끈이 달린 속옷이었다. 엄마는 내게 그걸 건네며 큰 목소리로 "부라자!"라고 말했다. 그리고 양손으로 가슴 밑을 긋는 수어를 했다. 이제 나도 이것을 입어야 한다는데, '부라자'라는 이름 자체가 뭔가 어른들의 물건 같아 싫었다. 엄마의 강요에 억지로 착용해 봤지만, 가슴 밑을 조이는 고무줄이 답답한 데다가 손을 위로 번쩍 들 때마다 속옷이 들썩거리고 어깨끈이 흘러내려 신경 쓰였다. 무엇보다 갑자기 내

몸이 어른스러워진 것 같아 부끄러웠다.

나는 학교 친구에게 조심스럽게 물어봤다.

"너희 브라자 알아?"

"어! 브라자는 우리 엄마가 하는 거 아니야? 우리는 아직 안 해. 엄마들만 하는 거야."

그 말을 듣는 순간 확신했다. 엄마가 모르는 게 많아서 나도 어른들처럼 해야 한다고 잘못 생각한 거라고.

'엄마는 잘 몰라서 그래.'

사실 그동안 비슷한 일이 많았다. 엄마는 항상 나에게 "이건 뭐야?", "저건 뭐야?" 묻는 것이 많았고 한글을 잘 모르니 단어의 뜻도 자주 물어봤다. 게다가 나는 "부모님이 장애가 있으시니 공부를 열심히 해야 해."라는 말을 듣고 자랐다. 어느새 내 머릿속에는 '엄마는 잘 모르는 사람'이라는 생각이 박혀버렸다. 무엇보다 친구 중에서 브라자를 하는 친구는 단 한 명도 없었기에 나는 이번에도 엄마가 잘 몰라서 내게 잘못 준 거라고 생각했다. 나는 브래지어를 서랍 깊숙이 넣어두고 입지 않았다. 엄마의 "여우"라는 수어도 못 본 척했다.

그러던 어느 날, 학교 칠판이 잘 보이지 않아 안과 검진을 받게 되었다. 그날은 엄마와 함께 수어 통역사인 선미 언니도 동행했다. 엄마가 아프면 내가 병원에서 통역을 하는데 내가 아플 때는 항상 선미 언니가 오니까 마음이 편했다. 선미 언니가 있을 때는 엄마가 왜 말을 못 하는지, 왜 손으로 이야기해야 하는지 일일이 설명할 필요가 없었다. 가끔은 언니가 우리 집에 사는 진짜 언니였으면 좋겠다고 생각하곤 했다.

진료를 기다리며 엄마와 언니는 대화를 나눴다. 나에게는 곁눈질로 수어를 읽는 재주가 있다. 나는 둘의 대화에 관심 없는 척하며 슬쩍슬쩍 무슨 대화를 나누는지 훔쳐봤다. 엄마는 최대한 수어의 손 모양을 작게 하며 언니와 대화를 나눴지만 나에게는 다 보였다. '분명 내 얘기를 하는 거야.' 확신할 수 있었다.

검진을 마치고 약국에 들렀을 때 선미 언니가 슬쩍 내게 다가왔다.

"슬기야, 요즘 이런 옷을 입으면 가슴이 이렇게 튀어나오지?"

나는 고개를 끄덕였다. 안 그래도 엄마가 내 가슴을 "여우"라고 표현한 이후로 몸에 딱 붙는 옷을 입을 때마다 신경이 쓰이던 터였다. 하지만 속옷에 대해 가족이 아닌 다른 사람과 이야기 나누는 게 창피했다. 더군다나 약국 안에서 누군가 이 얘기를 들을까 봐서 걱정이었다. 언니는 말과 수어를 동시에 하며 엄마도 보란 듯이 내게 말했다.

"가슴이 이렇게 튀어나올 때는 브래지어를 입으면 가슴 라인이 매끄럽게 정리돼."

"브래지어가 뭔데요?"

"그거, 속옷! 그 속옷을 브래지어라고 하는 거야. 슬기는 키가 크잖아. 성장이 빠른 아이들은 브래지어도 일찍 입게 돼. 슬기 친구들도 조금 있으면 다 하게 될 거야."

브라자가 아니라 브래지어. '브래지어'라고 들으니 '브라자'보다는 듣기에 좋았다. 그리고 내가 키가 커서, 성장이 빨라서 착용하는 거라는 말이 설득력 있게 들렸다. 이상하게도 선미 언니의 말은 엄마의 말보다 훨씬 믿음직스러웠다. 엄마도 분명 같은 이야기를 했을 텐데 나는 왜인지 엄마 말은 믿지 않았다. 그날 나는 엄마에게 브래지어를 다시 보여달라고 말했다. 여전히 불편하긴 했지만, 이 불편함 또한 성장의 일부로 받아들여야 했다.

다음 날 아침, 나는 스스로 브래지어를 착용하고 옷을 입었다. 엄마가 기뻐할 줄 알았는데 오히려 씁쓸해하면서도 얄밉다는 표정을 지으며 말했다.

"여우, 여우, 여우."

안내견 체리

우리 집에는 청각장애인 안내견 체리가 있었다. 사람들은 안내견이라고 하면 으레 골든 리트리버나 셰퍼드 같은 든든한 대형견을 떠올린다. 하네스를 착용하고 신호등 앞에서 차분히 기다리는 그런 안내견 말이다. 하지만 체리는 달랐다. 체리는 작고 마른 요크셔테리어였다. 그러나 그 작은 몸집 안에 온 세상의 소리를 모두 담고 있는 것만 같았다.

2007년 어느 날, 며칠에 걸쳐 여러 강아지가 우리 집을 다녀갔다. 강아지들이 올 때마다 연녹색 조끼를 입은 사람들이 함께 왔는데, 조끼에는 '삼성화재 안내견 학교'라는 글씨가 적혀 있었다. 엄마는 용호와 나에게 곧 엄마 아빠에게 도움을 줄 강아지가 올 거라고 말했다. 그제야 나는 우리 집을 방문하는 강아지들이 안내견 후보견이라는 것을 알게 되었다.

엄마는 며칠 동안 안내견 센터에서 합숙 훈련을 받았다. 엄마가 훈련받는 동안 나는 용호와 강아지를 기다리며 노트에 '초코', '사랑', '장군', '행운' 같은 예쁜 이름들을 빼곡히 적어보았다. 만약 하얀색 강아지가 오게 되면 이름을 '구름'이라고 지어주고 싶었다.

합숙 훈련에서 엄마는 여러 예비 보조견과 매칭 훈련을 했다. 하지만 모든 안내견이 다 잘 맞는 건 아니었다. 엄마와 걷는 속도나 호흡이 맞지 않는 강아지도 있었고, 그밖에 여러 가지 변수로 인해 훈련이 원활하게 진행되지 않기도 했다.

안내견 센터에는 아직 훈련이 더 필요한 후보견이 따로 분류되어 있었는데 그중에 체리도 있었다. 체리는 유기견이었다. 버려진 체리를 유기견 센터에서 보호하다가 장애인 안내견으로 선발했지만, 몸집도 작고 조심스러운 성격 탓에 훈련을 잘 따라오지 못하고 있었다.

그러나 체리는 신기하게도 엄마와 눈을 잘 맞췄고 엄마의 부름에 주저 없이 달려왔다. 엄마가 손바닥을 내밀면 기다릴 줄 알았고, 손바닥을 아래로 내리면 앉고, 위로 올리면 일어났다. 체리는 엄마의 손동작을 정확히 이해했다. 담당자들은 놀라워했다. 체리가 엄마를 통해 빠르게 적응하고 있다고 판단한 안내견 센터는 결국 체리와 엄마를 매칭해서 더 연습해 보기로 결정했다.

보통은 2주면 끝나는 훈련이었지만, 엄마는 다른 사람들보다 훨씬 더 오랜 시간 체리와 훈련했다. 그 결과 체리는 점점 자신감을 찾았고 마침내 엄마와 함께 우리 집에 올 수 있었다.

체리가 처음으로 우리 집에 온 날, 나는 노트를 꺼내 안내견 센터

선생님께 준비한 이름 후보들을 보여주었다. 예상치 못한 회색과 갈색빛이 어우러진 요크셔테리어를 바라보며 어떤 이름이 어울릴지 고민했다. 그러자 선생님은 그 아이의 이름은 '체리'이며 농인이 부르기 쉽도록 받침이 없는 이름으로 지었다고 했다. 게다가 이미 그 이름으로 훈련받았기 때문에 지금은 바꾸기 어렵다고 덧붙였다. 나는 노트에 써둔 '장군', '초코', '구름'을 보며 고개를 끄덕였다. 엄마가 부르기 힘든 이름들이었다. '체리'라는 이름 안에는 그런 세심한 배려가 담겨 있었다. 그렇게 체리는 우리 집 막내가 되었다.

체리는 집 안에서 소리가 나면 가장 먼저 알아차렸다. 초인종이 울리면 작은 발톱으로 엄마의 무릎과 손등을 긁으며 현관 쪽으로 엄마를 유인했다. 휴대폰 알람 소리나 빨래가 끝났다는 세탁기 신호음, 심지어 밥솥의 완료 안내음까지도 놓치지 않았다. 더 놀라운 건 체리의 의사소통 능력이었다.

"체리야, 아빠 불러!"

체리는 그 말을 들으면 아빠에게 달려가 아빠의 무릎을 긁었다. 아빠는 그 신호로 엄마가 지금 아빠를 찾는다는 것을 알 수 있었다.

반면에 나와 용호는 자주 짖는 체리를 말리기 바빴다. 체리는 우리 집에 적응하는 동안 자주 짖었다. 초인종 소리나 사람들이 계단을 오르내리는 발소리에도 달려가 짖으며 엄마에게 알려주었다. 나는 강아지들이 짖으면 짖지 않도록 하는 게 당연하다고 생각했다. 체리가 집에 온 지 한 달쯤 지났을 때 안내견 센터 선생님이 방문했다. 나는 선생님께 하소연했다.

"선생님! 체리가 너무 많이 짖어요. 너무 시끄러운데 이건 훈련이 안 되나요?"

선생님은 웃으며 체리는 짖도록 훈련받은 아이라고 대답했다. 그리고 앞으로 10년 동안 엄마를 도울 청각 보조견이니, 짖는 행동을 혼내서는 안 된다고 당부했다. 나는 오랜 시간 훈련을 받은 똑똑한 강아지가 집에 있다는 사실에 어깨가 절로 올라갔다.

체리는 밖으로 외출할 때면 청각장애인 보조견이라고 적힌 조끼를 입고 어디든 엄마와 함께 다녔다. 누군가 엄마에게 말을 걸거나 길에서 오가는 수다 소리가 들리면 짧게 짖어 알려주었고 길을 건널 때 차가 경적을 울리면 이에 맞서 대차게 짖었다. 그렇게 엄마는 체리는 통해 주변의 소리를 알 수 있었다.

하지만 체리는 대부분의 장소에서 거부당했다. 빵집에서도, 마트에서도, 지하철에서도 그랬다. 엄마는 매일 장애인 보조견 수첩을 들고 다니며 거부하는 사람들에게 보여주었다. 장애인복지법에 따라 이 강아지는 어디든 출입할 수 있다는 문구를 가리키며 보여주었지만, 엄마는 사람들이 쏟아내는 말들을 들을 수 없었다. 체리는 왕왕 더 대차게 짖을 뿐이었다.

하루는 엄마가 오늘도 빵집에서 체리가 거부당했으며 더 이상 참을 수 없다고 말했다. 체리는 안내견이니까, 내가 이를 빵집에 통역해 주길 부탁했다. 나는 엄마를 따라 체리와 함께 빵집에 갔다. "체리는 장애인 안내견이에요. 여기 수첩에 적혀 있는 것처럼 체리의 출입을 막으면 처벌받을 수 있어요." 빵집 주인은 어제 엄마와 체리가 가고 나서 인터넷에 검색해 보니 안내견이라는 게 정말 있더라며, 강아지가 작아서 반려견인 줄 알았다고 설명했다. 그리고 앞으로는 체리와 함께 와도 된다는 말과 함께 미안하다고 사과했다.

엄마와 나는 감사하고 기쁜 마음에 빵을 잔뜩 사서 나왔다. 돌아오는 길에 엄마는 내게 "시원하다."라고 말했다. 하지만 나는 시원하지 않았다. 엄마는 내가 곁에 있을 때만 체리가 왜 있어야 하는지를 설명할 수 있었다. 그래서 체리를 환영하는 가게만 다니거나, 엄마가 혼자 외출할 때는 체리와 함께 다닐 수 없었다. 체리는 늘 거부당하고 환영받지 못했다. 사람들이 거부하는 말을 할 때마다 사람의 언어를 알아듣는 듯 주눅이 들어 귀를 축 늘어뜨리는 모습이 안쓰러웠다.

체리의 시간은 사람의 것보다 더 빠르게 흘러갔다. 여전히 "엄마 불러!", "아빠 불러!"라는 말에는 금세 활기를 찾았지만, 갈수록 늙고 지쳐 갔다. 우리는 체리의 안내견 조끼를 영영 서랍 속에 넣어두기로 했다. 체리가 남은 생은 안내견이 아닌 오로지 우리 집의 막내로 살았으면 좋겠다는 마음이었다. 체리는 조끼를 입고 산책할 때면 항상 의젓하게 다녔는데 조끼를 벗고 나간 산책길에서는 안아 달라고 버티거나 더 있다 가겠다며 조르기도 했다. 이제 은퇴했다는 사실을 알았던 걸까? 엄마는 조끼를 입었을 때와 벗었을 때 체리의 행동이 다르다며, 조끼가 체리에게 책임감을 부여하는 듯하다고 말했다. 우리는 체리가 막내답게 생떼를 부리는 것 같아 귀여웠다.

체리가 13살이 되던 해, 폐에 병이 생겼다. 숨소리가 거칠어지고 산책하는 것도 힘겨워했다. 엄마는 어느 날 청각장애인 보조견 조끼를 꺼내 체리에게 입혀보았다. 체리는 오랜만에 엄마와 단둘이 안내견 조끼를 입고 산책했다. 엄마는 눈물을 보이며 말했다. 체리가 오랜만에 조끼를 입었는데 항상 가기 싫다고 버티던 벤치에서도 의젓하게 걸었다고. 오늘은 오랜만에 자전거 소리도 경계하며 알려주었다고. 체리는 모든 것을 기억하고 있었다.

얼마 후, 체리는 무지개다리를 건넜다. 우리는 체리를 처음 만난 그곳에서, 마지막 인사를 했다.

못 배운 아이

할아버지 집에 가면 할아버지는 뿌드득뿌드득 소리가 나는 가죽 소파 위에 나를 앉혀놓고 이것저것 읽어보게 하셨다. 대부분은 신문에 나오는 글이었는데, 내가 한 글자씩 또박또박 읽을 때마다 눈가에 주름을 잔뜩 만들며 기뻐하셨고 마치 큰 상이라도 받은 것처럼 칭찬하셨다. 할아버지는 엄마가 해내지 못한 일들을 내가 하나씩 해낼 때마다 성취감과 만족감을 느끼시는 듯했다. 나는 엄마를 대신해서 더 영특한 아이처럼 보이려 애썼다.

할머니와 할아버지는 엄마 집에서 불과 1km도 떨어지지 않은 곳에 살았다. 엄마는 3단지, 할아버지와 할머니는 4단지였다. 할머니는 수어를 모르는 사람이었다. 엄마가 태어나고 청각장애인이 되고 난 후에도 할머니는 수어도, 엄마와 소통하는 법도 배우지 못했다. 그저 당신이 할 수 있는 입말을 여러 번 반복할 뿐이었다. 할아버지도 마찬가지였다. 할아버지 역시 수어를 배우지 않았고, 엄마에게 하고 싶은 말들과 엄마가 아직 듣지 못한 이야기들을 대부분 글로 써 전했다. 그러나 엄마가 듣고 싶은 말은 아무도 해주지 않았고 오로지 자신들이 하고 싶은 말만 일방적으로 쏟아냈다. 그러다 내가 태어나고 나서야 그나마 엄마가 듣고 싶은 이야기를 전할 수 있는 사람이 생겼다. 나는 할아버지 집에 갈 때마다 집 안을 감도는 적막감과 할아버지의 기대감 사이에 앉아 있었다.

여름이 오면 할머니는 하루 종일 콩을 불려 곱게 갈았다. 할아버지는 밀가루를 반죽하고 밀대로 쭉쭉 밀어 칼로 송송 썰어냈다. 그렇게 만든 콩국수는 정말 맛있었다. 그런 날이면 우리 가족은 명절처럼 할아버지 집에 모여 함께 식사했다.

그날도 그렇게 온 가족이 모인 날이었다. 나는 그날따라 유독 콩국수가 너무 맛있어서 엄마, 아빠, 할머니, 할아버지가 그 사실을 모두 알 수 있게 "맛있어! 매일매일 먹고 싶어!"라고 외치며 수어했다. 내 말이 끝나자마자 할아버지는 밥상을 손으로 '탁!' 내리치셨다. 옆에 앉아 있던 엄마와 아빠도 어깨를 움츠리며 깜짝 놀랐다.

"밥 먹을 때 그러는 거 아니야."

엄마는 내게 "뭐래? 왜 그래?"라고 물었다. 나는 할아버지가 말하는 '그러는 것'이 수어를 의미한다는 것을 어렴풋이 알고 있었지만, 엄마에게는 말하지 않았다. 엄마는 내게 말했다.

"콩국수 며칠 동안 불렸냐고 할머니한테 물어봐."

"할머니, 엄마가 콩……,"

‘쾅!’

“글쎄! 밥 먹을 때 그러는 거 아니라니까!”

할아버지 목소리가 더 커졌다.

“미숙이 너도 잘 가르쳐야지. 밥 먹을 때 수어하고 그러면 안 돼. 너도 수저를 쾅쾅 놓고 그래서는 안 돼.”

엄마는 눈을 토끼처럼 크게 뜨고 끔벅이며 나에게 다시 물었다. “왜 그러냐고 물어봐.” 나는 할아버지에게 더 혼날 것 같아서 눈을 찡그리며 고개를 좌우로 저었다.

나는 그날 이후로 할아버지 집에서 식사할 때마다 식사 예절을 배웠다. 어른이 먼저 숟가락을 들고 식사를 시작하면 그제야 나도 수저를 들 수 있다는 것. 밥은 싹싹 긁어 먹되, 밥그릇을 긁을 때 소리가 나지 않게 해야 한다는 것. 수저를 내려놓을 때도 소리가 나지 않게 얌전히 놓아야 한다는 것. 밥을 먹을 때 이야기하고 싶으면 한 손으로 입을 가리고 말해야 한다는 것. 그리고 무엇보다, 수어는 절대 하지 않아야 한다는 것. 밥 먹을 때 손을 움직이면 그릇을 쏟거나 물컵을 엎을 수 있으니까.

마침, 학교에서도 도덕 시간에 식사 예절에 관해 배우게 되었다. 나는 할아버지께 익힌 대로 어른이 먼저 숟가락을 들고 한술 뜨시고 난 뒤 우리가 먹어야 한다는 것과 식사 중에는 입을 벌리고 대화하지 않아야 한다는 것, 밥그릇은 왼쪽에, 국그릇은 오른쪽에 둔다는 것 등 지금까지 공부한 내용을 이야기했다. 선생님은 그날 나에게 “어쩜 이리 잘 아니?”하며 칭찬했고 나는 처음으로 내가 아는 것을 자랑할 수 있었다. 이후 선생님은 성적표에도 '슬기는 식사 예절을 잘 익힌 듯 예절이 바르다.'라고 썼고 그 일은 자연스럽게 할아버지 귀에까지 들어가게 되었다. 나는 그날 할아버지로부터 아주 큰 칭찬과 사랑을 받았다.

선생님의 칭찬과 할아버지의 인정은 내게 확신을 주었다. '할아버지의 배움은 정말 도움이 되는 것이구나!' 나는 집에서도 엄마와 아빠에게 이 예절을 알려 주어야겠다고 생각했다. 그래서 마치 중요한 임무를 받은 사람처럼 내가 아는 것들을 엄마와 아빠에게도 설명했다. 나는 부엌에서 국을 뜨려는 엄마를 억지로 자리에 앉히며 말했다.

엄마와 아빠는 한참 이해하지 못했다.

나는 조금 짜증을 내며 아빠 숟가락을 들었다가 놨다, 내 숟가락을 들었다가 놨다 하며 시범을 보였다. 그제야 아빠가 이해한 듯 하고 말했다.

아빠는 식사 중에 수어를 하기 위해 숟가락이나 젓가락을 자주 내려두었는데, 그럴 때마다 밥상에서 수저와 식탁이 부딪치는 소리가 났다. 나는 제스처와 입말로 더 자세히 설명했다.

"밥 먹을 때 긁는 소리 나면 안 돼. 알았지? 내려놓을 때도 이렇게."

나는 숟가락과 그릇을 살살 내려놓으면서 소리가 나지 않게 조심해야 한다고 강조했다.

엄마는 물컵을 상 밑에 내려두면 되지 않느냐고 했지만 나는 단호하게 안 된다고 말했다. 아빠가 식사 중에 쩝쩝 소리를 낼 때면 나는 아빠를 향해 눈을 흘기며 "소리!"라고 소리쳤다. 아빠는 여러 번 조용히도 씹어보고 작게도 씹어보았지만 쩝쩝 소리는 여전했다. 내 앞에 앉은 용호도 꼭 이렇게 해야 하냐며 볼멘소리를 했지만 "이거 모르면 할아버지한테 혼나." 이 한마디에 내 말에 수긍했다.

엄마와 아빠는 내가 여러 번 설명해도 달라지는 것이 없었다. 엄마는 밥을 먹으면서 수어를 할 때 가끔 입을 벌렸는데, 그럼 입속의 음식물이 보였고 나는 "엄마! 입! 더러워."하며 소리쳤다. 엄마는 미안하다며 손으로 입을 가렸다. 나는 변화하지 않는 엄마와 아빠가 답답했다.

"내가 몇 번을 얘기했는데!" "엄마 아빠 왜 몰라? 답답해."

아빠는 내 말에 역정을 냈다. "농 부모 몰라 많아 맞아. 너 무시? 아빠 무시? 엄마 무시?"

"그게 아니고!" "내가 많이 말했잖아."라며 나는 혹시 아빠가 오해할까 수어를 모르는 말은 입말로, 아는 말을 수어로 아빠에게 이야기했다.

"아니야 아니야." 아빠는 이미 화가 났다. "아빠 농! 몰라! 소리 알아? 몰라 어쩌라고."

나는 수어로 말하려다가 또다시 입말로 말했다. "배우면 되잖아! "알다 알다." 하고 변함없잖아." 나는 방에 문을 쾅 닫고 들어가 울었다. 모르는 걸 가르쳐줬는데 바뀌지도 않고 고마워하지도 않고 나한테만 뭐라고 하다니. 밥 먹을 때 시끄럽게 하고 잘못한 건 아빠면서 왜 나한테만 뭐라고 해!

나는 엄마 아빠의 잘못과 나의 억울함을 편지지에 적었다. 나도 음성 언어만큼 수어를 잘했다면 엄마 아빠에게 잘 말할 수 있을 텐데, 엄마 아빠는 늘 내 말을 잘 이해하지 못했다. 나는 그래서 글로 마음을 전했다. 엄마는 내 글을 읽으며 이해한다고 말했지만, 아빠는 "버릇없다."며 나를 쳐다보지도 않았다.

그 이후로도 할아버지는 "부모가 장애인이라 아는 것이 많이 없어서……"라는 말을 서두로 할아버지가 중요하다고 생각하는 것들을 가르치셨다. 내가 부모로부터 많은 것을 배우지 못하니 나라도 가르쳐야 하지 않느냐는 말이었다. 할아버지의 가르침은 마치 선악과 같아서 알면 알수록, 배우면 배울수록 나의 세상은 넓어졌지만, 동시에 엄마와 아빠의 세계가 얼마나 작은지 더 선명하게 드러났다.

통화 버튼

콩국수 사건 이후로 할아버지는 나에게 '예절'을 가르쳐야겠다고 다짐하신 듯했다. 할아버지 집에 놀러 가면 좁은 1인용 가죽 소파 옆에 나를 앉혀 놓고 늘 여러 상식이나 예절에 관한 훈화 말씀을 늘어놓으셨다. 할아버지가 가르쳐 주는 것들은 모두 '청인의 세계'에서 필요한 것들이었다. 나는 배우면 배울수록 엄마와 아빠가 어서 나와 같은 세계에 서 있으면 좋겠다고 생각했다. 엄마와 아빠가 청인처럼, 청인에 가깝게, 청인답게 살길 바랐다. 그것이 옳고 좋은 것이라 믿었다.

어느 날 할아버지가 내게 전화할 줄 아는지 물으시며 전화가 걸려 왔을 때처럼 말해보라고 시키셨다.

"여보세요."

"어, 누구니?"

“저 슬긴데요.”

“그래서?”

“할아버지가 시켰잖아요!”

할아버지는 달력을 오려 놓은 이면지 더미에서 종이 한 장을 꺼내 두꺼운 만년필로 한 자 한 자 적기 시작하셨다.

‘안녕하세요. 저는 유슬기입니다. 실례지만 ○○와 통화할 수 있을까요?’

할아버지는 친구 집에 전화를 걸 때는 먼저 자기소개를 하고 “○○와 통화할 수 있을까요?”라고 정중히 물어야 한다고 설명해 주셨다. 그리고 너무 이른 시간이거나 너무 늦은 시간에는 절대 전화해서는 안 된다고 당부하셨다. 용건이 있다면 아침 식사가 끝날 때쯤부터 저녁 식사하기 전까지 전화하는 것이 예의이고, 이외의 시간에는 하지 않는 것이 좋다는 말씀이었다.

“전화 한 통으로도 네가 어떤 사람인지 알아볼 수 있는 거야. 너는 부모가 말을 못 하니까 더 잘해야 해.” 나는 그날 1번과 2번을 외울 때까지 할아버지 옆에서 꼼짝없이 앉아 있었다. 할아버지가 가르쳐 준 전화 예절은 내가 청인의 세계에서 제대로 된 사람으로 인정받기 위한 일종의 관문이었다. 나는 그런 배움이 엄마 아빠에게도 도움이 될 거라고 믿었다. 하지만 곧 알게 되었다. 세상의 많은 일이 예의 바른 전화 한 통으로 해결되지 않는다는 것을.

엄마와 아빠는 전화를 걸 일은 없었지만, 받을 일은 종종 있었다. 전화가 오면 통화 버튼을 누르고 갑자기 내 귀에 수화기를 갖다 댔다. 나는 상대가 누군지 모른 채 "여보세요?"라는 말부터 시작했다. 엄마 아빠가 전화를 건 건지, 전화가 온 건지 눈치껏 알아채야 했다.

어느 날 아빠가 황급히 내 귀에 전화기를 가져다 댔다. 휴대폰 너머로 상대는 "여보세요."를 반복하고 있었다.

"여보세요? 저희 아빠가 청각장애가 있어서 전화를 못 받으세요. 저한테 말씀하시면 제가 아빠께 전해드릴게요."

"전화는 내가 아니라 그쪽이 걸었어요."

"네? 잠시만요."

나는 휴대전화를 가리키며 "누구?" 하고 물었다.

"반장."

아빠의 어설픈 설명에 짜증이 올라왔다.

"무슨 반장?"

"일 반장."

우리는 꼬리에 꼬리를 무는 질의를 반복했고 수화기 속 상대는 "여보세요."를 거듭하며 목소리가 점점 높아졌다.

"저희 아빠가 수어로 말하고 있어서요. 조금만 기다려주세요. 죄송합니다."

"하……."

상대방의 깊은 한숨에 내 마음이 더 쪼그라들었다. 그 상황에서 아빠는 앞뒤 설명 없이 "내일 일 안 가 전해."라고 했다. 나는 아빠의 수어를 보고 그대로 '안 갑니다.'라고 해야 할지 '못 갑니다.'라고 해야 할지 몰라 주저하고 있었다.

아빠의 화난 표정과 소리는 전화 너머로도 전해졌다. 아빠는 오늘 해결되지 않으면 내일 출근할 필요가 없다며 내게 그대로 전하라고 말했다. 나는 상대에게 양해를 구했다.

"죄송한데요, 제가 이따가 다시 전화할게요."

통화를 종료하자마자 아빠의 분노가 끓는 주전자처럼 터졌다. 아빠는 휴대폰을 바닥에 던지며 화를 냈다.

나에게 그 어떤 설명도 없이 전화기부터 들이대는 아빠가 짜증났다. 내가 여러 번 그러지 말아달라, 청인들은 싫어한다고 설명했는데도 아빠는 여전히 변함이 없냐며 억울함을 토로했다.

나는 이 말이 제일 싫다. '너는 농을 이해하지 못한다.' 엄마 아빠는 청인 사회를 살아가고 있고 앞으로 마주칠 사람들 역시 청인이다. 그런데 내가 청인 사회의 규범을 지키라고 말할 때마다 엄마 아빠는 나를 농을 모르는 배신자처럼 취급했다. 엄마 아빠가 일을 벌이면 그 뒤를 수습하는 건 항상 나였다. 그런 일은 언제나 내 몫이었지만 정작 엄마와 아빠는 그런 나를 존중하지 않는다고 느꼈다. 이번에도 하기 싫은 말만 내게 떠넘기려는 듯 보였다.

집 밖으로 나갔던 아빠가 돌아오니 밤 9시가 훌쩍 넘은 시간이었다. 나는 아빠에게 지금은 시간이 너무 늦었으니 내일 출근해서 직접 얼굴 보고 대화하면 어떻겠냐고 했지만 아빠는 오늘 해결되지 않으면 내일 출근할 필요가 없다는 말만 반복했다. 나는 하는 수 없이 다시 전화를 걸었다.

"여보세요, 저 유정순 씨 딸인데요."

"……."

"원래 오늘까지 월급을 준다고 하셨는데 아직 월급이 안 들어와서요."

"지금 그거 말하려고 전화했어요?"

"네?"

"내일도 볼 사이인데 오늘 안 줬다고 이 시간에 전화해서 따지는 거예요? 지금 은행 문도 닫았는데 어떻게 보내줄까요? 예?"

상대방의 짜증 섞인 목소리와 거친 비속어에 나는 더 이상 어떤 말도 할 수 없었다. 월급을 주지 않은 사람은 당신이고, 전화를 건 사람은 아빠였다. 그런데 왜 내가 이 불합리함을 수습하고 사과해야 하는지 눈물을 참느라 숨이 막힐 정도였다. 결국 상대는 내일 오전에 은행 문 열자마자 돈을 보낼 테니 출근해서 얘기하자고 말하며 전화를 끊었다.

"결과?"

아빠는 내 감정보다는 결과가 중요했다.

"오늘 밤 늦어서 은행 문 닫았다. 내일 아침 돈 보낸대."

아빠는 지금 보내야 한다며, 원했던 결과가 아니라며 우리 집이

90

망하면 다 내 탓이라고 말했다. 그동안 그 남자는 내일 아침에 보낸 다는 말만 반복하고 두 달째 돈을 보내지 않는다며 왜 엄마 아빠가 시키는 대로 하지 않냐며 화를 냈다.

그렇게 나는 전화를 제대로 받지 않았다는 이유로 농 부모를 이해하지 못하는 불효자이자 집안을 망치는 주범이 되어 버렸다. 나는 주저앉아 한참을 울었다. 이 상황에서 억울한 사람도, 화를 내야 할 사람도 사실 나였다. 그날 밤 나는 엄마 아빠에게 다시는 나에게 통역을 시키지 말고 수어 통역사에게 말하라고 했다.

나는 아무것도 모르는 사람이 되고 싶었다. 아빠가 힘들게 일하고도 월급을 받지 못했다는 사실도, 반장의 무심한 말투도, 엄마 아빠를 대신해서 지금 당장 입금하라고 완강하게 말하지 못한 것까지 모는 것이 싫고 미웠다. 유 반장이라고 불리는 사람과 직접 통화해 보니 아빠가 회사에서 어떤 대우를 받는지 상상이 되어 더 슬퍼졌다.

한참이 지나고 나서야 알았다. 엄마와 아빠가 그날 유난히 다급했던 이유는 다음 날이 관리비를 비롯한 집 관련 비용이 자동이체로 빠져나가는 날이기 때문이었다. 이미 석 달치나 밀려있어 기한을 넘기면 난감해지는 상황이었다. 엄마와 아빠의 수어에는 그날따라 무력감과 초조함이 한 겹 더 얹혀있었다.

아빠의 분노는 단순히 월급 때문만이 아니었을 것이다. 자신의 말이 통하지 않는 세계에서 무시당했다는 감각, 그게 먼저였을 것이다. 그리고 이 화살이 나에게로 돌아온 건 내가 아빠의 가장 가까운 대변인이자 유일한 편이었기 때문이다.

그 뒤로도 유 반장은 자주 월급을 덜 주거나 미뤘다. 하지만 내가 조금 더 자라면서 이런 상황이 닥쳤을 때 유연하게 대처할 힘도 함께 생겨났다. 같은 일이 반복되자 나는 먼저 그 사람의 행동이 상습적이라는 걸 확인한 후 내 마음속에 있던 모든 배려심을 거두었다. 그리고 마음을 굳게 먹고 아빠의 휴대폰으로 전화를 걸었지만 계속 연결이 되지 않았다. 혹시나 해서 내 휴대폰으로 전화를 걸었더니 마침내 그가 전화를 받았다.

"아저씨, 우리 아빠 부려 먹고 퉁 치려 하지 마세요. 우리 아빠 못 듣는 거지 바보 아닙니다. 아빠는 매일 달력에 일한 시간과 공수를 적거든요. 이거 다 증거로 남겼어요. 또 월급일 안 지키고 돈 떼가면 진짜 노동청에 신고하고 가만 안 있을 거예요."

그는 이 일 이후로 꼬박꼬박 월급을 제날짜에 입금했다. 내가 그저 어린 보호자였을 때에는 할 수 있는 일이 엄마 아빠의 억울함을 크게 말하는 것뿐이었지만, 성장한 나는 더 논리적이고 합리적인 방식으로 그에게 대응할 수 있었다.

그로부터 시간이 한참 지난 어느 날 아빠와 함께 일하는 친구분들 몇몇이 나를 찾아왔다. 다른 농인은 월급이 안 들어오거나 액수가 부족한데, 아빠 월급만 정확한 날에 딱딱 나온다는 것이었다. 아빠는 친구들에게 우리 딸이 전화한 덕분이라고 말했고, 친구분들이 나에게 대신 전화해 줄 수 있냐며 찾아온 것이다. 나는 난감했다. 하나하나 다 들어주기엔 각자의 사정이 모두 달랐고, 무엇보다 내가 나설 수 있는 일이 아니라고 생각했다.

엄마는 왜 슬기한테 부담을 주냐며 개인 사정은 개인이 처리해야 한다고 말했지만, 아저씨들의 사정을 들어보니 내 마음이 편하지 않았다. 유 반장 아저씨는 진짜 가만두면 안 되겠다는 생각에 아빠에게 유 반장보다 더 높은 직급인 사람의 전화번호를 알려달라고 했다.

나는 아저씨들을 대표해서 팀장님에게 전화해 농인들을 통솔하는 반장이 월급을 미루거나, 안 주거나, 돈을 떼먹은 지가 벌써 1년이 넘었다며 아저씨들이 일한 공수를 정확하게 계산해 달라고 따졌다. 만약 그렇게 하지 않으면 장애인차별금지법과 노동법 위반으로 신고할 거라는 말도 빼놓지 않았다.

사실 그때는 장애인차별금지법과 노동법에서 무엇이 위반되는지 정확히 몰랐지만, 최대한 그들에게 위협이 될 수 있는 말을 하려 했던 것 같다. 팀장은 농인들에게 그런 일이 있는 줄 몰랐다며 성실한 사람들인데 안타깝다는 말을 남기고는 다시는 그런 일 없게 하겠다고 했다. 전화를 끊고 나는 아저씨들을 향해 말했다.

아빠 친구들은 일어나서 내게 박수를 쳐주셨다. 세상에서 가장 좋은 집, 자동차, 옷보다 딸이 더 좋다는 친구들 사이에서 아빠는 오랜만에 행복해했다. 아빠는 친구들이 돌아간 뒤 내 어깨를 두드렸다. 청인들은 전화 하나로 모든 일을 쉽게 해결할 수 있는데 아빠는 말을 못 하니 그럴 수가 없다며 그럴 때 내가 도와줘서 힘이 된다고 말했다. 아빠가 말할 수 있었다면 이런 부탁은 하지 않았을 거라고도 했다. 그리고 내게 "고마워."라는 수어와 함께 입말로 또박또박 말했다. "고마워."

아빠는 내가 청인이라서 이 일을 해결했다고 생각했지만, 아마 전혀 몰랐을 것이다. 내가 전화하기 전 얼마나 많은 문장을 검색해봤는지, 통화할 때 손에 땀이 어찌나 많이 났는지, 목소리가 떨리지 않도록 얼마나 깊게 심호흡했는지. 나는 청인이라서가 아니라 아빠를 사랑하는 딸이라서 이 일을 해결할 수 있었다. 결국 아빠가 행복해했으니 그걸로 됐다.

끝에서 한가운데로

나는 학교에서 조금씩 수어를 썼다. 몇몇 친구들은 수어로 '바보'를 어떻게 하냐고 물었고, 하루 종일 서로에게 "바보."라는 수어를 날리며 키득거렸다. 그 손짓이 수어라는 걸 반 아이들이 알게 되었을 때, 이미 내가 수어를 잘한다는 소문이 퍼진 뒤였다. 쉬는 시간만 되면 친구들이 내게 달려왔다.

"네 이름 수어로 해 봐!"

"내 이름도 알려줘!"

수어를 어디서 배웠냐는 질문에 나는 잠시 고민했지만 엄마와 아빠한테 배웠다고 말했다. 틀린 말은 아니니 거짓말은 하지 않았다고 나 자신을 납득시켰다.

나와 용호는 같은 초등학교에 다녔다. 네 살 터울이지만 용호가 빠른 생일이라 다른 아이들보다 1년 일찍 입학했다. 내가 4학년이 되었을 때 용호는 1학년이었다. 용호의 담임 선생님은 가끔 나를 불러 부모님께 전해야 할 용건을 부탁하곤 했다.

"용호가 가정 통신문을 며칠째 안 내더라. 부모님께 설명 좀 해드리고 서명 받아와 줄래?"

그날부터 나는 용호에게 규칙을 만들어줬다.

"학교에서 돌아오면 가정 통신문 전부 팩스 옆에 올려놔. 그럼 엄마가 보고 서명해 줄 거야."

나는 용호 가방에서 꺼낸 가정 통신문 무더기를 엄마에게 보여줬다.

"학교에서 우유 먹으려면 여기 싸인."

"이건 급식 먹으려면 싸인."

엄마가 서명하면 내 것과 용호 것을 분류해서 각자의 파일에 끼워놓고 용호 가방에 챙겨뒀다. 어깨에 짐이 하나 더 늘어난 셈이었다.

용호의 담임 선생님은 가정 통신문뿐만 아니라 엄마에게 물어보고 싶은 것들도 종종 내게 물었다.

"사실 녹색어머니회를 모든 어머니가 돌아가면서 해야 하는데 용호 어머니만 아직 안 하셨어. 혹시 몸이 편찮으시니?"

엄마는 녹색어머니회를 한 번 나간 적이 있었다. 어머니들끼리 모여 조끼를 입고 깃발을 들고 서야 했는데, 어디에 서야 하는지, 어떻게 진행되는지는 엄마들끼리 소통해서 정해지다 보니 우리 엄마는 그 대화에 낄 수가 없었다. 그다음부터 "슬기 엄마는 오지 않아도 됩니다.”라는 통보를 받았다.

나는 이 이야기를 용호 담임 선생님께 전했고 선생님은 알아서 학부모회에 전달하겠다고 답했다.

그 무렵 나는 학교라는 공간에 차츰 적응하고 있었지만, 용호는 그러지 못했다. 학교와 집은 너무 많은 것들이 달랐기 때문이다. 나는 학교에서 노크라는 것을 처음 배웠다. 우리 집에서는 문고리를 먼저 돌리고, 문이 잠겨 있으면 안에 누가 있다는 의미라 밖에서 기다렸다. 급할 때는 전등 스위치를 끄고 켜는 것을 반복해서 빨리 나와 달라는 신호를 보냈다.

친구를 부를 때는 자연스럽게 다가가 어깨를 톡톡 쳤다. 엄마와 아빠를 부를 땐 항상 그렇게 했기 때문이다. 그런데 학교에서는 친구가 나를 흘겨보며 “왜 때려?”라고 물었다. 친구들은 그저 이름만 부르면 쉽게 서로를 부를 수 있었다. 하지만 나는 목소리로만 부르는 게 익숙하지 않았다. 용호도 그랬을 것이다.

어느새 6월이 되었고 학교에서 운동회가 열렸다. 엄마와 할머니는 도시락을 싸서 학교로 왔다. 나는 한참 동안 엄마를 찾았지만 찾을 수 없었다. 학교 이곳저곳을 헤매다 학교 운동장 가장 끝, 구석진 곳에 돗자리를 펴고 앉아 있는 할머니와 엄마를 발견했다.

“왜 여기 있어?”

엄마는 별일 아니라면서 어서 도시락을 먹으라고 권했다. 나는 무슨 일이냐고 다시 물었지만, 엄마는 손을 저었다. 그날 엄마는 운동회를 끝까지 보지 않고 집으로 돌아갔다.

운동회를 마치고 집에 도착해보니 할아버지가 와 있었다. 할아버지가 우리 집에 올 때는 좋은 일로 오실 때도 있었지만 대부분 좋지 않은 일 때문이었다. 그날도 왠지 좋지 않은 예감이 들었다. 무슨 일인지 들어보니 용호가 운동회에서 엄마에게 창피하니 돌아가라고 말했다는 것이었다. 엄마는 어려서 그렇다며 이해한다고 했지만, 할머니의 이야기를 들은 할아버지가 화가 나서 집에 찾아오신 모양이었다. 용호는 할아버지께 엉덩이를 맞으며 다시는 엄마가 부끄럽다고 말하지 않겠다고 싹싹 빌었다. 우리 집은 그런 일이 잦았다. 무언가를 잘못했을 때 엄마나 아빠가 아니라 할아버지나 할머니에게 더 혼이 나곤 했었다.

나는 용호의 모습에서 지난날의 내가 보였다. 나도 그랬다. 왜 나는 다른 친구들과 다른 건지, 내가 왜 이런 고민을 해야 하는지 슬펐다. 숨고 싶었던 적도 많았다. 나는 용호에게 솔직하게 털어놓았다.

"용호야, 나도 옛날에 친구들한테 우리 엄마를 이모라고 거짓말한 적 있어."

"누나가?"

"응. 그리고 마음이 너무 아프고 슬퍼서 엄마한테 솔직하게 이야기했어."

"엄마가 뭐래?"

"괜찮대. 다음부턴 안 그러면 된대."

나는 용호의 눈을 똑바로 보며 말했다.

"너도 이번에 한 번 실수로 그런 거니까 다음에 안 그러면 돼. 그리고 만약 친구들이 너희 엄마 아빠 왜 그런지 물어보면 청각장애인이라고 하고 수화 잘한다고 말해. 만약에 걔가 놀리면 누나 불러. 누나가 가서 혼내줄게, 진짜!"

앞니가 빠진 용호가 활짝 웃었다.

이듬해 용호의 앞니가 가지런히 자라났을 무렵, 다시 운동회가 열렸다. 엄마는 작년처럼 도시락을 싸 왔다. 이번에는 할머니와 아빠도 함께였다. 지난 운동회에서 내가 계주로 금메달을 받았기에 아빠가 이번 운동회에는 내가 얼마나 잘 달리는지 보러 온다고 약속했고, 그 약속을 지킨 것이다. 도시락을 먹는 동안 나는 친구들에게 엄마 아빠를 소개했다.

"우리 엄마 아빠야!"

친구들의 부모님도 엄마 아빠에게 다가와 서로 인사를 나눴다. 나는 친구 부모님의 말씀을 수어로 통역했고, 친구들은 통역하는 내 모습을 보며 "우와!"하고 치켜세웠다. 우리 돗자리가 가장 인기가 많았다. 그 사이 용호는 조금씩 기를 펴기 시작했다. 처음에는 혼자 먹겠다더니 조금 시간이 지나자 친한 친구들을 데려와 같이 먹기로 했다. 우리는 친구들과 돗자리를 이어 가장 큰 돗자리를 만들었다. 그리고 모두 다 함께 밥을 먹었다. 수어와 음성 언어가 오가는 자리였다.

운동회의 하이라이트는 역시 마지막 순서인 계주이다. 나는 청팀의 최종 주자였다. 앞 주자들이 역전에 역전을 거듭한 끝에 우리 팀이 뒤처진 채로 나에게 바통이 왔다. 나는 전력을 다해 뛰었다. 엄마 아빠가 있는 곳으로, 온 힘을 다해 달렸다. 결국 극적으로 내가 역전하면서 우리 팀이 승리를 차지하게 되었다. 내가 결승선을 가장 먼저 통과하자 모든 청 팀이 일어나서 환호했다. 나는 그 순간, 운동장 한가운데 벌떡 일어나 반짝반짝 손을 흔드는 엄마 아빠를 보았다. 그 날만큼은 내가 주인공이었다.

운동회가 끝나고 나는 어른들 사이에서 엄마 아빠의 자랑이 되었다. 모두가 엄마와 아빠를 향해 나를 가리켰다가 엄지손가락을 들며 내가 최고라고 말했다. 엄마와 아빠는 행복해했다. 용호는 같은 반 친구들을 데려왔다.

"우리 누나야! 우리 누나야!"

용호는 나를 여기저기에 소개했다. 그렇게 나와 용호의 학교생활이 천천히 무르익어가고 있었다.

2장

트라우마

나에게는 특정 단어와 특정 행동에 대한 트라우마가 있다. 이 트라우마는 시간이 아무리 흘러도, 나이가 들어서 어른이 되어도 여전히 내 심장을 내려앉게 하고, 당황스러움과 분노를 온몸으로 깊숙이 퍼트려 뱃속을 쓰리게 한다.

초등학교 5학년, 학부모 공개수업이 있는 날이었다. 우리 엄마는 각종 학교 행사에 빠짐없이 참여하는 편이었다. 나는 엄마가 학교에 오는 것이 좋았다. 엄마는 학교에 올 때마다 가장 예쁘고 좋은 옷을 입었다. 사람들에게 장애인은 오래되고 낡은 옷을 입는다는 편견이 있다며 보란 듯이 더 깔끔하고 보기 좋게 차려입었다. 덕분에 나는 공개수업을 하는 날이면 언제나 의기양양해져서 어깨가 하늘을 찌를 듯이 올라갔다. 친구들은 며칠 전부터 엄마가 학교에 온다는 소식을 듣고 수어를 연습했다. 공개수업이 끝나고 나서는 몇몇 친구들이 엄마에게 "안녕하세요."라고 수어로 인사하며 수줍어했다. 서툴지만 정성스러운 손짓에 엄마는 웃음으로 화답했다.

그렇게 엄마와 작별 인사를 하고 교실로 올라오는데, 계단에서 우리를 지켜보던 남자아이가 갑자기 눈을 하얗게 뒤집고 손가락을 이상하게 꼬며 엄마와 나의 대화를 우스꽝스럽게 흉내 냈다. 분명한 조롱이었다. 그 순간 화가 뱃속에서부터 끓어오르고 주먹이 저절로 꽉 쥐어졌다. 나는 분노에 찬 눈빛으로 계단을 뛰어 올라갔고 그 아이는 도망갔다. 학교 대표 육상선수한테 도망치려고 하다니. 나는 있는 힘껏 소리치며 끝까지 뒤를 쫓았다. 결국 그 아이는 교실 뒷문에서 나에게 잡혔고, 나는 그 아이와 마주 서서 거칠게 숨을 몰아쉬었다. 그 아이는 아무 말도 하지 못한 채 나를 올려다봤다. 몇 초간의 정적 후 나는 그 아이의 당황한 눈을 마지막으로 째려보며 자리를 박차고 돌아섰다.

교실로 돌아오는 길, 그 장면을 목격한 친구 몇몇이 내 옆에 조용히 붙어 걸었다. 친구들이 괜찮냐고 물었지만 나는 대답하지 않았다. 교실에 들어서자 몇몇 아이들이 수군거렸다. "야, 왜 그래? 무슨 일 있었어?" 궁금해하는 시선들이 쏟아졌다. 하지만 그 아이는 고개를 숙인 채 아무 말도 하지 않았다. 변명도 해명도 없었다. 자신이 무엇을 했는지, 왜 내가 그토록 분노했는지 잘 알고 있었기 때문이다. 나는 그때 일을 그렇게 넘긴 것을 오래도록 후회했다. '그냥 한 대 때려줄 걸.' 속으로 몇 번이고 떠올리며 되새겼다. 그리고 다시 또 이런 일이 생기면 절대 가만히 있지 않겠다고 다짐했다.

그로부터 시간이 한참 지난 어느 날이었다. TV 속 아나운서의 입에서 '벙어리장갑'이라는 단어가 나오는 것을 우연히 본 나는 화면을 멈춰 세웠다. 예전부터 사람들은 부모님을 '귀머거리', '벙어리'라고 불렀다. 한번은 내가 엄마 아빠에게 귀머거리라는 단어를 설명한 적이 있다. "귀를 먹다." 엄마와 아빠는 귀를 먹는 수어 표현을 이해하지 못해 한참 동안 내 수어의 의미를 해석하다가 '귀머거리'라는 내 입 모양을 보고 비로소 "아……." 하며 고개를 끄덕였다. 어린 나이에도 그 말이 좋은 단어가 아니라는 것은 어렴풋이 알 수 있었다. 엄마와 아빠는 자신을 농인이나 청각장애인이라고 표현했지, 단 한 번도 벙어리나 귀머거리라고 한 적은 없었기 때문이다.

TV 속 아나운서는 벙어리장갑의 '벙어리'가 청각장애인을 비하하는 차별적 단어라고 설명했다. 겨울마다 끼던 벙어리장갑이 엄마 아빠가 평생 들으며 상처받아 온 단어와 같은 말이라니. 그저 이름만 같은 것으로 생각했었는데 아니었다. 심지어 벙어리라는 단어는 논리적으로도 맞지 않는다. 청각장애인은 입이 막힌 사람이 아니라 듣지 못하는 사람이고, 수어라는 고유한 언어로 생각과 의견을 표현하기 때문이다.

사실 그전까지 드라마를 비롯한 TV 프로그램에서 '벙어리장갑', '꿀 먹은 벙어리' 같은 표현이 나올 때마다 조금씩 움찔하곤 했다. 그래도 비속어가 아니니까 괜찮다고 생각했다. 그렇게 생각하려 했다. 그 말을 쓰지 말아 달라고 하려면 우리 부모님이 농인이라는 것도 밝혀야 했으니, 못 본 척 참고 있었던 것이다. 하지만 그 말의 함의를 몰랐던 것은 아니다. 그저 모르는 척하고 있었을 뿐이었다. 그리고 이제는 더 이상 그러고 싶지 않았다.

차별의 언어는 늘 일상에 있었다. 하루는 어떤 평범한 오후, 동네 카페에서 친구와 수다를 떨던 중이었다. 배경음악으로 흘러나오던 노래 가사에 '벙어리'라는 단어가 불쑥 튀어나왔다. 그 순간 모든 것이 멈춘 듯했다. 초등학교 5학년 때 계단에서 눈을 뒤집고 손가락을 비틀며 엄마를 흉내 내던 아이의 모습과 아무것도 하지 못했던 나의 무력했던 모습이 한꺼번에 밀려왔다. 심장이 빠르게 뛰고 배가 아팠다. 노래가 끝날 때까지 나는 그저 굳어 있었다. 하지만 이번에는 그냥 넘어가고 싶지 않았다.

"방금 들었어? 벙어리……. 아직도 벙어리라는 단어를 쓰는 사람이 있어? 심지어 가사에?"

"벙어리가 왜?"

"벙어리는 차별적인 단어니까 가사에 쓰면 안 되지."

"사람들이 많이 쓰는 단어이기도 하고. 그리고 욕은 아니잖아?"

"외국인이 가사에 한국인을 비하하는 단어를 쓰면 너는 어떨 것 같은데?"

"근데 어차피 귀가 불편하신 분들은 노래 못 들으니까 모르시지 않아?"

"그래서 더 화나는 거야! 누가 그래? 청각장애인들이 노래 안 듣는다고? 야, 노래는 귀로만 듣냐? 가사는 못 읽어? 꼭 들어야만 차별인지 아는 거야?"

친구는 내 설명에도 이해하지 못하는 듯했다. 내 부모님이 농인이라는 걸 알았다면 이렇게까지 쉽게 말하지 않았을 텐데. 친구는 옛날부터 써오던 단어이기 때문에 불편해하는 사람은 별로 없을 거라고 말했다. 그러니까 내가 너무 예민한 거라고 말이다.

나는 그 노래도, 그 노래를 부른 가수도, 그것을 대수롭지 않게 생각하는 친구도 싫었다. 초등학교 때가 떠올랐다. 지금 상황을 바로잡지 않으면 또다시 평생을 후회할 것 같았다. 카페에서는 그 곡을 부른 가수의 노래들을 메들리처럼 반복해 틀고 있었다. 나는 일어나 카페 직원에게 다가갔다.

"저기, 죄송하지만, 노래를 좀 바꿔주실 수 있나요?"

친구의 말처럼 벙어리라는 단어는 여전히 우리 일상 곳곳에 스며들어 있다. 길거리에는 벙어리장갑이라고 버젓이 써 놓은 매대가 즐비하고 '벙어리 삼 년, 귀머거리 삼 년'은 시집살이의 어려움을 견디는 지혜라며 쉽게 인용된다. 그리고 사람들은 말한다. 차별의 의도를 가지고 한 말이 아니라고. 하지만 '나쁜 뜻은 아니었다.'라는 변명이 상처를 지우지는 못한다.

차별은 일상 속 언어에서 그치지 않는다. 훨씬 더 큰 무대에서, 그것도 전 세계가 지켜보는 자리에서도 벌어진다. 2013년, 넬슨 만델라 전 남아프리카공화국 대통령의 영결식에서 가짜 수어 통역사가 아무 의미 없는 손짓으로 수어를 흉내 낸 사건이 있었다. 비장애인들은 그것이 진짜 수어라고 믿었고 농인들은 분노와 충격에 휩싸였다. 국가적 공식 행사에서 공인된 수어 통역사가 아닌 가짜를 세웠다는 것과 그로 인해 수어가 희화화되었다는 사실은 청각장애인뿐만 아니라 그들의 가족들에게도 모욕이었다. 이 사건은 수어와 농문화에 대한 사회 전반의 무관심을 적나라하게 드러냈다. 내가 그렇게도 소중하게 여기는 언어가, 세상에겐 이렇게 하찮은 것이었나 싶기도 했다.

방송을 비롯한 다양한 콘텐츠 속에서도 수어는 종종 패러디나 개그 코드의 소재로 등장한다. 예를 들어, '산'이나 '형제'라는 수어를 과장되게 따라 하거나 수어를 안다는 말에 "이게 수어로 형이라며?" 하며 가운뎃손가락을 세워 보이기도 한다. 여기서 분명하게 밝히자면, 수어에 단순히 중지만 치켜세우는 수형은 없다. 그것은 수어를 배우지 않은 사람이 만든 가짜 수어이며 그런 수어를 사용하는 것은 결국 자신의 무지를 드러낼 뿐이다.

부모님의 언어이자 나의 모어인 수어가 단순한 호기심의 대상이나 구경거리가 되는 것은 나를 아프게 한다. 그럴 때마다 그것은 예의가 아니라고, 농인을 존중한다면 그의 언어인 수어도 존중해야 한다고, 수어를 희화화하는 것은 그 언어를 사용하는 사람들을 무시하는 거라고, 설명을 반복해야 했다.

누군가는 단어 하나를 바꾸는 일이 뭐 그리 대수냐고 할지 모른다. 나의 노력을 단순한 트집 잡기나 예민하게 구는 것으로 여기는 사람도 있을 것이다. 하지만 차별적인 언어를 고친다는 건 단지 단어 하나를 바꾸는 게 아니다. 그 단어로 상처받았던 누군가의 존재를 존중하는 일이다. 나에게는 내 부모를 지키고 그들의 언어를, 나아가 그들의 존재를 존중하는 일이기도 하다.

내 부모님의 언어가 조롱당하지 않기를, 어느 아이의 심장이 철렁 내려앉는 일이 없기를 바란다. 나는 언제든 바꿔 달라고, 쓰지 말자고 말할 것이다. 오늘처럼 말이다.

독립이라는 이름의 도피

대학교에 입학하자마자 제일 먼저 하고 싶었던 건 '독립'이었다. 나는 집에서 멀리 떨어진 대학에 입학했다. 치밀하게 계획한 건 아니었지만, 오래 기다린 일이었다. 스무 살의 나에게 대학은 탈출의 기회였다. 나는 어렸을 때부터 스무 살을 '어른'이 되는 때로 정해 두고 그때가 되면 부모님을 든든히 지켜 드리겠다고 다짐했다. 하지만 막상 스무 살이 되고 나니 오히려 부모님 곁을 벗어나고 싶어졌다. 평생 엄마 아빠를 챙기면서 보낸 시간이 조금씩 쌓여 어느덧 나 자신도 잊어버리고 있었다. 나는 그런 생활에 진절머리가 났다.

일산인 우리 집에서 내가 다니는 대학이 있는 용인까지는 대중교통을 이용하면 편도로 두 시간 삼십 분, 왕복으로는 다섯 시간이 걸렸다. 그 정도면 집을 떠나야 하는 이유로 충분하다고 생각했다. 나는 대학에 진학하면 기숙사에서 살고 싶다고 부모님께 말했다. 아빠는 편도 두 시간 반이면 다닐 만하다며, 예전에 자신이 출퇴근할 때 걸렸던 시간을 예로 들었다. 옛날엔 다들 그렇게 학교에 다녔다면서 나에게도 통학하라고 했다. 그 당시의 나는 내가 집을 떠나면 통역해 줄 사람이 없어지니까 못 가게 막는 거라고 여겼다. 그래서 꽤 삐딱하게 굴었다.

대학교 1학년 첫 학기는 대중교통을 타고 다니며 버텨냈지만, 왕복 다섯 시간을 매일 오가는 것은 체력적으로도 정신적으로도 너무 힘들었다. 나는 버스와 전철 안에서 과제를 했고 친구들과 밥을 먹다가도 8시면 자리에서 일어나 집으로 향해야 했다. 집에 가서도 편히 쉬지 못했다. 엄마는 내가 학교에 다녀오는 동안 쌓였던 통역 거리들을 한꺼번에 쏟아냈다. 언제까지 집안일에 매여 있어야 하나 싶었다. 여전히 엄마 아빠에게 발목이 잡혀 있는 기분이었다.

나는 더 이상 엄마 아빠에게 매여 있지 않기로 결정했다. 방학 동안에는 관공서에서 아르바이트하며 돈을 모았고 학기 중에는 장애 학생 도우미로 용돈을 벌었다. 그렇게 모은 돈으로 대학교 근처 자취방을 알아보러 다녔다. 집을 알아보는 일은 그리 어렵지 않았다. 어릴 때 엄마를 따라다니며 집을 구해본 경험이 몇 번 있었기 때문이다. 집을 볼 때 무엇을 체크해야 하는지, 계약서를 볼 때 어느 부분을 유의해서 봐야 하는지 잘 알고 있었다.

학교에서 도보 5분 거리, 햇빛이 잘 드는 5평 남짓의 월세방을 찾았다. 마음에 드는 집이었지만 내 예상보다 월세가 비쌌다. 중개사에게 월세를 조금 더 내려줄 수 있을지 물었지만 어렵다고 했다. 예전에 할머니와 엄마를 따라 부동산에 갔을 때 전세금을 올리고 월세를 낮춘 기억이 떠올랐다. 그래서 혹시나 하는 마음에 보증금을 올릴 테니 월세를 낮춰 주실 수 있는지 물었다. 중개사는 학생이 그런 걸 어떻게 아냐고 물었다.

"어릴 때 엄마랑 많이 다녀봤거든요."

곧 중개사가 집주인에게 연락했고 조건을 수락한다는 답을 받았다. 부동산에서는 나를 야무진 학생으로 불렀다. 집을 확인하고 집으로 돌아오는 길, 나는 계속 생각했다. '어떻게 설득하지?' 이번엔 정말 나가야 했다. 아빠가 뭐라고 하든 상관없이 선언하겠다고 다짐했다. 그리고 집에 도착하자마자 엄마와 아빠 앞에 섰다.

"나 내년부터 학교 앞 혼자 살다 결정 집 구했다."

엄마와 아빠는 예상보다 담담한 표정이었다. 이미 눈치채고 있었던 것 같았다.

"너 1년 동안 왔다 갔다 수고. 그동안 엄마도 돈 모았다. 집 보태."

엄마의 말에 잠시 멈칫했다. 혼자 해낼 수 있다고 했지만, 결국 부모님의 도움 덕분에 보증금을 채워 집을 계약할 수 있었다.

나의 자취방에는 밤마다 TV를 보며 "저게 무슨 뜻이야?" 하고 묻는 엄마 아빠가 없었다. 낮에 걸려 오는 전화를 받고 통역해 줄 필요도 없었다. 진짜 자유를 얻었다고 생각했다. 몇몇 동기들은 부모님께 아침저녁으로 안부 전화를 했지만 나는 그럴 필요가 없었다. 엄마 아빠는 전화를 받지 못했을뿐더러, 나는 아이폰을 쓰고 엄마는 갤럭시폰을 써서 서로 영상 통화도 할 수 없었다. 가끔 문자로 '잘 지내니?', '밥은 먹었니?' 하고 안부만 물었다.

그렇게 내게 완전한 자유의 시대가 열리나 싶었을 때쯤 '페이스톡'이 등장했다. 페이스톡을 이용하면 카카오톡 친구와 무료로 영상 통화를 할 수 있었다. 엄마는 페이스톡이 생기자마자 가장 먼저 나에게 영상 통화를 걸었다. 드디어 나와 연락할 수 있게 된 데다가 와이파이만 있다면 통화료도 무료라니, 새로운 문물에 한껏 들떠있었다. 엄마는 그날부터 매일 밤 페이스톡으로 내 안부를 물었고 그러다가 조금씩 집안일을 공유하며 통역을 부탁하기 시작했다. 나는 페이스톡 알림음 소리만 들어도 스트레스가 쌓였다.

"아니, 이걸 누가 왜 만든 거야!"

엄마와 아빠, 나 사이에는 오래된 암묵적인 규칙이 있었는데 부재중 전화가 두 통 이상 오면 아주 급한 일이니 핸드폰을 확인하는 즉시 영상 통화를 해야 한다는 것이었다.

어느 날, 수업 중에 엄마에게서 부재중 전화가 왔다. 수업 중이라 거절했지만 엄마는 계속해서 내게 전화를 걸었고 문자를 보냈다.

'급해 빨리'

나는 연락을 무시했다. 여기서도 엄마의 요청에 무조건 다 대답하면 독립한 의미가 없지 않나. 이제 나도 성인이 되었고 집을 떠나 살게 되었으니 필요할 때마다 나타나는 지니처럼 굴지 않아도 되는 게 아닌가? 나는 강의 시간 동안 일부러 휴대폰을 꺼놓고 수업이 모두 끝난 후 집으로 돌아오고 나서야 휴대폰을 켰다. 밤늦게 엄마에게 페이스톡을 걸었다. 학교에 급한 사정이 있어서 전화받지 못했다고 변명하며 무슨 일이냐고 물었다. 별일 아닐 거라 생각했다.

엄마는 용호의 학교 담임선생님이 갑작스럽게 방문했는데 미리 알지 못했기에 아무런 준비를 하지 못했고, 수어 통역사도 부르지 못해 용호가 대신 통역했다고 전했다. 새 학기가 되고 용호가 말썽이 많은 친구들과 어울리며 수업 태도가 흐트러졌던 모양이었다. 선생님이 계속 이런 식이라면 가정방문을 해야 한다고 여러 차례 경고했지만 태도는 나아지지 않았고, 약속대로 가정방문 날짜가 잡혔지만 용호가 아무에게도 이 이야기를 하지 않은 것이다.

담임선생님은 부모님이 농인이라는 사실도 알지 못했다. 선생님과 집으로 향하는 길에도 용호가 차마 그 사실을 말하지 못했기 때문이었다. 결국 그렇게 망설이는 사이 집 앞까지 다다랐고, 부모님은 앞으로 닥칠 일은 전혀 모른 채 선생님과 마주하게 됐다. 엄마는 급히 나에게 페이스톡을 걸었지만, 나는 받지 못했고 어쩔 수 없이 용호가 수어로 말을 옮겨야 했다.

나는 용호가 이번 일로 자신의 잘못을 크게 뉘우쳤을 거라고 생각하면서도 한편으로는 딱히 의지할 곳 없이 홀로 고민했을 모습이 떠오르기도 했다. 용호는 수어가 나보다 훨씬 부족하다. 평소에도 깊은 이야기는 내가 용호에게 다시 통역해 주었기 때문이다. 그런 상황에서 선생님의 입을 빌려 자기의 잘못을 수어로 옮기고 부모님의 사과까지 전해야 하는 심정을 나는 어렴풋이 짐작할 수 있었다.

　내가 집을 떠나고 나의 빈자리는 용호가 떠안게 되었다. 그런 부담은 용호가 당연히 해야 할 일이 아닐뿐더러 쉬운 일도 아니다. 엄마와 아빠는 나의 공백을 당연히 용호가 채워줄 것으로 생각했을지도 모르지만, 용호는 아직 누군가의 손과 입이 되기엔 너무 어렸다. 나에게 독립은 자유를 찾는 일이었지만 가족들에게는 채워야 하는 빈틈이었다.

100 슬기

엄마는 가끔 농담처럼 딸이 100명쯤 있으면 좋겠다고 말했다. 그럴 때마다 '한 명 키우기도 힘든데 100명은 무슨.' 하고 생각했지만, 이따금 집에 와서 엄마가 쌓아둔 일들을 보면 그 말이 농담만은 아니라는 걸 깨닫게 되었다.

자취 생활을 하면서 오랜만에 본가에 들르기로 했다. 엄마는 내가 오기 며칠 전부터 '이번 주 금요일에 오는 거 맞지? 내일 오는 거 맞지?' 하며 여러 번을 되물었다. 내가 할 일이 기다리고 있다는 뜻이었다.

집에 도착하자마자 오랫동안 비어 있던 내 방을 미처 다 살펴보기도 전에, 엄마는 나에게 휴대폰을 건넸다.

"관리사무소 전화해. 싱크대 물 샌다."

뭐, 이 정도쯤이야.

“아저씨, 여기 402호인데요, 싱크대에서 물이 새는 것 같아서요. 한번 봐주시겠어요?”

내가 전화를 끊기도 전에 엄마는 내 앞에 떡집 명함을 내밀었다. 이번 주에 있을 교회 행사에 필요한 떡을 주문해야 한다고 했다. 이 정도쯤이야.

“네, 떡집이죠? 행사용 떡을 주문하려고 하는데요.”

주문 수량을 확인하고 배달 날짜와 결제 방법을 알려주고 통화를 끝내자 엄마는 만족스럽다는 듯 고개를 끄덕였다. 나는 이제야 한숨을 돌리겠다고 생각했다. 그런데 식탁 위에 잔뜩 쌓인 서류들이 눈에 들어왔다.

“이게 다 뭐야?”

할머니는 1년에 두세 번씩 내과와 안과 검진을 정기적으로 받고 있었다. 이번에는 혈액 검사와 폐 CT, 안과 검진이 예약되어 있었다. 서류에는 금식 기간, 복용을 중단해야 하는 약물, 검사 순서까지 주의 사항이 빼곡했다. 나는 서류를 한 장씩 확인하며 할머니의 보호자인 엄마에게 수어로 설명했다.

엄마는 내 설명을 듣다가 갑자기 “잠깐만!” 하고는 휴대폰을 꺼내 내 수어를 동영상으로 찍기 시작했다. “설명해. 나중에 까먹을까 봐.”

‘딩동’

잠시 후, 관리사무소 아저씨가 도착했다. 아저씨는 한참 싱크대 밑을 살펴보더니 수도가 지나가는 수전 손잡이가 풀려 있었다며 방금 조여놨으니 이제 물이 안 샐 거라고 말했다. 아저씨가 돌아가고 나는 소파에 털썩 주저앉았다. 이제 좀 쉴 수 있으려나. 그런데 그 순간 엄마가 차 키를 들고나와 나를 재촉했다.

나는 엄마를 따라 조수석에 올라탔다. 엄마는 운전하면서 병원으로 가는 길 내내 자기 몸 이야기를 꺼냈다. 어깨랑 팔꿈치가 아픈데 해결이 안 된다며, 밤에는 볼이 빨개지고 심장이 두근거려 잠을 못 잔다고 했다. 아침에는 온몸이 부어서 손가락이 잘 접히지 않는다고도 말했다. 병원에 도착하자 의사 선생님은 엄마를 간단히 진찰하고 나를 쳐다보았다.

“수어 통역사예요?”

“아뇨, 딸이에요.”

“그렇죠? 얼굴이 닮아서 신기하다고 생각했어요. 어머님께서는 오십견, 그러니까 갱년기 증상 중 하나를 겪고 계세요. 이건 약으로 치료되는 부분이 아니에요. 그냥 어깨를 최대한 안 쓰는 게 가장 좋고요. 증상이 심할 때 오셔서 물리치료 받으시면 됩니다.”

나는 엄마에게 수어로 전했다.

고 조심히 아껴.”

엄마는 고개를 갸웃하며 의심하는 눈빛을 보냈다. 의사가 못 고치는 병이 어디 있냐는 표정이었다. 아무래도 이 병원 말고 다른 병원을 찾아가 보자고 할 것 같았다. 나는 엄마를 설득하기 위해 다시 한번 설명했다.

“선생님 말 맞아. 내가 인터넷으로 찾아봤어. 오십견 약물 치료 별로 없어. 진통제뿐. 진통제 많이 먹으면 몸에 나빠. 그냥 찜질하고 어깨 안 쓰면 자연스럽게 회복.”

집으로 돌아오는 길, 시계를 보니 집에 도착한 지 두 시간이 채 안 된 시간이었다. 그동안 나는 관리사무소에 전화하고, 떡을 주문했으며, 병원 관련 서류를 읽어주고, 의사의 말을 통역했다. 모든 게 당연한 일처럼 느껴졌다. 문득, 내가 없을 때 엄마는 어떻게 했을까 하는 생각이 들었다.

그날 밤, 아빠가 퇴근 시간이 훌쩍 지났음에도 집에 오지 않고 메시지도 받지 않았다. 엄마가 걱정하고 있을 때 모르는 번호로 전화가 왔다. 나는 모르는 번호로 오는 전화를 모두 받는다. 엄마나 아빠 혹은 용호와 관련해 걸려 온 전화일 확률이 높기 때문이다. 이번에도 습관처럼 전화를 받았다.

“네, 여보세요.”

“저……, 유정순 씨 따님 되시나요?”

“네……. 누구세요?”

순간 가슴이 철렁 내려앉았다.

“아, 저 현대해상 보험 담당자입니다. 아버님께서 흑석동에서 교통사고가 나셔서요.”

엄마가 내 얼굴을 보며 손을 들어 물었다.

나는 엄마를 향해 잠깐만 기다리라는 손짓을 하고 전화에 집중했다.

“지금 아빠 상태는 어떤데요?”

“다행히 크게 다치신 것 같지는 않은데요, 병원에 가서야 할 것 같은데 의사소통이 안 돼서……, 병원에 가실 수 있는 상황인지 아닌지 저희가 판단하기 어려워서 연락드렸습니다.”

“상태가 어떻든 일단 응급실로 보내주세요. 제가 페이스타임으로든 전화로든 통역하겠습니다.”

나는 엄마에게 상황을 설명했다. 엄마의 얼굴이 하얗게 변했다. 하지만 코로나19가 한창 유행하고 있어 응급실에 보호자는 들어갈 수 없는 상황이었다. 나는 농인 환자라 수어 통역이 있어야 한다고 설명했지만 병원은 원칙상 불가능하다며 의료진이 아빠와 직접 필담으로 소통하겠다고 말했다. 나는 우리 아빠와는 필담으로 소통이 안 되니 수어 통역을 할 수 있게 해달라고 여러 번 설득했고 결국 아빠와 영상 통화를 하게 되었다. 아빠는 담담하게 설명했다.

“원래 일이 5시 30분에 끝나는데, 오늘은 일이 일찍 끝났어. 그래서 4시쯤 집에 가려고 골목길에서 나오는데 버스는 막히니까 전철 타려고……”

120

"아, 사고 난 상황만 설명. 다른 거 말고."

"아……, 골목길 걸어가고 있는데 갑자기 오토바이랑 부딪혔어."

나는 골목길에서 아빠가 나오던 중 지나가던 오토바이와 부딪혔다고 설명했다.

"아프다. 어디?"

"심한 건 아니고 어깨, 넘어질 때 엉덩이, 손바닥 조금."

나는 의사 선생님께 "부딪히면서 어깨와 엉덩이로 넘어져서 통증이 심하고, 손바닥과 손목이 삔 듯 많이 아프다고 합니다."라고 전했다. 그리고 보험사와 통화한 뒤 상대방 보험사에 보호자 번호로 내 번호를 전달했다. 상대방 보험사에서는 오토바이 운전자가 아빠가 듣지 못해서 사고가 났다며, 아빠에게 과실이 있다고 주장했다는 사실을 전해주었다. 상황을 알게 된 아빠는 억울해하면서 그 사람이 속도를 줄이지 않아서 사고가 났으며 자신은 피할 수 없었다고 말했다.

나는 결국 이 사건을 경찰에 접수했다. 경찰 조사로 골목길에서 난 사고 당시의 CCTV를 확인할 수 있었고, 그 결과 아빠의 과실이 0, 상대 과실 100이라는 결론이 났다. 상대방에게 합의하자는 연락이 왔지만 나는 연락을 받지 않았다. 듣지 못하는 농인이라 아빠에게 과실이 있다고 떠넘긴 그 사람이 너무나 괘씸했다. 아빠는 상대방의 건강을 살폈다.

"오토바이 다쳤다? 많이 다쳤다? 물어봐."

상대방은 아빠의 건강을 묻지도 않는데, 아빠는 가해자의 상황을 먼저 물었다. 내가 오토바이 운전자의 상태를 물으니 병원에 입원 중이라는 답변을 들었다.

나는 아빠에게 그 사람이 합의하자고 했지만 합의할 생각이 없다며, 이 일을 전적으로 나에게 맡겨달라고 말했다. 상대방은 아빠에게 80만 원의 합의금을 제시했다. 나는 보험사에서 일하는 지인에게 의견을 구했다. 그분은 내용을 듣더니 절대 합의하지 말라며 적합한 합의금의 최소 금액을 알려주었다. 나는 그의 말대로 합의하지 않겠다는 의사를 전했다. 하지만 아빠는 상대방의 제안이 좋다고 말했다.

"돈 필요. 80만 원도 충분. 괜찮다. 아프다 많이 없다."

나는 화가 났다.

"지금 아픈 거 모르지! 며칠 지나면 어깨 아프고 엉덩이 아프고 그거 누가 어떻게 치료? 80만 원? 억울 없다?"

아빠는 억울함보다 돈이 더 중요하다고 말했다. 상대방이 합의를 못 하겠다고 하면 돈을 못 받는 것이 아니냐며 돈을 빨리 받고 싶다고 했다. 평소였다면 아빠가 원하는 대로 처리했을지 몰라도 이번만큼은 그럴 수 없었다. 모든 상황이 감정적으로 다가왔다. 몇 달이 지나고 상대 보험사와 오토바이 운전자에게 직접 연락이 왔다.

"제가 잘못 판단했습니다. 정말 죄송합니다. 직접 사과드리고 싶습니다." 그리고 그는 원하는 합의금을 제시해 달라고 말했다. 나는 보험사 지인과 논의한 내용을 전달했고, 원래 액수에서 3배가 되는 금액으로 합의할 수 있었다.

모든 절차가 마무리되었을 때 내가 느낀 감정은 씁쓸함이었다. 당연히 받아야 할 보상을 왜 이렇게 힘들게 받아내야 하나. 농인이라는 이유로 과실을 덮어씌우려 했던 가해자를 잊을 수 없었다. 사고가 난 날부터 합의금을 받기까지는 몇 달이 소요됐다. 나는 그동안 끊임없이 통역하고 협상했다. 늘 이런 일들은 내 손을 거쳐야 했다.

시간이 흘러 오랜만에 들린 본가에는 여전히 식탁 위에 읽어야 할 서류가 쌓여있었다. 아빠의 보험 처리에 남은 일을 정리하고 엄마가 적어둔 메모를 소파에 앉아 한 장씩 읽어보았다. 내가 엄마에게 말했다. "엄마의 딸이 100명이면 좋겠다." 나는 여전히, 보호자다.

보이스 피싱

엄마의 휴대폰에서 진동이 울렸다. 예전 같았으면 바로 통화 버튼을 눌러 무작정 내 귀에 가져다 댔을 텐데, 지금은 화면을 내게 먼저 보여준다.

"누구인지 통화해 볼래?"

070으로 시작하는 번호를 보고 광고 전화 같으니 받지 않아도 된다고 하자 엄마가 고개를 갸웃한다.

"협회 영상 전화기 번호 대부분 070이어서 중요한 전화인 줄 알았네."

엄마에게 전화는 낯선 영역이다. 보이스 피싱 피해자가 늘어나고 있다는 뉴스를 볼 때마다 우리 부모님은 농인이니까 음성 통화를 할 일이 없으니 다행이라고 생각했다. 보이스 피싱 전화를 조심하라는 당부도 할 필요가 없었다. 가끔 터무니없는 상상을 해본 적은 있다.

만약 내가 납치를 당해서 납치범이 부모님께 협박 전화를 걸려면 영상 통화를 해야 하는데 납치범은 수어를 못할 테니 내가 통역을 해야겠구나, 이런 상상이었다.

"엄마 나 납치 됐어. 5천만 원 준비하래."

"왜 이렇게 비싸? 장애인 할인 되냐고 물어봐."

"아저씨, 엄마가 좀 깎아달라는데요……."

우리 가족은 범죄 시나리오조차 비껴가는 존재들이라고 생각하니 웃음이 났다.

추석이 가까워지던 어느 날, 엄마에게 아들 용호라며 문자가 왔다. '엄마 핸드폰 고장나서 수리 맡기고 임시 번호로 문자 보내. 답장해 줘.' 엄마는 즉시 용호에게 영상 통화를 걸었다. 휴대폰이 왜 고장 났냐는 엄마의 물음에 용호는 어리둥절했다.

"그런 적 없는데."

그제야 엄마는 사기였음을 깨달았다. 엄마는 사기꾼에게 자신이 알고 있는 나쁜 한국어 단어를 잔뜩 쏟아냈다. "무슨 사기야? 너 누구야 나쁜 놈." "추석 앞두고 돈 빼려고?" "바보인 줄 아냐." 그날 이후 우리 가족 사이엔 암묵적인 규칙이 하나 더 생겼다. 돈과 관련된 모든 대화는 영상 통화로 얼굴을 확인한 뒤 송금하기로 했다. 하지만 현실에서의 사기꾼들은 더 교활했다.

"누나, 엄마 피싱 당한 것 같아."

용호의 전화였다.

"엄마가 누나한테는 비밀로 해달래. 근데 누나는 알아야 할 것 같아서.”

엄마는 은행을 사칭한 문자의 URL을 클릭했고, 그 결과 클릭한 지 5분도 채 지나지 않아 엄마 계좌의 돈이 모두 빠져나갔다. 내가 그토록 강조했던 것들이 엄마 머릿속을 스쳤을 것이다.

엄마는 계좌의 돈이 빠져나갔다는 사실을 알게 된 순간 나 대신 동생에게 먼저 연락했다. 나는 그 이유를 알고 있다. 나는 이런 일이 생길 때마다 화를 내니까. 물론 부모님에게 화가 난 건 아니었지만 그런 상황이 벌어졌다는 게, 또 그것을 수습해야 하는 것에 늘 지치고 짜증이 났다. 사실 그 짜증과 분노는 나를 향한 것이었다. 내가 옆에 없어서, 충분히 알려주지 못해서, 모든 위험을 막지 못해서, 이런 일이 생긴 것 같았다. 모든 것이 내 실수처럼 느껴졌다. 엄마도 알고 있었을 것이다. 아마 그래서 더 말하지 못했을 것이다.

엄마는 이것이 피싱 사기라는 걸 알게 된 후에도 혼자서는 상황을 해결할 수 없었다. 용호가 은행에 전화해 대처할 방법을 문의하자 은행에서는 피해자 본인이 아니면 신고할 수 없다며, 자녀라면 가족관계증명서 같은 증빙서류가 있어야 대리 신고가 가능하다고 설명했다. 그날 엄마는 용호와 함께 은행에 가서 통장과 비밀번호를 모두 바꿨다. 청인들은 전화 한 통이면 바로 확인할 수 있는 일을 엄마는 하루 종일 두 발로 뛰어야 했다.

만약 청인이 의심스러운 문자를 받았거나 피싱 사기가 우려된다면 즉시 은행에 전화해 확인해 볼 수 있다. 하지만 농인은 먼저 가족이나 수어 통역사를 찾아야 한다. 그리고 내가 당한 일을 설명한 뒤 다시 통역한 설명을 들어야 한다. 피싱으로 피해를 본 경우에는 대리 신고를 해야 하는데, 도와줄 사람을 찾아 은행에 전화를 걸어도 '본 인이 아니면 전화 상담 불가'라는 원칙에 막히고 만다. 결국 직접 은 행에 방문하거나 신고하는 방법이 최선이 된다. 그 사이, 계좌에 있 는 돈이 모두 사라지거나 잃은 돈을 되찾을 수 있는 결정적 시간대를 놓쳐버리기 쉽다.

금융 사기는 농인이 통역사를 구하는 시간을 기다려주지 않는다. 요즘은 실시간 영상 수어 통역 서비스가 있다지만 제공처는 극히 드 물고, 피싱 피해에 빠르게 대응하는 서비스는 찾아볼 수 없다. 문자 상담이 있다지만 농인에게 글자 중심의 상담은 진입 장벽이 높다. 수 어를 제1 언어로 사용하는 농인에게 한글 텍스트는 제2 언어다. 마치 청인이 모든 정보를 영어로 통보받는 것과 같아서 낱낱 난어는 알아 볼 수 있지만, 전체를 매끄럽게 파악하려면 해석이 필요하다. 하지만 청인 중심인 이 사회에서는 살아가는 데 필요한 대부분의 정보를 문 자로 전달한다. TV뉴스의 긴급 자막, 은행 문자, 정부 안내문, 공익 광고, 범죄 예방 안내 등 생활과 밀접하게 관련된 공지 사항들이 모 두 그렇다. 농인들은 수어 통역 없이는 이런 메시지들을 이해하기 쉽 지 않다. 목소리로 자신을 증명해야 하는 세상에서 농인들은 어떻게 자신을 지켜야 할까?

혹시 이 글을 읽고 있을지도 모르는 모든 농인 엄마 아빠께 말씀 드리고 싶다. 메시지 안에 영어 파란색 함부로 누르지 말 것.

아빠 소리, 엄마 소리

아빠와 엄마에게는 고유의 소리가 있다. 들을 수 없음에서 오는 자연스러운 소리이다. 정작 부모님은 들을 수도, 알 수도 없다. 나와 동생은 그걸 '아빠 소리', '엄마 소리'라고 부른다.

아빠는 숨을 고를 때 크게 공기를 들이마시며 '끙, 끙' 하는 소리를 낸다. 아빠도 모르게 새어 나오는 소리다. 특히 무언가에 집중하거나 화가 났을 때 그 소리가 더 커지거나 낯설게 들리기도 한다.

엄마는 수어할 때 '엄마 소리'를 많이 낸다. 수어를 모르는 청인과 대화할 때 수어와 구어를 섞어서 이야기하는데, 그럴 때 엄마가 쓰는 입말은 발음이 정확하지 않고 목소리도 유난히 크다. 나는 엄마의 목소리가 커질 때마다 손바닥으로 엄마의 목을 위에서 아래로 쓸어내렸고, 그러면 엄마는 입술을 꼭 다물고 아무 소리도 내지 않으려고 노력했다. 그저 입안에서 '음, 음' 하는 소리만 작게 들렸다.

우리는 상대방의 목소리만 들어도 기분과 감정을 유추할 수 있다. 농인들도 수어를 사용하면서 자연스럽게 표정과 소리로 감정을 드러내는데, 청인들은 그것을 '데프 보이스'라고 부른다. 데프 보이스는 조절하기 어렵다. 엄마 아빠도 소리를 내지 않았다고 생각했는데 소리가 난다고 하니 자주 답답해하고 억울해했다. 청인들은 자신이 내는 소리에 대해 즉각적인 피드백을 받을 수 있지만 농인은 그렇지 않다. 그래서 목소리의 크기나 높낮이, 톤을 주변 환경에 맞추는 것이 쉽지 않다. 때로는 언어가 아니라 숨소리나 콧소리 같은 다른 소리를 내기도 한다.

몸에서 나오는 자연스러운 데프 보이스 말고도 엄마 아빠가 듣지 못하기 때문에 생기는 소음도 있다. 아침마다 도마 위에서 딱딱 칼질하는 소리, 식기를 꺼낼 때 큰 소리가 나거나 그릇을 식탁 위에 쾅쾅대며 내려놓는 소리, 서랍을 여닫을 때 덜컹거리는 소리, 발뒤꿈치와 방바닥이 닿아 쿵쿵 울리는 소리까지. '시끄럽다'의 의미를 모르는 엄마와 아빠에게 시끄러움을 설명하는 것은 쉽지 않다.

내가 가장 싫어했던 아빠 소리, 엄마 소리는 바로 식사 시간에 나는 소리였다. 음식을 씹는 소리, 국물을 후루룩 마시는 소리, 물을 마실 때 컵을 내려놓는 소리, 트림 소리, 숟가락과 젓가락이 그릇에 부딪히는 소리 같은 것들이 언제나 신경 쓰였다. 그래도 집에서는 못 들은 척하면 그만이었다. 내 방으로 들어가 문을 닫으면 그걸로 된 거였다. 하지만 밖에서는 그럴 수 없었다. 그래서 식당에 들어설 때면 나는 긴장했다. 사람들이 많을수록, 조용할수록 더 그랬다. 엄마와 아빠가 평소처럼 식사하면 나는 주변 테이블의 눈치를 살폈다. 식당에서 사람들이 우리 쪽을 힐끗힐끗 쳐다볼 때마다, 나는 엄마 아빠를 향해 양 손바닥을 가슴에 붙여 배 쪽으로 내리며 "조용히."라는 수어를 했다. 부모님은 미안한 표정을 지으며 조심스럽게 먹으려 했지만, 그런다고 해결될 문제는 아니었다. 자신이 내는 소리를 들을 수 없으니 조심할 수 없었다. 엄마는 숟가락을 들 때마다 내 눈치를 봤고 아빠는 국그릇을 들어 올릴 때 한 번 더 나에게 확인을 받았다. 나는 아빠와 엄마를 미안하게 만들면서도 정작 주변 사람들의 시선을 더 걱정했다. 부모님은 예민한 딸을 둔 탓에 평생 경험해 보지 못한 '조용함'이라는 감각을 배워야 했다.

어느 날 아빠가 내게 아빠의 소리가 얼마나 크냐고 물었다. 나는 손으로 '이만큼'이라고 표현하고 곧 신경질을 냈다. 소리의 크기를 시각화하는 일이 무의미하다는 걸 잘 알고 있었기 때문이다. 아빠는 "알다 조심."이라고 말했지만 평소와 달라진 건 없었다. 나는 아침에 칼질하는 엄마에게 살살 해달라 말했고, 아침엔 가급적 믹서기를 쓰지 말아달라 부탁했다. 아빠에게는 뚜벅뚜벅 걷지 말고 뒤꿈치를 붙이고 걸어 달라고 했고, 아빠가 뒤꿈치를 바닥에 붙이고 걸어 장판을 스치는 쓱쓱 소리가 싫다며 양말을 신어달라고도 했다. 엄마 아빠에게 들을 수 없는 소리를 조심하라는 것은 보이지 않는 것을 피하라는 말과 같았을 것이다. 그 소리가 단순한 소음에서 나에게 의미 있는 소리가 되기까지는 집을 떠나 있는 시간이 필요했다.

자취생활을 마치고 집으로 다시 돌아오게 되었을 때, 나만 이 순간을 그리워 했던건가 하는 생각이 들었다. 엄마와 아빠는 내가 온다는 소식에 미리 준비할 게 많았다며 다소 긴장한 표정이었다. 엄마가 내게 아침밥을 먹겠냐고 물어보길래 늦잠을 자고 싶다고 답했다. 그러자 엄마는 아빠는 출근 전에 식사해야 하니 아침엔 시끄러울 수 있다며 내게 이해해달라고 양해를 구했다.

다시 엄마와 아빠와 함께 지내는 건 너무나 편했다. 바깥에서 청인들과 지내면서 사람들이 '소리'라는 것에 정말 민감하다는 걸 알게 되었다. 집에서는 항상 목욕할 때 노래를 크게 틀어 두었는데, 그걸 싫어하는 사람들이 있었다. 타자 소리가 너무 크다고 불평하는 사람도 있었고 내 통화 소리가 방해된다며 눈치를 주는 사람도 있었다. 신경 써야 할 게 너무 많았다.

하지만 집에서는 그럴 필요가 없었다. 마음대로 노래를 크게 틀어노, 엄마 아빠가 TV를 보는 농안 옆에서 친구랑 통화를 해도 누군가를 방해하는 일은 생기지 않았다. 특별히 따로 설명하거나 배려하지 않아도 되는 편안함이 있었다. 바깥에서는 절대 느낄 수 없는, 내 집에서의 안락함이 그리웠었다.

그런데 나보다 부모님이 더 불편해한다는 걸 깨닫게 되었다. 엄마는 아침마다 내가 자고 있는지 확인한 후에야 움직였고 아빠는 새벽에 출근할 때마다 현관문을 천천히 닫았다. 내가 집에 돌아온 후, 엄마와 아빠는 나를 배려하느라 모든 행동을 조심하고 있었다.

다음 날 아침, 엄마의 달그락거리는 소리에 눈을 떴다. 오랜만에 맡는 밥 짓는 냄새와 조심스러운 달그락 소리가 반가웠다. 그러다 문득 엄마가 조심하느라 애쓰고 있다는 걸 느꼈다. 평소 같으면 한 번 쾅 하면 끝날 일인데 스테인리스 볼을 천천히 꺼내느라 쓱, 캥, 쓱, 캥, 잔잔한 소음만 이어졌다. 끝날 듯 끝나지 않는 소리였다. 옛날 같았으면 시끄럽다고 징징댔을 텐데, 대신 일어나서 주방으로 나가 말했다.

"나도 아침밥 먹다."

엄마는 내가 일찍 일어난 걸 신기해했다. 내가 깨어 있으니 더 이상 소리 나는 걸 의식할 필요가 없었다. 엄마는 편하게 칼질도 하고 달그락거리기도 했다. 되도록 일찍 일어나는 것이 내가 엄마에게 할 수 있는 작은 배려였다.

어느 날, 엄마와 같은 직장에 다니는 농인 언니와 셋이 식당에서 밥을 먹게 되었다. 엄마와 언니는 이런저런 재미있는 이야기를 나누다가 웃음이 터져 크게 '푸하하!' 하고 웃었다. 식사하던 사람들이 모두 우리 쪽을 쳐다봤다. 나는 별생각 없이 옛날에 엄마에게 하던 신호를 보냈다. 손바닥으로 내 목을 위에서 아래로 쓸어내렸다. 엄마는 오랜만에 보는 이 신호를 바로 알아채고 "미안."이라고 입말로 말하며 오른손을 살짝 들었다. 그걸 본 농인 언니가 깜짝 놀라 물었다.

"그거 의미 알지?"

"의미? 무슨 의미?"

엄마는 또 갑자기 '푸하하!' 웃었다. 알고 보니 내가 그동안 엄마와 주고받던 신호는 '변태'라는 의미의 수어였다. 변태였다니. 나는 그것도 모르고 반평생 엄마에게 '변태'라고 해온 것이다.

132

"엄마, 왜 말 안 해줬어? 내가 다른 농인 만나서 이거 했으면 어쩌려고?"

엄마는 웃으며 말했다.

"슬기 사용하는 건 그 의미 아니야. 알고 있어."

나는 늘 엄마 아빠의 소리가 시끄럽다고 투덜댔지만, 엄마는 내게 수어가 틀렸다고 지적하거나 제대로 하라고 화내지 않았다. 엄마는 딸이 수어를 하지 않으려 한다며 고민을 털어놓은 언니에게 짧게 대답했다.

"내버려둬 있는 그대로. 내버려두면 자연스럽게 와."

엄마는 농인 언니에게 수어를 '잘했다', '못했다', '틀렸다'라고 평가하지 말고 그저 대화해 보라고 말했다. 딸이 수어를 이상하게 하면, 그 의미가 무엇인지 대화를 통해 파악해 보라고 말이다. 그럼 자연스럽게 딸이 수어를 잘하게 될 거라며 딸인 코다들은 어쩔 수 없이 예민해질 때가 있다고 말했다.

엄마가 말하는 사랑은 그를 있는 그대로 받아들이는 것이었다. 내 것으로 바꾸려고 하지 말고 그저 본연의 모습을 이해하려고 노력하다 보면 자연스럽게 받아들일 수 있게 된다는 것이다.

그 뒤로 엄마는 국물을 후루룩 마시기도 하고 물컵을 쾅쾅 놓기도 했다. 그렇게 평소처럼 식사를 계속했다. 그리고 나는 아무 말도 하지 않았다. 엄마는 내게 물었다.

"오늘 나 조용히 잘 먹었지?"

아빠 미안, 엄마 미안.

아빠 걱정, 엄마 걱정

엄마는 운전 중 갑자기 클랙슨을 '빵' 울리고는 조수석에 앉은 내게 물었다.

"소리 있다?"

"(끄덕끄덕) 크다."

"무슨 소리?"

나는 클랙슨 소리를 어떻게 설명해야 할지 고민하다가 입말로 "빵빵!"이라고 말했다. 엄마는 나를 따라 "빠빠!" 하고 웃었다. 엄마는 오늘 퇴근길에 얌체같이 운전하는 사람에게 '빵빵' 클랙슨을 울렸는데, 소리가 잘 났는지 궁금했다고 한다. 엄마에게 클랙슨 소리를 설명해 보기로 했다.

"빵빵 소리 방귀랑 비슷하다고 생각해 봐."

"파란 불인데 앞차가 멍하니 서 있을 때."

나는 곧이어 엄마의 허벅지를 살짝 '톡' 눌렀다.

이번에는 손바닥에 힘을 주어 엄마의 허벅지를 꾹 누르며 두 볼을 한껏 부풀렸다. '뿌웅' 방귀 소리랑 클랙슨이 꼭 닮은 건 아니지만 비슷한 느낌이랄까.

엄마는 내가 클랙슨 소리를 방귀에 비유한 게 웃겼는지 한참을 까르르 웃었다. 엄마는 클랙슨을 길게 누르거나 짧게 누르는 것에 따라 소리가 달라진다는 걸 처음 알았다고 했다.

엄마는 일부러 안 비켜준 게 아님에도 응급차 안에서 다급했을 사람을 생각해 보면 마음이 아프다고 했다. 그래서 운전할 때만큼은 소리에 모든 감각을 집중하고 신경을 곤두세울 수밖에 없다고 했다. 그런 이유로 엄마는 운전할 때 항상 보청기를 착용한다.

엄마와 차에서 내려 휴게소 화장실로 갔다. 나란히 화장실 칸에 들어갔을 때, 엄마의 소변 소리가 유독 세게 들렸다. 나도 괜히 민망해져서 엄마를 위해 여러 번 물을 내렸다. 그리고 밖으로 나와 엄마에게 물었다.

엄마는 지금까지 학교에서도, 친정 엄마에게서도 소변 소리가 난다는 걸 배운 적이 없다며 지금까지 사람들이 자기 오줌 소리를 듣고 얼마나 비웃었을까 생각하면 잠 못 이룰 것 같다며 얼굴이 빨개졌다.

그래도 엄마는 한참을 쭈뼛거렸다. 엄마는 소리라는 게 참 무서운 거라고 말했다. 소리를 듣는다는 건 신경 쓸 게 많다는 뜻이고 그래서 청인들은 다 똑똑한 것 같다고 했다. 그동안 방귀에만 소리가 있는 줄만 알았지, 오줌에 소리 있는 건 아무도 안 알려줬다고 한다. 엄마의 얼굴이 여전히 빨갰다.

엄마에게 소리란 미지의 영역일 것이다. 어렴풋이 알겠다가도, 전혀 모르는 세상이다. 하루는 퇴근길에 아빠와 우연히 전철역에서 만나 함께 집으로 돌아가던 길이었다. 전동 열차에 이상이 생겨 하차하고 다음 열차를 기다려야 하는 일이 생겼다. 나는 안내 방송을 듣고 바로 내릴 준비를 했다. 전철이 하차할 역에 다다르고 문이 열리자 불이 꺼지기 시작했다. 사람들은 일제히 자리에서 일어나 열차에서 내렸다. 아빠는 하며 나의 발걸음을 따라 일어나 움직였다. 나는 급하게 내리느라 아빠에게 상황을 미리 알려주지 못했다.

플랫폼에 도착해서야 "전철 문제 발생. 이번 내리고 다음 열차 타다."라고 설명했다.

아빠는 그동안 퇴근길에 이런 상황이 여러 번 있었다고 했다. 열차가 중간에 급정거했는데 청인들은 모두 안내 방송을 듣고 이해하는 듯 보였지만 아빠는 곧 내려야 하는지, 얼마나 더 기다려야 하는지 몰라서 사람들의 행동을 계속 주시하고 살폈다고 말했다. 얼마 지나지 않아 사람들이 별일 아니라는 듯 휴대폰을 보길래 안심할 수 있었다고 했다. 그러면서 "슬기 있다 알다. 없었으면 평생 몰라."하며 웃었다.

전철이 지연된다는 것도, 선로에 문제가 생겨 잠시 정차한다는 것도 모두 음성 언어 중심으로 안내된다. 그래서 아빠는 늘 청인들보다 30~40분씩 일찍 움직이는 것이 몸에 배어있다. 혹시 모를 일이 생길지도 모르니까.

나는 태풍이 오거나 국가 재난이 발생하면 가장 먼저 엄마 아빠가 생각난다. 한밤중에 불이 나서 화재 경보음이 요란하게 울려 퍼져도 엄마와 아빠는 그 소리를 듣지 못한다. 주민들이 급하게 문을 두드리거나 아파트 방송으로 대피하라는 안내가 나올 때도 마찬가지다. 다른 집의 사람들은 벌써 계단으로 뛰어 내려가고 있을 시간에 엄마 아빠는 세상모르고 자고 있을 것이다. 그런 순간을 상상하면 벌써 가슴이 미어지고 답답해진다.

실제로 화재 경보를 시각화해서 경보등으로 알려주는 기계가 개발되어 있긴 하다. 하지만 대부분의 아파트에는 설치되어 있지 않다.

농인 가정에서 직접 알아보고, 직접 구매해서, 직접 설치해야 한다. 아파트를 지을 때부터 들여놓으면 될 일인데 그런 일은 거의 없다.

사실 경보등은 농인에게만 필요한 게 아니다. 귀가 어두운 노인분들에게도, 보청기로 일상생활에 큰 어려움이 없어도 잘 때만큼은 빼놓고 주무시는 분들에게도, 심지어 이어폰을 끼는 사람들에게도 도움이 된다. 다양한 사람의 특성을 고려한 유니버설 디자인이 바로 이런 것을 뜻하는데, 현실에서는 여전히 '듣는 사람' 중심으로만 지어진다.

그래서 농인 가정에서는 여전히 자녀들이 직접 경보등을 사서 부모님 집에 달아드리거나 타지에 나가 있을 때 혹시 무슨 일이라도 생기면 어쩌나, 마음 졸이며 지내는 수밖에 없다. 내가 바로 옆집에 살면 달려갈 수 있을까, 전화를 걸면 진동이라도 느낄 수 있을까, 그 진동을 알아채기는 할까, 나는 항상 무서웠다. 특히 재난 문자가 오거나 엄마 집 근처에서 발생한 화재 소식을 접할 때면 가슴이 철렁 내려앉는다. 나의 이런 걱정에 부모님은 불이 나면 냄새로 알 수 있다며 청인보다 냄새에 예민하니 걱정하지 말라고 했지만, 그럴 때마다 엄마와 아빠가 물가에 내놓은 아이 같아 보였다.

청인 사회의 구조적 빈틈은 결국 가족이 채우는 수밖에 없다. 언제까지 채울 수 있을지, 언젠가 채워지긴 하는 건지, 이러다가 내가 그 빈틈을 메우지 못하는 날이 오면 어떻게 해야 하는지, 생각하고 싶지 않아도 생각할 수밖에 없는 노릇이다.

아는 사람과 모르는 사람

언젠가부터 내 인간관계는 부모님이 농인인 것을 아는 사람과 모르는 사람, 두 부류로 나뉘었다. 나는 새로운 사람들을 만날 때마다 이 사실을 먼저 말해야 한다는 의무감이 있었다. 내가 먼저 말하지 않으면 부모의 존재를 숨기는 것처럼 보이거나 일부러 말하지 않은 거라는 오해가 생길까 봐 그 전에 말하는 편이 낫다고 여겼다.

"우리 엄마 아빠는 청각장애인이셔."

나는 별것 아닌 것처럼 천연덕스럽게 말했지만, 속으로는 초조하게 상대방의 반응을 살폈다. 혹시 당황하지는 않을까, 불편해하지는 않을까, 이 사람과 멀어지면 어쩌나 하는 걱정을 했다. 몇 초간의 침묵이 길게 느껴졌다. 상대방이 보내는 미세한 표정 변화 하나하나가 내게는 판결문 같았다. 부모님이 농인이라는 말을 언제 꺼내야 하는지 적절한 시기를 파악하는 것도 여간 눈치 보이는 일이 아니었다.

너무 빨리 말하기엔 어색하고 너무 늦게 말하면 타이밍을 놓쳐버릴 것 같았다.

그러나 시간이 흐를수록 그런 의무감은 점차 사라져 갔다. 어느 순간부터는 꼭 먼저 이야기하지 않아도 된다는 마음이 자연스럽게 생겨났다. '나는 내 부모님을 부끄러워하지 않는다.'라는 확신이 든 것이다. 스스로 떳떳했기에 상대방이 나중에 알게 되어도 상관없게 되었다. 그러자 더 이상 부모님의 장애를 서둘러 꺼낼 필요도, 언제 이야기해야 하는지 타이밍을 잴 필요도 없어졌다. 그때부터 나에게 는 인간관계에 새로운 경계가 생겼다.

대학교에 입학하고 나서는 부모님 이야기를 꺼낼 일이 더욱 없어 졌다. 동기들 사이에서는 부모님에 관한 이야기를 하지 않는 것이 오 히려 당연한 일이었다. 학교 선배로부터 왜 사회복지학부를 선택했 냐는 질문을 받았을 때는 "부모님 때문에요."라고 답할지 잠시 고민 하기도 했지만, 결국 "그냥요, 아동복지에 관심이 많아서요."라고 말 했다. 그편이 훨씬 간단했다.

사회복지학과에서 수어가 나의 특기가 되기도 했다. 단 한 번도 수어를 자랑할 만한 일이라거나 특기로 써 볼 생각은 해본 적이 없 었는데 말이다. 한번은 졸업을 앞둔 선배가 졸업 전에 여러 자격증을 따두는 게 좋다면서 본인도 수어 통역사 자격증을 따는 것이 목표라 고 말한 적이 있다. 그러고는 배운 수어를 보여줬는데 나는 "오, 잘하 시네요."라고 말하면서 속으로는 '열심히 공부한 선배가 저 정도면 나는 수어를 특기로 살릴 수 있겠는데.'라고 생각했다. 하지만 내가 수어를 하면 다들 어디서 배웠는지 물어볼 것이고, 결국 부모님 이야기를 하게 될 것이니 굳이 그럴 필요까지는 없었다. 물론 그렇다고 부모님이 농인이라는 사실을 감추고 싶었던 것은 더욱 아니었다. 나는 그저 청각 장애 부모의 딸이라는 꼬리표로 '불쌍하고 대견한', '수어를 잘하는 기특한' 아이라는 시선에서 벗어나고 싶었다.

하지만 연애할 때는 조금 다른 마음이 들었다. 남자 친구가 생기면 그에게 꼭 말해야 할지가 늘 걱정이었다. 말해야 한다면 언제 말해야 하는지, 연애하기 전에 밝혀야 하는지 아니면 나중에 밝혀야 하는지, 그것도 아니라면 결혼할 확신이 생길 때 말해야 하는지 고민했다. 나는 말할 타이밍을 기다린 끝에 늘 헤어짐을 선택했다. 이런 고민은 나를 더욱 예민하게 만들었고 모든 인간관계에 선을 긋게 되었다.

내학교 1학년 겨울방학 쫑파티가 치킨십에서 열렸다. 나는 작고 까불까불한 선배와 마주 앉았다. 그 선배의 이름은 동규였다. 동규 선배가 뱉는 말에 사람들은 깔깔깔 웃었다. 나도 마찬가지였다. 이렇게 말을 잘하는 사람이 있다니 놀라웠다.

동규 선배는 방금 나온 두부처럼 따뜻하고 물렁물렁한 사람이었다. 주변 사람들을 잘 챙겼다. 나 또한 그가 잘 챙기는 사람들 중 하나였다. 가끔은 동규 선배가 나를 챙겨주는 것이 호감의 표시 같기도 했으나 그는 내 이상형인 키 크고, 손 크고, 발 크고, 몸이 우락부락해서 든든한 인상을 주는 남자라는 조건에 모두 반대인 사람이었다. 하지만 그는 똑똑하고 유머러스했다. 동규 선배가 던진 섬세한 농담에 하루 종일 그 말을 곱씹어보며 혼자 피식거릴 정도였다. 무엇보다 동규 선배는 사람을 함부로 평가하지 않았다. 그와 있을 때면 내 마음도 평온해졌다. 내 본래 모습에도 나의 비밀에도 멋대로 잣대를 들이밀지 않을 것 같았다. 동규는 그렇게 조금씩 내 일상 속으로 들어왔다.

어느 날, 학교 도서관 밖에서 바람 쐬며 커피를 마시던 중 동규가 바다에 가자고 했다.

"이 겨울에요?"

"응. 여름 바다만큼 겨울 바다도 좋아."

그때까지만 해도 나에게는 바다에 대한 동경이 있었다. 우리 가족은 바다라면 1년에 한 번 갈까 말까 했다. 장거리 운전은 엄마 아빠에게 쉽지 않은 일이기 때문이다. 엄마 말에 따르면 청인은 라디오를 듣거나 서로 수다를 떨며 갈 수 있지만 자신은 2시간 이상 운전만 하며 오가는 게 힘들다고 했다. 엄마와 아빠가 운전 중에 서로 대화라도 하면 나와 용호는 불안해져서 몸을 앞으로 바짝 내밀고 엄마 아빠의 수어를 말리기에 바빴다.

동규와 함께 간 겨울 밤바다는 달랐다. 겨울 날씨에 쌀쌀한 바닷바람이 더해져 한층 추웠고 어디서부터 바다이고 어디까지가 하늘인지 경계가 모호했다. 동규는 아무 말 없이 옆에 서 있었다. 서로의 침묵이 편안했다. "생각보다 좋지?" 동규가 먼저 말을 꺼냈다. "네." 나는 짧게 답했지만, 사실 속으로는 '생각보다'가 아니라 정말 좋다고 느꼈다.

동규와 연애를 시작하고 마음이 간지러울 때마다 조급해졌다. 언제 이야기를 해야 할까. 그에게 먼저 이야기하지 않은 것이 후회스러웠다. 내 이야기를 듣고 실망하거나, 어쩌면 배신감을 느낄지도 모를 동규를 생각하면 이만 마음을 비워야 할 것 같았다. 동규에게 "우리 부모님은 농인이야. 그래도 날 사랑하는 마음은 변하지 말아 줘!"라고 애걸하거나 빌고 싶지 않았다. 혹시라도 그가 부정적인 반응을 조금이라도 보인다면 바로 마음을 정리하겠다고 다짐했다. 나는 동규에게 어떻게 말을 꺼내야 할지 고민하며 내 고해성사를 듣고 난 후 동규의 반응을 미리 상상했다. 그가 분명 실망할 거라고 확신했다. 그렇게 나는 조금씩 이별을 준비하고 있었다.

그에게 상처받지 않으려, 더 곁을 내주지 않으려 하다 보니 우리의 대화는 겉돌았고 나는 매일 삐진 사람처럼 행동했다. 평소와 달라진 나의 태도에 동규는 늘 대화를 원했지만, 나는 동규와 함께 하는 시간을 더 끌고 싶어 대화를 피했다. 고해성사의 시간을 그렇게 더 뒤로, 더 천천히 미루고 싶었다. 오랫동안 참아 온 동규가 말했다.

"뭔가 말하고 싶은 게 있는 것 같은데 답답하다는 표정만 하고 있잖아. 그냥 편하게 이야기해 봐."

"편하게 이야기할 수 있으면 진작에 했겠지."

"그냥 이야기해 주면 안 될까? 나를 좀 믿어줘."

나는 날카로운 말투로 되물었다.

"말하면 이해는 할 수 있고?"

"분명 대화로 잘 해결할 수 있을 거야. 일단 말해봐, 내가 다 이해해 볼게."

마냥 좋은 것만 보고 자란 것 같은 동규의 긍정적인 태도가 미웠다. 나는 보란 듯이, 어디 한번 충격 받아보라는 듯이 말했다.

"우리 엄마 아빠는 농인이야."

참 오랜만에 입 밖으로 꺼내본 말이었다. 동규는 당황한 듯 눈동자를 굴리더니 "수화하시는 분들?"이라고 되물었다. 엄마 아빠를 '농인'이라고 설명한 것도, 농인이라는 단어를 듣고 바로 이해하는 사람을 만난 것도 처음이었다. 부모님이 농인이라는 말을 들은 동규는 마치 '그래서 어쩌라고'라는 표정을 지으며 천연덕스럽게 물었다.

"근데?"

"근데…… 라니?"

"그게 왜?"

얼마간의 시간이 흐르고 동규가 말했다. 고작 그것 때문에 몇 주간 자신을 고민하게 하고 괴롭게 했던 거냐고. 오히려 자신에게는 전혀 문제가 되지 않는 일이라 다행이라며 웃었다.

그날 밤, 나는 차 안에서 한참을 울었다. 안도감 때문인지 서러움 때문인지 알 수 없는 눈물이었다. 동규가 갑자기 수어로 자신을 소개했다.

"저 이름은 상동교입니다."

갑자기 수어로 자신을 소개한 것도 웃기는데 심지어 이름을 틀리게 써서 더 웃겼다. 울다가 갑자기 웃음이 터진 나를 보며 동규는 학교 교양 시간에 수어를 배웠는데 다 잊어버렸다며 머쓱해했다.

"내일부터 수어 배워야겠다."

"왜?"

"나중에 뵙게 되면 인사 정도는 직접 전하고 싶어서."

동규는 오랜 시간 내 이야기를 들어 주었다. 엄마 아빠도 듣지 못한 나의 이야기를 밤새도록 들은 그는 깔깔 웃기도 했고, 화내주기도 하고, 함께 울어주기도 했다. 이제 나의 인간관계는 아는 사람과 모르는 사람으로 나뉘지 않는다. 그저 각자의 언어로, 각자의 속도로 만나는 사람들만 있을 뿐이었다.

엄마의 성장통

엄마는 새해가 되면 서점에 들렀다. 사람들이 영어책이나 자기개발서를 사듯이, 엄마는 『외국인을 위한 한국어 공부』 같은 한국어책을 사두었다. 신간이 쏟아지는 연초이지만 서점 문을 열면 바로 보이는 베스트셀러 코너를 뒤로하고 자습서가 있는 곳으로 향했다. 『초급 한국어』, 『외국인을 위한 한국어 교재』, 『한국어 단어 연습』이라는 책이 눈에 띄었다. 엄마는 그중 한 권을 꺼내 펼쳤다.

'먹다, 먹어요, 먹었어요, 먹으려고요.'

엄마는 책을 펼치자마자 앞뒤 표지를 훑어보며 "어렵다."라고 말했다.

"먹으려고요 무슨 말?"

"먹기 전. 곧 먹는다는 뜻."

"수어는 '먹다' 하나 충분. 곧 먹다, 이따가 먹다, 아까 먹다…….

엄마는 책을 덮고 어린이 코너로 걸어갔다. '어린이'라고 크게 쓰인 책장 아래에서 『초등학생이 읽기 좋은 이솝 우화』를 꺼내 수어로 읽어보고는 "재미있다." 하고 카트에 담았다. 내 눈치를 보더니 말했다.

엄마의 책장에는 여러 개의 스프링 노트가 있다. 그중 몇 개는 성경을 필사한 노트이고 나머지는 이솝 우화나 동화를 필사하거나 드라마의 대사들을 옮겨 적은 수첩들이다. 엄마는 노트를 훑어보는 나에게 한국어 공부에는 동화가 가장 좋다며, 앞으로 한국어 공부를 더 열심히 할 거라고 말했다.

엄마는 한국어를 드라마로 배웠다. 한번은 사람들에게 '맛있게 드시옵소서.'라고 문사를 보낸 적도 있었나. 나는 그게 지금은 쓰지 않는 옛날 조선 말이라고 설명했다.

엄마는 민망해하며 손을 내저었다.

나는 엄마의 부족함이 싫었다. 그래서인지 언제나 엄마가 모르는 것만 기억했다. 엄마는 '두드러기'라는 말을 몰라서 '두더지'라고 쓰기도 하고 학교에서 나눠준 가정 통신문도 잘 이해하지 못해 매번 내가 수어로 설명해야 했다. 부모님의 의견을 써오라는 날에는 엄마가 하는 수어를 내가 한국어로 번역해 적어 놓으면 엄마가 그 한국어를 다시 엄마의 글씨로 옮겨 적었다. 엄마가 다 챙겨주는 다른 아이들을 떠올리면서 완벽하지 않은 엄마의 모습에 한숨을 쉬었다. 엄마가 나에게 글을 물어보는 것도 창피했다. 그런데도 엄마는 자신의 무지가 창피하지도 않은지 엉망으로 적힌 문장을 내게 내밀곤 했다.

'골다공증이 아파요.'

"문장 맞지?"

나는 엄마의 종이를 보며 한숨을 크게 쉬었다.

"ㄱㅗㄹㄷㅏ ㄱㅗㅇㅈㅡㅇ 아니고 ㄱㅗㅏㄴㅈㅓㄹ."

엄마는 내 손가락의 지문자를 빠르게 따라오다가 "ㄱㅗㅏㄴ ……ㅈ? 다시."라고 말하며 종이와 연필을 내게 내밀었다. 글로 써달라는 뜻이다. 나는 지겹다는 표정을 지으며 종이에 대충 '관절'이라고 적었다. 엄마는 병원에 가기 전에 내 앞에서 어디가 아픈지, 어디가 불편한지, 지난번 치료에서 어떤 부분이 좋았는지 수어로 설명하곤 했다.

"수어 한글 문장 도와줘."

엄마는 수어로 늘어놓으면 그만이지만, 나는 엄마의 수어를 의사 선생님이 읽기 좋게 적당히 정중하면서도 간결한 말로 번역해야 했다. 그건 단순한 통역이 아니다. 수어 문법을 한국어 어순으로 재배치하고, 존댓말로 바꾸고, 의학 용어로 다시 써야 가능한 일이다. 엄마는 내 수고를 모르는 듯, 이 정도 일은 청인에게 쉬운 일인 것처럼 부탁했다. 그게 싫었다. 나는 반항하듯 엄마의 긴 수어를 한 문장으로 옮겨 적었다.

'어깨에 통증이 있어요.'

엄마는 내가 내민 종이의 '통증'이라는 글씨를 가리키며 이게 무슨 뜻이냐고 물었다. 나는 또 '그것도 모르냐'라는 표정을 지으며 "아픈 거."라고 말했다. 엄마는 "아하!" 하더니 병원에서 '통증의학과'라는 간판을 봤는데 거기서 무슨 치료를 하는지 늘 궁금했다며 너스레를 떨었다.

그때부터였다. 엄마는 더 이상 나에게 글로 써달라는 말을 하지 않았다. 그 뒤로 나는 대학에 다니며 자연스럽게 엄마의 일상에서도 멀어졌다. 그러던 어느 날 엄마가 의사를 고소하고 싶다며 내게 영상 통화를 걸었다. 갑자기 고소라니, 그것도 의사를.

"무슨 일이야? 자세히 설명해 줘."

엄마는 최근 날씨 탓인지 갱년기 탓인지, 어깨가 심하게 아팠다고 했다. 어깨 통증 때문에 손가락이 붓고, 칼질이나 가위질을 못 할 성노도 관설이 뻣뻣해졌다고 말했다. 엄마는 증상을 이면지에 빼곡히 적어 병원에 갔다. 의사는 엄마가 내민 종이를 읽더니 인상을 쓰며 말했다.

"이렇게 할 거면 본인이 의사를 하지 왜 병원에 와요."

엄마는 그 말의 의미를 이해하지 못했다. 휴대폰 음성 번역기를 켜서 읽어보아도 의도를 알 수 없었던 엄마는 '아파서 왔다.'라고 글로 대답했다. 의사는 비웃듯 고개를 저었다. 엄마는 그제야 그 말이 자신을 비꼬는 것임을 알아챘다고 했다. 엄마는 영상 통화 화면에서 잔뜩 화가 난 표정을 숨기지 못하며 말했다.

"의사놈 괘씸놈. 다시는 절대 안 가."

엄마는 영상 통화 화면에 병원에 가져갔던 이면지를 펼쳐 보여주었다.

'저번 약 먹어도 나아지지 않고 계속 부었네요. 오늘 주사 있으면 주사 주고 약 처방 주세요.'

나는 엄마의 종이를 읽고 저번에 처방받은 약이 효과 없었다는 말과 '주사 주고 약 주세요.'라는 표현 때문에 기분 나빴을 것 같다고 말했다. 엄마는 화를 냈다.

"말 그대로잖아. 저번 약 효과 없고, 주사로 빨리 회복하고 싶고, 약도 효과 큰 거 주면 좋지?"

"아프다고만 말하면 돼. '주사 주세요', '약 주세요'는 환자가 할 말 아니야?"

"너 내 편 아니고 의사 편?"

엄마는 영상 통화를 끊었다. 나는 누구보다도 엄마 편이기 때문에 지금 이 전화를 하고 있는 거고 그저 상황을 정확하게 판단하려 한 것뿐이었다. 청인들이 오해할 수 있는 부분을 짚어준 게 그렇게나 잘못한 일인지 이해할 수 없었다. 나는 억울해서 동규에게 전화했다.

"엄마한테는 엄마 말이 맞다고만 해줘야 하는 거야?"

"근데 어머님 말씀도 맞지. 환자가 약 안 맞으니 다른 약 달라고 하는 건 환자의 권리이고, 더 강한 약 물어보고 주사 놔줄 수 있냐고 묻는 것도 권리지. '그럴 거면 본인이 의사하라.'는 말은 어떻게 봐도 예의 없는 말이야."

150

엄마가 종이에 어떤 글을 썼든 의사가 한 말 자체가 무례한 거라며 동규가 말했다. 본인 엄마가 그런 말을 듣고 왔으면 그 병원에 찾아갔겠지만, 그 전에 엄마가 먼저 그 의사를 가만 안 뒀을 거라고.

"어머님도 의사한테 따지고 싶으셨을 텐데 수어로 항의조차 못 하셨을 거야. 그래서 슬기한테 말씀하신 거 아닐까?"

동규의 말에 머리를 맞은 듯했다. 엄마는 그 순간 엄마의 글을 고쳐줄 사람이 아니라 엄마 편을 들어줄 딸이 필요했던 것이다.

팬데믹이 끝나고 오랜만에 엄마 집을 찾았을 때, 책상 위에는 여전히 여러 한국어 교재가 놓여 있었다. 엄마는 어느덧 중학교 교재로 진도를 나가고 있었다. 그리고 그 옆에는 이면지 뭉치가 가지런히 쌓여 있었다. 나는 그 이면지를 정리하다 우연히 엄마가 써둔 필담 종이들을 발견했다. 그리고 그 자리에 주저앉아 펑펑 울었다.

'의사선생님, 어깨가 자주 아파요. 밤에 잘 때 아프고, 아침엔 손가락도 부어요. 좋은 약 처방해 주시면 감사합니다.'

엄마의 아픔과 못난 딸의 흔적이 종이 위에 고스란히 남아 있었다.

"왜 울어? 엄마 글 못해서 울어?"

"아니, 엄마 글 잘하다 많이 발전."

엄마는 코로나 때문에 보호자 없이 홀로 병원에 다녀야 했다. 그래서 종이에 글을 써서 다녔다. 빼곡히 쌓여 있는 이면지를 보니 또다시 눈물이 났다. 볼펜으로 여러 번 수정하고 수정한, 공부의 흔적들이 보였다.

'주사 주세요. 주사 주시기 바랍니다.'

실제로 팬데믹 상황에서 농인은 정보의 접근성 부분에 특히 취약했다. 이후 모든 정부 브리핑에 수어 통역이 제공되었지만, 실제 의료 상황에서 이를 기대하기는 힘들었다. 한국에 수어 통역사를 의무로 배치하고 있는 병원은 거의 없다. 세브란스병원, 고대 안암병원 정도려나. 팬데믹 시기에 농인이 진료를 보는 것은 정말 힘든 일이었다.

엄마도 그랬을 것이다. 혼자서 병원에 가서, 혼자서 종이에 글을 쓰고, 혼자서 의사의 입 모양을 읽으려 애썼을 것이다. 엄마는 수어를 쓰지만 엄마가 사는 곳은 음성 언어와 한글로 이루어진 세상이다. 그러니 세상과 연결되기 위해 글을 썼고 살기 위해 글을 배웠다. 엄마에게 한국어는 이 세계에서 살아남기 위한 생존의 기술이었다.

엄마는 청인들과 필담을 나눌 때마다 사람들이 고개를 갸우뚱하거나 부족한 문장 실력을 보고 '농인은 무식하다'라는 인식을 갖게 될까 봐 두려워했다. 대신에 이 세상에는 글 잘 쓰는 농인도 있다는 것을 보여주고 복수하고 싶어 했다. '복수'라는 단어가 엄마의 멋진 포부와는 어울리지 않았지만, 엄마의 언어와 농문화를 존중하지 않는 세상에 대한 복수라는 의미로 받아들였다.

엄마는 예전에 사람들과 필담을 나눈 노트를 꺼내 보이며 "여기 읽어봐. 엄마 말 이상해? 엄마 글 잘하지?" 하며 물었다. 역시나 완벽하지는 않았다. 마치 한국어를 잘하는 외국인과 대화하는 느낌이었다. 외국인이었다면 칭찬받았겠지만, 엄마는 50대 중년의 한국인

여성이었기에 '무식하고 못 배운 장애인'이라는 시선을 받았을 것이다. 나는 엄마에게 "글 잘하다."라고 말했다.

엄마의 이면지를 정리하고, 읽어보기도 하면서 눈물이 멈추질 않았다. 그동안 엄마가 어디가 아팠는지, 모든 아픔의 역사가 그곳에 다 쓰여있었다. 그리고 깨달았다. 엄마에게 '을'이자 '약자'이자 '장애인'이 되라고 강요한 사람이 나라는 사실을. 마음이 아팠다.

외국인이랑 결혼하는 게 좋겠어

내가 스무 살이 되자, 엄마는 남자 친구가 있는지 물어보기 시작했다. 향수를 뿌리고 외출 준비에 공을 들인 날이면 어김없이 남자 친구를 만나러 가는지 물었다. 정말 남자 친구를 만나러 가는 날에는 들키는 게 싫었고 그렇지 않은 날엔 괜히 억울한 마음이 들었다. 자꾸 물어보니 숨기고 싶은 마음만 더 커졌다.

어느 날, 엄마가 TV를 보다 외국인이 나오자 내게 물었다.

"외국인 결혼 어때?"

처음엔 농담 같아 보였지만, 점차 그렇게 묻는 횟수가 많아졌다. 화면 속 외국인이 유독 다정하게 보이는 날이면, 엄마는 꼭 그 얘기를 꺼냈다. 농담인지 진심인지 가늠하기 어려웠다. 나는 어느 순간부터 그 질문이 불편해지기 시작했다. 사실 남자 친구를 사귈 때마다 부모님의 장애를 언제, 어떻게 말해야 할지 고민했다. 사귀기 전에 미리 말하자니 너무 성급해 보일까 걱정됐고 사귄 뒤에 말하면 부모님을 숨긴 사람처럼 보일까 두려웠다.

그런 내 마음을 모르는 엄마는 어느 날, 엄마 친구의 딸이 파혼했다는 이야기를 꺼냈다. 그 딸은 남자 친구와 2년을 연애했고 결혼을 전제로 양가 인사까지 마친 사이였다. 상견례 자리에서 부모님끼리 처음 인사를 나눴는데, 엄마 친구 말에 따르면 그때까지만 해도 아무 문제가 없었다고 한다.

상대 부모와 예비 신랑은 수어를 사용하지 않았고 대화는 이어지지 않았다. 무슨 말을 하는지 알 수 없어 끝까지 분위기를 살피며 조심스레 행동했고, 이미 많은 것을 신경 쓰고 있을 딸에게도 굳이 통역을 부탁하지 않았다고 했다. 식사는 끝났지만 결혼과 결혼식 이야기는 오가지 않았다.

며칠 뒤 남자는 이별을 통보했다. 사유는 부모님의 반대었나. 딸은 너무 갑작스러운 이별에 충격을 받았고 몇 번이나 남자와 그의 부모를 설득하려 했다. 하지만 남자 측은 완강했다. 간접적으로 돌려 말했지만, 결국 이유는 부모님의 장애였다. 딸은 엄마 친구에게 말했다.

"부모가 청각장애인인 거 싫대."

엄마는 그 말을 전하면서 내게도 결혼 생각이 있냐고 물었다. 나는 대답 대신 고개를 저었다. 마음이 좋지 않았다. 막 연애를 시작했던 참이라, 엄마의 말이 더 복잡하게 다가왔다. 내게 이런 이야기를 하는 게 연애를 하지 말라는 뜻인 건지, 나도 그렇게 될 수 있으니 신중해지라는 건지 알 수 없었지만 물어볼 수 없었다. 엄마는 텔레비전 화면 속에 나오는 외국인 패널을 가리키며 물었다.

"저 사람 한국말 잘해?"

나는 한참 그의 목소리를 듣고는 "잘하다."라고 짧게 대답했다. 엄마는 그가 아내를 너무 사랑해서 한국에서 사는 남자라며 나도 그런 외국인을 만나면 좋겠다고 했다. 나는 엄마가 친구 딸의 파혼 이야기를 하면서 외국인과의 결혼을 권하는 걸 이해할 수 없었다. 잔뜩 겁을 주고 동시에 도망칠 길을 가리키는 기분이었다. 이미 결혼이란 현실 앞에서 충분히 주저하고 있는데 내 불안 위에 또 다른 불안이 포개지는 것처럼 느껴졌다.

나도 사실 결혼이 두려웠다. 내게 결혼은 출가였다. 자취처럼 잠시 떨어져 있는 게 아니라 다른 삶을 꾸리는 일이었다. 그렇게 되면 엄마 아빠의 일상에서 더 멀어질 것 같았다. 주변 사람들은 내 걱정에 "네가 없어도 용호가 있으니 괜찮잖아."라고 말했지만 용호는 나보다 수어를 못할 뿐만 아니라 엄마 아빠의 통역이나 심부름을 할 여력이 없었다. 그가 한 통역은 늘 결말이 시원치 않았고 결국 내가 다시 같은 일을 반복해야 했다.

나는 엄마 아빠의 보호자는 결국 나뿐이라고 믿었다. 그래서 차라리 결혼하지 않고 사는 게 나을지도 모른다고 생각했다. 결혼하면 더 이상 엄마 아빠의 딸로 살 수 없을 것 같았다. 하지만 동시에 나도 사랑하고 싶었다. 누군가와 가정을 꾸리고 싶었다. 평범하게 연애하고, 결혼하고, 살아보고 싶었다. 그런데 그런 평범한 일들이 내게는 너무 멀게 느껴졌다.

엄마는 종종 자신의 시집살이 이야기를 꺼냈다. 농인이라 심한 시집살이를 겪었지만, 농인이라서 더 빨리 분가할 수도 있었고, 때로는 시집살이라는 것을 모르고 지나간 순간도 있었다고 했다. 엄마의 엄마, 그러니까 나의 할머니는 듣지 못하는 딸이 겪을 시집살이에 마음이 쓰여 서둘러 전셋집을 알아봐 주었다. 엄마는 그때 할머니와 할아버지의 큰 사랑에 감동을 받았지만, 지금의 엄마는 내가 결혼을 해도 그렇게 큰돈을 지원해 줄 수 없다고 말했다.

"요즘 나쁜 사람 많다. 부모 농인 너 무시 괴롭히다 있어. 너 좋은 사람 만나면 되지만……. 한국 시어머니 나쁘다 많아. 하지만 외국 개방적. 부모 장애 있어도 괜찮아 차별 없고. 너 외국인 결혼하면 더 행복."

엄마는 내가 김치도 못 먹는데 외국인 시어머니라면 김상할 일도 없다며, 외국인과 결혼하면 좋은 이유를 줄줄이 늘어놓았다. 나는 그런 말들이 불편하고 싫었다.

연애를 시작할 때마다 남들은 하지 않아도 될 고민을 해야 하는 것만으로도 이미 충분히 힘들었다. 그런데 파혼이니, 외국인이니 하는 말이 나올 때마다 엄마가 내 앞날을 미리 정해둔 것 같은 기분이 들었다. 걱정이 된다는 건 이해할 수 있었지만, 그 걱정이 내게는 짐처럼 느껴졌다. 무엇보다, 정말 엄마 말처럼 될 것 같아서 더 이상 듣고 싶지 않았다. 언젠가 나도 엄마 친구의 딸처럼 사랑하는 사람과 헤어질 수도 있다는 생각을 떨칠 수 없었다. 엄마는 나를 보호하려고 한 말이었겠지만, 나는 점점 더 위축되고 있었다. 그리고 다시 한번 그런 말을 들은 날, 결국 폭발하고 말았다.

"그래, 외국인이랑 결혼해서 한국 안 오고 미국에서 평생 살게! 엄마 혼자 살아."

엄마의 얼굴이 금세 붉어졌다. 나는 멈추지 않았다.

"나 평생 종? 엄마 종? 엄마 도우며 살다? 나 봉사자? 아니다. 나 원하는 대로 살다. 한국인 외국인 상관없이 빨리 결혼해서 엄마랑 떨어져 살 거다. 나 없으면 엄마 후회. 나 없이 살아봐."

나는 그날 모진 말로 엄마 가슴에 못을 박았다.

수어 통역사

"슬기, 너도 수어 잘하겠네?"

오랜만에 만난 동기가 방학 동안 수어를 배웠다는 소식을 전하며 나에게 면접에 필요한 수어를 가르쳐 달라고 말했다. 그동안 수어를 조금 할 줄 안다는 사람은 많이 봤어도 수어를 배우고 있다는 사람은 처음이었다. 카페 테이블 위에 펼쳐진 수어 노트에는 손 모양과 방향, 움직임이 하나하나 그려져 있었다. 노트를 보고 있으니 동기의 마음이 꽤 진심이라는 걸 느낄 수 있었다.

"수어는 왜 배우는 거야?"

"음, 알아두면 언젠가 도움이 될 것 같아서?"

동기는 알아두면 쓸모가 있을 것 같다며 면접에서 좋은 점수를 따고 싶다고 말했다. 나는 동기에게 '나도 수어 잘 못해.'라고 말하며 얼버무렸다. 그 말은 변명이 아니라 진짜였다. 나는 엄마, 아빠와 수어로 대화하지만 수어를 '잘하는 것'과 그냥 '할 줄 아는 것'은 다르다. 한국어를 쓰며 살아가는 한국인에게 "한국어, 얼마큼 잘하세요?"라고 물으면 선뜻 대답하기 어려운 것과 비슷하다.

하지만 내가 그렇게 대답한 이유를 오로지 나의 수어 실력 때문이라고만 말한다면, 그건 사실 반쪽짜리 답변에 불과하다. 나머지 절반의 이유는 동기가 말했던 '쓸모'라는 단어였다. 그 단어가 왠지 마음에 걸렸다. 그리고 엄마가 내게 자주 하던 말이 눈앞을 맴돌았다.

"청인 항상 농인 이용 목적 있어. 청인 무서워 항상 조심"

나는 동기를 경계하면서도, 한편으로는 부러웠다. 수어를 그저 일상을 위한 언어로 써 왔던 나와 달리 동기는 수어를 공부하고 있었다. 그의 노트 위에 빼곡히 적힌 글씨들을 보며 문득 생각했다. 저렇게 배운 그가 나보다 수어를 더 잘하는 건 아닐까? 그러자 묘하게 마음이 불편해졌다. 엄마의 언어를 직접 쓰며 살아온 내가 정작 그 언어를 제대로 알지 못할 수도 있다는 사실을 깨달았다. 심지어 그 언어의 '쓸모'를 따지는 사람보다 못할 수도 있다니. 하지만, 이 감정은 누군가가 나보다 수어를 더 잘할지도 모른다는 것에 대한 반감이라기보다 혼자만의 자격지심에 가까웠다. 동기에게 지고 싶지 않았던 건지, 아니면 엄마의 언어를 제대로 알지 못한다는 사실이 부끄러웠던 건지, 그 마음이 정확히 무엇 때문인지는 나도 잘 모르겠다. 하지만 확실한 것은 그날 이후, 나는 수어를 더 잘하고 싶어졌다.

2015년 당시 수어를 배울 수 있는 곳은 지역의 수어 통역 센터에서 운영하는 '사랑의 수어 교실'이 전부였다. 그마저도 1년에 한두 번 열릴까 말까였다. 인터넷을 뒤져보니 수어를 배우려는 사람들의 목적은 대체로 비슷했다. 수어 통역사 자격증 때문이었다. 수어를 그저 언어로서 배우는 사람은 드물었다. 부모님의 언어를 한 번쯤은 제대로 배워봐야겠다는 마음이 생겼다. 이왕이면 나도 자격증을 따보자고 생각하니 농인 부모의 자녀인데 그 정도쯤은 쉬울 거라는 자신감도 생겼다.

수어 통역사 시험은 1년에 한 번 진행되며 필기와 실기로 나뉜다. 필기 과목은 총 4가지인데, 4가지 모두 평균 합격 점수를 넘어야만 합격하고 실기시험을 볼 수 있다. 필기시험 과목은 〈장애인 복지〉, 〈청각장애인의 이해〉, 〈수어 통역 기초〉, 〈한국어의 이해〉였다. 내용을 훑어보니 학부에서 배우고 있는 사회복지 내용과 비슷한 것들도 있었고 청각장애에 대해 처음 아는 사실들도 있었다. 인터넷에 올라온 수어 통역사 시험 후기에는 〈한국어의 이해〉와 〈장애인 복지〉가 어렵다는 후기들이 많았다.

수어 통역사 시험인데, 왜 한국어를 공부해야 하는 것인지 그때는 이해할 수 없었다. 더군다나 〈한국어의 이해〉는 고등학교 3학년 모의고사 수준으로 출제된다고 들었기에 속으로 우습게 봤다. 나는 대신 〈청각장애인의 이해〉와 〈수어 통역 기초〉에 집중했다. 철없는 자신감이었다.

〈청각장애인의 이해〉는 재미있다 못해 신기했다. 청력 손실 데시벨 표를 보다가 한번 계산해 보기도 했다. 엄마는 한 80데시벨쯤, 아빠는 90데시벨 이상인 것 같았다. 교재를 넘기다 보니 장애 등급은 어떻게 매겨지는지*, 보청기는 어떤 원리로 작동하는지 등 그동안 그저 엄마, 아빠의 일이었던 내용이 이론과 데이터로 증명되어 있었다.

'아, 아빠는 이 정도의 청력이구나.' '엄마가 쓰는 보청기는 이런 원리로 작동하는구나.' '엄마랑 아빠도 평형 감각이 떨어져서 일자로 똑바로 걷는 게 어려운 건가.' 수업을 통해 20년을 함께 살면서도 몰랐던 것들을 알게 됐다. 엄마와 아빠의 세계에서 그들이 어떻게 세상을 경험하는지 그때까지도 몰랐다. 누구도 가르쳐주지 않았던, 어쩌면 내가 묻지조차 않았던 질문들을 하나씩 이해하게 되었다.

나에게 익숙한 얼굴을 떠올리며 공부하니 마치 20년 경력의 베테랑이 된 기분이 들었다. 까다로운 이론도 '아, 그래서 엄마가 그랬구나.' 하며 술술 이해할 수 있었다. 농인 부모를 둔 덕분에 이미 현장 경험은 충분히 한 셈이었다.

그렇게 자신만만하게 도전한 첫 수어 통역사 시험의 결과는 불합격이었다. 그것도 내가 제일 우습게 봤던 〈한국어의 이해〉에서 떨어졌다. 20년 넘게 한국어를 써온 한국인이 모국어 시험에서 발목을 잡히다니 아이러니했다. 그동안의 경력이 있으니 쉬울 거라고 생각했는데 도대체 이게 뭔가 싶었다.

합격자 발표를 보고 나니 너무 창피했다. 동기에게 수어를 잘 못한다고 했던 게 정말 사실이 되어 버린 것이다. 자격증으로 나 자신을 증명하고 싶었는데, 오히려 나의 무지만 증명한 기분이었다.

---

* 장애등급제는 2019년부터 점진적으로 폐지되었다.

나는 수어를 잘하기 위해서가 아니라 엄마와 제대로 이야기하기 위해 공부했어야 했다. 자격증은 그다음 문제였다. 20년을 함께 살았는데도 내가 부모님의 언어와 세계를 제대로 이해하려고 노력하지 않았다는 사실을 깨달았다. 이미 알고 있다고 생각한 모든 것은 그저 익숙하다는 이유로 안다고 착각한 것에 불과했다.

나는 다시 책을 펼쳤다. 이번에야말로 진짜 이 세계를 제대로 배워야 할 차례였다.

손으로 말하는 사람들

사회 복지 실습처를 고민하던 중 '농아인협회'를 떠올리게 되었다. 처음에는 근처 수어 통역 센터에 실습을 받아줄 수 있는지 문의했지만, 실습생을 받는 수어 통역 센터는 없었다. 하는 수 없이 장애인 복지관을 알아보던 끝에 한참을 망설이다 아빠에게 손을 내밀었다. 내심 궁금하기도 했다. 엄마 아빠가 매일 같이 가던 협회라는 곳은 도대체 뭘 하는 곳일까?

"나 농아인협회에서 실습 하고 싶은데 아는 사람 있다?"

아빠에게 이런 부탁을 하는 건 낯설 일이었다. 평소 아빠는 내 학교생활이나 진로에 깊이 관여하지 않았다. 내 일은 언제나 내가 알아서 했다. 엄마와 아빠는 조금 멀찍이 서서 지켜보는 편이었다. 그래서 이렇게 아빠에게 먼저 손을 내민 것도, 아빠의 세계가 궁금하다고 말한 것도 처음이었다.

아빠는 내가 사회복지사를 꿈꾸는 건 알았지만 수어에 이렇게 관심이 있는 줄은 몰랐다며, 친구들을 통해 실습할 수 있는 곳이 있는지 알아봐 주겠다고 했다. 얼마 지나지 않아 경기도농아인협회에서 실습이 가능하다는 연락을 받았다. 사무국장님은 농아인협회의 실습은 농인이거나 농인의 자녀만 예외적으로 가능하다고 말했다. 아빠가 나를 위해 길을 열어준 건 처음이었다. 낯설고 벅차면서도 아빠 얼굴에 먹칠하지 않도록 잘해야겠다는 생각에 긴장감이 밀려왔다.

실습 첫날, 나는 실습 동기인 미경 언니와 첫인사를 나눴다. 미경 언니는 농인이었다.

"당신 농인?"

언니의 첫 질문이었다. 내가 고개를 저으며 "청인"이라고 하자, "아."라는 대답이 나왔다. 언니의 눈썹이 살짝 올라갔다.

"수어 통역 일?"

또다시 고개를 저었다.

"아니, 당신 함께 실습하는 학생"

잠시 침묵이 흘렀다. 나는 조금 망설이다가 "부모 농인."이라고 덧붙였다. 그 순간 언니의 얼굴에 온기가 돌았다.

"엄마 아빠 누구?"

부모님의 이름을 말했지만 언니는 고개를 갸웃하더니 잘 모르겠다는 듯이 조용히 고개만 끄덕였다.

협회를 찾아오는 사람은 어릴 적 기억 속에 있던 아줌마 아저씨들이었다. 여전히 내 얼굴을 기억하는 분들이 있어 신기했다.

"너 유정순 딸? 많이 커서 몰랐네, 어릴 때 요만했는데!"

"안녕하세요, 오랜만이에요. 저 기억하세요?"

"기억하지! 내 눈 보물 한번 보면 안 잊어."

웃음이 났다. 눈 보물. 엄마도 자주 하던 말이었다. 협회에서 실습하면서 많은 농인들을 만났다. 엄마 아빠가 아닌 다양한 연령대의 농인들과 개인적으로 인연을 맺는 건 새로운 경험이었다. 협회 가까이에는 농아노인복지관이 있었다. 나와 미경 언니는 그곳에서도 프로그램을 기획하고 보조하는 일을 했다.

어느 날, 나를 유심히 보던 농인 할머니께서 계속 내게 무언가를 달라고 하셨다.

"파란 뚜껑 줘."

'파란 뚜껑? 파란 뚜껑이 뭐지?'

주변을 두리번거리며 찾아봤지만 도저히 알 수가 없었다. 할머니께서는 점점 답답해하셨다.

"너 파란 뚜껑 약 몰라? 답답!"

어쩔 수 없이 미경 언니에게 물었다.

"언니, 파란 뚜껑 약이 뭐예요?"

언니도 고개를 갸웃했다.

"나도 모르겠는데?"

할머니는 화가 나셨는지 복지관 선생님을 불러오라고 하셨다.

"아, 파란 뚜껑은 바셀린이에요. 여기 어르신들은 바셀린을 파란 뚜껑 약이라고 하시거든요."

선생님은 노인 농인분들은 문맹이 많으셔서 대부분 '바셀린'이라는 단어를 모르고 '파란 뚜껑 약'이라고 부른다고 덧붙였다. 글자가 아닌 색깔과 모양으로 사물을 기억하는 분들이었다. 나는 엄마 아빠와 평생 수어로 대화하며 살아왔지만 그럼에도 낯선 경험이었다.

6월 3일 농인의 날을 맞아 전국 농아인 체육대회가 열렸다. 야외 경기장에 도착하자마자 펼쳐진 풍경에 압도당했다. 수백 명의 손이 일제히 움직이고 있었다. 어떤 손은 빠르게, 어떤 손은 천천히, 어떤 손은 크게, 어떤 손은 작게. 마치 오케스트라를 보는 것 같았다. 수많은 손과 얼굴 사이로 익숙한 얼굴 둘이 보였다. 엄마와 아빠였다. 아빠가 내게 물었다.

"너 농인 봉사 일?"

고개를 끄덕였다.

"기쁘다."

아빠 얼굴에 환한 빛이 번졌다. 자랑스러우셨던 걸까. 아니면 아빠의 세계에 내가 온 것이 기쁘셨던 걸까. 아빠는 크게 웃음을 지으며 옛날에 같은 동네에 살았던 친구들과 농학교 동창들에게 나를 소개했다. 평생을 세상의 가장자리에서 살아왔다고 생각했던 아빠가 그날만큼은 세계의 중심에 서 있었다.

나도 엄마 아빠에게 미경 언니를 소개했다. 엄마와 미경 언니는 아는 사이라며 반갑게 인사를 주고받았다.

"저번에 이름 모른다고……."

언니가 손을 흔들며 말했다.

세상은 좁지만 농사회는 더 좁다. 부모가 농인이라는 사실을 알았을 때 언니가 나에게 경계를 허물었던 것처럼, 나도 언니가 엄마의 지인이라는 걸 알고 난 뒤 내 안에 있던 경계선이 봄눈 녹듯 사르르 풀렸다. 우리는 서로에게 낯선 사람이 아니었다. 같은 언어로 연결된 먼 친척 같은 사이였다. 농사회는 두 다리를 건널 필요도 없는 작은 시골 마을 같았다. 옆집 숟가락 개수까지 아는 작은 동네 사람들처럼 누가 어느 학교 출신인지, 결혼은 했는지, 자녀가 몇인지 서로가 다 알고 있었다.

아빠와 엄마의 세계인 농사회, 그곳에서는 내 이름을 묻는 이가 드물었다. 나는 '유정순의 딸', 혹은 '최미숙의 딸'이었다. 부모님의 이름이 곧 나의 명함이었다. 사람들은 내 얼굴을 보며 물었다.

내가 이라고 말하면 그분은 옆에 있는 사람들에게 그 사실을 모두 알렸다.

생경했지만 포근했다. 청인의 세계에서 나는 그저 '나'였다. 언제나 내 이름으로 불렸고 장애가 있는 부모님은 종종 떼고 싶은 꼬리표였다. 하지만 이곳에서 나는 부모님의 연장선이었다. 이상하게도 그게 편하고 좋았다. 딱히 귀 기울일 필요가 없는 곳이었다. 눈치를 볼 필요도 없었다. 나는 마치 숨 쉬듯 편안함을 느꼈다.

스마트폰도 영상 전화도 없던 시절, 농인들이 만날 수 있는 공간
은 늘 정해져 있었다. 그러니 만났을 때 최대한 오래, 최대한 많이 이
야기를 나눠야 했다. 언제 다시 만날지 모른다는 막연함과 아득함은
헤어짐을 어렵게 했다. 그래서 농인들 사이에는 '롱 굿바이'라는 문
화가 있다. 한 시간, 두 시간에 걸쳐 작별 인사가 이어지는 것이다.
다들 가야지, 라고 말하면서도 제자리에 서서 움직이지 않는다. 자식
이 잘 사는지, 결혼은 했는지, 그 친구는 잘 지내는지, 못했던 말들을
쏟아낸다.

어린 시절 나의 엄마 아빠도 그랬다. 행사가 끝나고 내가 집에 가
자고 해도 주차장에서 친구들과 한참을 더 수다 떨다가 갑자기 호프
집으로 향하기도 했다. 나는 엄마 아빠 친구들 사이에서 졸다가 깨기
를 반복했다. 왜 이렇게 헤어지는 게 힘든지 이해할 수 없었다. 하지
만 지금은 안다. 일상에서 자신의 언어로 마음껏 대화할 기회가 흔치
않았던 사람들이 오랜만에 만난 이들과 나누는 대화가 얼마나 소중
한지. 그들에게 이 만남은 흔한 일상이 아니라 귀한 축제였다.

오늘도 역시나 마찬가지였다. 행사의 마지막 순서가 끝나자, 사
람들은 양손을 높이 들어 펄럭이는 '반짝 박수'로 모든 일정을 마무
리했다. 그리고 아무도 자리를 떠나지 않았다. 그렇게 한참을 아쉬워
하다가 다 같이 커피숍으로 향했다. 커피숍에서의 자리는 저녁 식사
로 이어졌고, 저녁 식사는 다시 술자리로 이어졌다. 시끄러운 고요
함이라고 해야 할까. 사람들은 소리 없이 웃고 떠들고 티격태격했다.
어릴 적 봐왔던 풍경이었지만 왠지 더 색다르게 느껴졌다. 흑백 사진

에 색이 입혀지듯 선명하게 다가왔다.

나는 청인의 세계에서는 '농인 부모를 둔 사람'으로 농인의 세계에서는 '청인'으로 존재했다. 수어를 모국어처럼 구사하지만 한국어를 쓰고 소리를 듣는다. 결국 나는 두 세계 사이에 존재하는 어딘가에서 홀로 서 있는 경계인이었다. 하지만 적어도 이날만큼은 나 자신이 이방인으로 느껴지지 않았다. 만약에 실습이 끝나면 어떻게 될까. 엄마 아빠가 돌아가시고 나서도 여전히 이곳 사람들에게 환영받을 수 있을까.

나는 이곳에 계속 머무르고 싶어졌다. 엄마 아빠가 살고 손으로 말하는 사람들이 있는 이곳에서 완전히, 또 온전히 속하고 싶어졌다.

불쌍한 유손생

어른이 되어서 좋은 점 중 하나는 사람들이 나를 불쌍하다고 할 때마다 "뭐가 불쌍한데요?"라고 되물을 수 있게 된 것이다. 부모가 농인이라는 걸 알게 된 사람들은 종종 멋대로 나를 평가하곤 했다. 그들이 나를 '대단한', '멋있는', '착한' 같은 수식어로 포장할 때면 나는 언제나 그런 시선에 보란듯이 반항했다. 마냥 착한 사람처럼 보이지 않으려 날을 세웠다. 평소보다 더 밝고 행복한 척 하기도 하고, 날카롭게 말하기도 했으며, 예민한 태도로 상대가 나를 쉽게 재단하지 못하게 했다.

한번은 같은 교회에 다니는 언니가 나에게 말했다.

"TV에 청각장애인이 나왔는데, 딸이 전부 수어 통역을 하더라고. 그래서 너 생각이 났어! 힘들었을 텐데 대단하다는 생각이 들었어."

"우리 엄마가요? 아니면 제가요?"

나는 정말 궁금했다. 사람들이 불쌍하다고 느끼는 감정이 도대체 누구를 향한 건지, 그 동정의 화살이 정확히 어디에서 날아와 어디에 꽂히는지 알고 싶었다.

"장애가 있는 엄마가 불쌍하다는 건가요? 아니면 장애인 부모의 자녀로 태어난 제가 불쌍하다는 건가요?"

교회 언니는 당황했다. 그런 의도가 아니었다며 그저 내가 씩씩하게 살아가는 게 대단해서 한 말이라고 했다. 언니의 당황한 얼굴을 보니 조금 미안해졌다. 언니는 그저 내게 따뜻한 말을 건네려 했을 뿐인데 내가 너무 집요하게 질문했나 싶었다. 하지만 말은 이미 뱉어 버린 뒤였고 후회하기엔 늦은 일이었다.

나는 그 대화를 통해 오히려 선명하게 깨달았다. 나의 부모님이 농인이라는 이유로 내가 씩씩하다거나, 똑똑하다거나, 배려심이 있다거나, 착하다는 인상을 받은 사람은 그걸 선천적으로 타고난 성격으로 여긴다는 걸. 사람들은 나를 '유슬기'라는 한 사람으로 보지 않고 '부모님이 장애인인 슬기', '부모님을 위해 헌신하며 사는 슬기'라는 틀에 맞춰 바라보았다.

나의 일상이 남들 눈에는 평범하지 않았을지도 모르겠지만 그렇다고 우중충하거나 불행하지는 않았다. 가족 중 누군가의 생일이면 수어로 생일 축하 노래를 부르며 케이크 촛불을 껐고 명절에는 온가족이 모여 음식을 나눠 먹었다. 여름엔 계곡에 앉아 수박을 깨먹으며 수영도 하고 감자튀김 하나를 두고 동생과 다투다 혼나기도 했다. 아주 평범하고 소소한 행복이 깃든 삶이었다. 나는 사람들이 왜 우리를 불쌍하다고 생각하는 건지, 도대체 무엇이 그렇게 만드는 건지 궁금해졌다.

그래서 그런 생각으로 인터넷에 청각장애인을 검색했다. 인터넷이 소개한 내용에는 겨우 일자리를 얻어 힘겹게 버티는 사람과 가족에게 버림받고 홀로 서는 사람의 눈물나는 사연으로 가득했다. 모두가 이렇게 사는 건 아닌데 미디어가 원하는 방향으로 모든 이야기가 줄 맞춰 서 있는 것 같아 쓸쓸했다. 게다가 문제는 그것만이 아니었다. 미디어 속 청각장애인은 때때로 현실과 다르게 그려졌다.

당시 한 드라마에서 여주인공의 엄마가 청각장애인으로 등장했다. 극중 엄마는 딸에게 수어로 말했고 딸은 음성 언어로만 대답했다. 나는 의아했다. 엄마의 수어를 알아듣는 딸이 왜 굳이 음성으로만 대답할까? 수어를 할 줄 아는 코다라면 당연히 수어로 대답하는 게 자연스럽다. 그런네 이 드라마 속 딸은 수어를 선혀 하지 않았다. 더 기묘한 건 엄마의 소통 방식이었다. 엄마는 사람들의 입 모양만 보고도 모든 대화를 완벽하게 이해했다. 현실에서는 절대 불가능한 일이다. 그녀가 청각장애인인지, 농인인지, 그것도 아니면 그저 입술 읽기의 달인인지 알 수 없는 설정이었다. 나는 그저 필요에 따라 이리저리 변형된 캐릭터가 불편했다.

그 이유는 명료하다. 사람들이 이 기묘한 인물을 진짜 농인의 모습이라고 믿어버리기 때문이다. 실제로 엄마에게 자신이 입 모양을 크게 벌려서 말할 테니 필담으로 쓰라고 말하는 사람들이 있었다. TV에서는 다 그렇게 하던데 왜 안 되냐는 식이었다. 사람들은 천천히 말해도 이해하지 못하는 엄마와 아빠를 보며 답답해했다. 때로는 자신 있게 한글을 쓰지 못하는 부모님을 향해 노골적으로 한심하다는 표정을 지었다. 하지만 평생 수어를 모국어로 살아온 부모님에게 한국어는 외국어와 같다. 필담은 절대 쉬운 일이 아니다.

수어는 한국어가 아니다. 한국어와는 다른 문법을 가진 독립된 언어다. 한국어에서는 '예쁜 꽃'이라고 말하지만, 수어에서는 '꽃, 예쁘다'라고 표현한다. 수식어가 뒤에 온다. 한국어는 조사로 문장의 관계를 만들지만, 수어에는 조사가 없다. 대신 얼굴 표정과 몸짓이 문법이 된다. 눈썹을 올리면 질문이 되고, 고개를 끄덕이면 긍정을 뜻하게 되며, 입 모양과 표정의 미세한 변화로 감정의 결이 달라진다. 한국어에서 문장에 담긴 뉘앙스나 어조가 하는 일을 수어에서는 온몸이 한다.

엄마와 아빠도 짧은 문장이나 일상적인 단어들은 편하게 필담으로 나눌 수 있지만, 조금 복잡하거나 전문 단어들이 나오면 금세 막힌다. 엄마가 쓰는 문장은 종종 조사가 빠지거나 어순이 다르다. 한국어 문법에 익숙한 사람들은 이걸 틀린 문장이라고 생각한다. 하지만 수어 문법으로는 완벽하게 맞는 문장이다. 엄마에게 필담은 수어를 한국어로 옮겨 적는 것이다. 그러니 필담으로 긴 대화를 나누는 건 농인 엄마 아빠에게도, 상대방에게도 부담스러운 일이다.

대부분의 미디어 속 청각장애인은 이런 부분은 생략한 채 '불편함을 참고 사는 착한 사람'으로만 그려졌다. 나는 그게 불만이었다. 그들의 진짜 삶을 제대로 다뤄주길 바랐다. 하지만 기다리느니 내가 직접 만드는 편이 빠르겠다 싶었다. 그래서 유튜브 채널을 만들기로 했다. 수어가 어떤 언어인지, 코다가 무엇인지, 그래서 우리 삶이 정말 불쌍한지를 보여주고 싶었다. 그 후에 판단은 보는 사람들의 몫으로 남겨두고 싶었다.

유튜브 채널을 개설하기 앞서 나의 정체성을 담은 채널 이름이 필요했다. '농인'이나 '코다', '수어' 같은 단어를 제목에 넣고 싶지는 않았다. 정확한 단어들이기는 하지만 너무 직접적인 느낌이었다. 나는 더 자연스럽고 일상적이며 동시에 나를 잘 나타낼 수 있는 이름을 원했다. 노트에 이것저것 써보기 시작했다. 코다, 농인, 수어, 가족……. 아무리 생각해 봐도 딱딱한 느낌이 들었다. 그래서 완전히 방향을 틀었다. 직접적으로 설명하는 단어 대신 나를 구성하는 것들을 떠올려봤다. 우선 내가 화자니까 '유'라는 이름은 꼭 쓰고 싶었다. 그 다음은 수어. '눈', '보이는 언어', '시각적인 대화', '인생', '삶' 같은 단어가 연상되었다. 계속 단어들을 살펴보다 보니 문득 '손'에 눈길이 멈췄다. '수어'보다는 '손'이 훨씬 직관적인 느낌이었다. 엄마가 내 볼을 쓰다듬는 손, 아빠가 농담을 던지는 손, 화가 나서 휘젓는 손, 기쁨으로 흔드는 손. 나의 모든 순간에는 손이 있었고 그 손들이 만들어내는 수어가 있었다. '유', '손', '생' 노트에 이 세 단어들을 조합하는 순간 '이거다' 싶었다. 손으로 살아가는 인생, 그리고 손으로 말하는 법을 알려주는 선생. 그런데 막상 소리내어 불러보니 입에 붙지 않았다.

"유손생, 유송생."

입에 붙지 않는 이름을 몇 번이고 되뇌었다. 그러다 생각했다. 뭐 어때? 어차피 농인들은 이 이름을 부를 일이 없다. 그리고 조금은 불편하면 어떤가? 세상이 우리를 부를 때 쓰인 말도 늘 불편한 단어뿐이었다. 발음하기 편한 이름만 좋은 이름은 아니다. 어쩌면 이 어색함이 오히려 딱 나와 어울리는 것 같았다. '유손생'이라는 이름은 그렇게 정해졌다. 그리고 나는 드디어 진짜 내 이야기를 시작했다.

꼬치 없는 꼬치

작가 호리코시 요시하루는 『귀로 보고 손으로 읽으면』에서 이런 경험을 소개했다. 어느 날 식당에서 꼬치 튀김을 주문했는데, 막상 나온 요리에는 꼬치 없이 튀김만 덩그러니 놓여있었다는 이야기였다. 식당에서 시각장애인에게 위험할 수 있다는 이유로 꼬챙이에 끼워져 있던 음식을 모두 뺀 것이다. 그는 그 순간 씹는 맛과 손끝의 감각을 잃어버리고 먹는 재미를 빼앗긴 허탈함을 토로했다. 나는 이 글을 읽고 영화관을 떠올렸다.

엄마와 아빠는 영화를 좋아한다. 특히 영화관에서 보는 걸 좋아한다. 아빠는 집에 있는 TV는 답답한데 극장에서는 진동도 느껴지고 화면이 커서 보는 재미가 있다고 했다. 우리는 한 달에 한두 번은 꼭 영화를 봤다. 주말이 다가오면 가족들과 함께 저녁 외식을 하고 영화관에 가는 것이 일상이었다. 단, 늘 외국영화만 봤다. 극장에서 자막이 제공되는 작품이 대부분 외국영화였기 때문이었다.

〈기생충〉이 한창 화제일 때였다. 모든 사람이 그 영화 이야기를 했다. 당연히 엄마 아빠도 궁금해했지만 한국 영화였기에 극장에서 함께 볼 수 없었다. 나는 먼저 혼자 영화를 보고 전체 줄거리를 수어로 설명한 뒤에야 엄마 아빠와 함께 상영관에 갈 수 있었다. 그래도 대사의 뉘앙스나 코믹한 요소들은 거의 전해지지 않았다. 심지어 아빠는 중간에 졸았다. 결국 엄마 아빠가 본 건 영화가 아니라 내가 만든 수어 요약본이었다.

한번은 추석 명절 기간에 영화를 보려고 했는데 한국 영화만 개봉 중이었던 적이 있다. 우리는 그때 결국 영화관에 가지 못했다. 엄마는 나와 동생에게 너희끼리 보고 오라고 했지만 그러고 싶지 않았다. 대신 가끔 명절을 맞이해 TV에서 자막이 달린 한국 영화가 방영되면 엄마 아빠와 함께 보곤 했다. 그러면 나는 중간중간 왜 그 대사가 나왔는지, 어떤 일이 벌어졌는지를 설명하느라 제대로 영화에 집중하지 못할 때가 많았다.

옛날부터 가족들과 함께 TV를 볼 때면 나는 엄마 아빠를 위한 일일 통역사가 되곤 했다. 수어 통역이 없으면 TV 옆에 서서 내용을 통역했는데, 내가 유독 잘 통역한 날이면 엄마가 용돈을 조금 더 얹어 주기도 했다. 엄마는 자막을 보면서도 왜 갑자기 주인공이 저런 말을 했는지, 저 단어의 의미가 정확히 뭔지 설명이 필요했다. 그런 통역이 있어야 더 깊이 드라마에 몰입할 수 있었다. 대부분 청각언어장애인을 위한 배려라며 한글 자막을 제공하지만, 정작 글자로 쓰인 자막은 농인에게 그리 친절한 배려가 아니다. 농인의 제1 언어는 수어이기에, 한글 자막보다는 수어 해설이 훨씬 보기에도 이해하기에도 좋다.

수어와 한국어는 단어만 다른 게 아니다. 문법 구조부터 표정과 다른 신체 기관을 활용하는 방식까지 전혀 다르다. 수어는 손의 움직임이나 표정의 변화, 공간 활용에 모두 개별적인 의미가 있다. 반면 한국어는 어순과 조사로 문장을 만든다. 그래서 농인이 자막을 보는 것은 우리가 외국어 자막을 빠르게 따라 읽으며 영화를 보는 상황과 비슷하다. 단어로 의미를 추측할 수는 있지만, 스쳐 지나가는 장면이나 감정의 흐름은 지나치기 쉽다.

엄마가 TV를 보다가 내게 물었다.

“왜 갑자기 저녁 이야기?”

화면에는 “나 오늘 선역한다.”라는 자막이 지나갔고, 그다음 “오늘 저녁 한다고?”라는 자막이 떴다. 음성 언어에서는 금방 이해할 수 있는 말장난이지만, 엄마에게는 뜬금없는 대화였다. 나는 ‘전역한다’와 ‘저녁 한다’가 발음이 비슷해서 나온 대사라고 설명했다.

한때 인터넷을 달궜던 ‘농협은행’ 밈도 비슷한 식이다. 이 밈은 한 외국인이 ‘농협은행’이라고 말한 것을 편의점 알바생이 ‘너무 예쁘네’로 잘못 알아듣는 내용으로, 역시나 발음으로 생긴 해프닝을 다룬다. 농인 친구가 이 밈을 보고 물었다.

“농협은행 왜 너무 예쁘네?”

나는 ‘농협은행’을 빨리 말하면 소리가 “놈 혀뿌넹”처럼 들릴 수 있고, 그게 청인에게는 '넌 예쁘네.'로 들릴 수 있다고 한참을 설명했다.

자막은 말하는 속도를 따라 빠르게 스쳐 지나간다. 음악 소리와 주변 배경음, 음성 언어를 통해 전달되는 정보가 빠진 채 나열된 단어만 보면 전체적인 맥락을 읽어내기 어렵다. 그저 '뜬금없는 단어의 행렬'만 보게 되는 것이다. 그래서 농인에게는 자막보다 수어 해설이 필요하다. 통역사는 손과 표정으로 대사의 흐름과 의미, 장면에 담긴 감정과 분위기까지 전달한다. 자막이 정보의 파편이라면 수어 통역이야말로 비로소 전체 이야기를 알려주는 것이다.

그런데 통역이 제공될 때도 수어 해설 화면은 오른쪽 구석의 작은 창으로 밀려난다. 음성 언어로 전달되는 화면이 대부분을 차지하는 동안, 농인에게 허락된 공간은 주먹만 한 칸 하나다. 그 작은 창을 따라잡으려면 온 신경을 한곳에 모아야 한다. 청인에게 볼륨을 최저로 낮춘 TV를 보게 하는 일과 같다. 청인들은 말이 잘 안 들리면 리모컨으로 소리를 키운다. 작은 칸에 갇힌 수어 통역사도 리모컨으로 키우거나 줄일 수 있으면 좋겠다.

'청각장애인은 음악을 안 듣는다.', '뮤지컬은 안 본다.', '음악 영화에는 흥미가 없을 것이다.' 이런 선입견도 여전히 많다. 누군가가 세상을 어떻게 보고 듣고 느끼는지 묻지 않고 성급하게 대신 결정해 버린다. 마치 꼬치가 빠진 꼬치 튀김처럼 일방적이고 자기 만족적인 배려는 오늘도 누군가의 경험을 빼앗는다.

최근에는 '가치봄 상영관'을 통해 수어 해설을 제공하는 한국 영화가 등장했다. 반가운 변화다. 하지만 가치봄 상영관은 신청제라 원하는 시간에 마음대로 예매하기 어렵다. 시간이 맞지 않으면 그 영화는 못 본다. 언어라는 장벽이 우리를 상영관 밖으로 밀어낸다. 나는 한국어가 나오는 우리 영화를, 영화관에서, 엄마 아빠와 팝콘을 먹으며 깔깔대며 보고 싶다. 〈극한직업〉이나 〈범죄도시〉 같은 코미디 영화를 보고 함께 이야기 나누고 싶다. 세상의 어설픈 배려가 누군가의 감각을 지우지 않기를 바란다.

코다

할머니가 그랬다. 세상에서 가장 슬픈 단어는 '장애인'과 '딸'이라고. 그런데 나는 그 두 단어를 동시에 가지고 태어났다. 나는 장애인의 딸이다. 말이 트기도 전에 손으로 먼저 세상을 배웠다. 그리고 손으로 사랑을 보여주는 부모 아래에서 자랐다. 하지만 세상은 그 언어를 이해하지 못했다. 나는 수어도 음성 언어도 할 줄 알았기에 언제나 세상과 부모 사이를 오가야 했다.

집에서는 수어를 쓰고 학교에서는 말을 했다. 학교에서는 이름으로 친구들을 불렀지만 집에서는 손으로 톡톡 두드려 부모님을 불렀다. 학교에서는 노크로 인기척 내는 법을 배웠지만 집에서는 불빛으로 사람이 있다는 걸 알렸다. 듣는 세계와 보는 세계는 너무나 달랐다. 집에서의 규칙은 학교에서 통하지 않았고 학교에서의 규칙은 집에서 의미가 없었다. 농인들 사이에서는 청인이었고 청인들 사이에서는 청각장애인의 딸이었다. 나는 그 어디에도 완전히 속하지 못한, 경계에 선 사람이었다.

20살이 되었을 때 엄마가 내게 책을 선물했다. 『반짝이는 박수소리』와 『우리는 코다입니다』라는 책이었다. 엄마는 두 책을 내밀며 말했다.

엄마는 내가 '코다'라는 사실을 설명하며 말했다.

엄마는 농인 부모의 자녀를 코다라고 부른다고 했다. 그게 무슨 뜻인지 몰랐을뿐더러 왜 굳이 그렇게 부르는지도 이해되지 않았다. '청각장애인'이 아니라 '농인'이라고 부르는 것처럼 이름을 계속 만들어내는 게 싫었다. 자꾸만 무언가로 단정 짓고 정의하려는 것 같았다. 게다가 이름 자체도 마음에 들지 않았다. 눈도, 입도, 귀도 아닌 '코'라니. 도대체 무슨 상관일까 싶었다. 나는 그 책들을 오랫동안 열어보지 않았다.

내 주변에는 코다들이 항상 있었다. 나는 엄마 뱃속에 있을 때부터 엄마 아빠를 따라 농인 교회에 다녔다. 농인 교회에서는 모두가 수어로 이야기하고 몇몇 청인들만 음성 언어와 수어를 섞어 사용했다. 내 교회 친구들은 농인 교회에 오는 엄마 아빠 친구들의 자녀들이었다. 그래서 나는 코다라는 말을 알기 전까지 그들을 '교회 친구들'이라고 불렀다. 교회 친구들과 있을 때는 따로 상황을 설명하거나 통역할 필요가 없었다. 우리는 같은 언어를 쓰고 있었기에 엄마를 부르는 방식도, 엄마가 나를 부르는 방식도, 친구 엄마에게 놀러 갔다 오겠다고 허락을 받는 방식도 너무나 당연했다. 누구도 "우리 부모님은 말을 못해요."라고 설명할 필요가 없었다. 모든 게 자연스러웠다. 나에게는 진짜 천국이었다.

교회에 가면 어른들은 4층 대예배실에서, 아이들은 2층 아동부에서 예배를 드렸다. 우리와 함께하는 선생님들은 대부분 수어 통역사거나, 특수교사이거나, 농인 부모의 자녀였다. 어쨌든 수어를 아는, 농인을 잘 아는 사람들이었다. 내가 오늘 교회에서 무엇을 했고 무엇을 먹었는지 엄마와 아빠에게 가장 자세히 이야기할 수 있는 사람들이었다.

어른들의 예배에서는 대부분이 수어로 찬양했다. 엄마도 가끔 하얀 성가대 옷을 입고 찬양을 했다. 성가대 지휘자 옆에는 대형 메트로놈이 있었는데 초침이 좌우로 움직이면 그에 맞춰 손을 움직였다. 절도 있는 동작이 박자를 대신하고 부드러운 움직임이 음정을 대신했다. 지휘자 이모는 라디오 카세트를 귀에 가져다 대고 음을 느끼면서 그렇게 박자 맞추는 연습을 했다. 조금 더 들을 수 있는 사람들의 감각으로, 조금 더 느낄 수 있는 사람들의 몸으로 찬양했다. 예배가 시작되면 사모님 한 분이 마이크에 대고 노래를 불렀다. 나머지는 모두 제각각 속도를 달리하며 수어로 불렀다. 사모님의 목소리 위에 농인의 목소리도 겹쳤다. 청인이 들으면 기괴하다고 했겠지만 나는 그것 또한 하모니를 이룬 멋진 앙상블처럼 들렸다. 음정이 맞지 않아도, 박자가 엇갈려도, 그것은 분명 진심을 담은 찬양이었다. 그리고 어쩐지 그 찬양은 잠이 올 정도로 편안하고 나른하게 들렸다.

청인들은 기도할 때 눈을 감지만, 농인들은 기도할 때 눈을 뜬다. 농인 교회에서도 예배 시간에 목사님이 기도하면 농인들은 눈을 뜬 채 목사님의 손을 따라갔다. 반면 청인인 나는 눈을 감고 사모님의 통역 소리에 귀를 기울였다. 누가 청인이고 누가 농인인지 한눈에 알 수 있는 순간이었다. 나는 기도 시간마다 눈을 떠야 할지 감아야 할지 헷갈렸다. 목사님의 수어가 통역되는 시간이 너무 길게 느껴져 눈을 잠깐 떴다가 목사님이 언제쯤 기도를 끝낼지 표정을 살펴보기도 했다.

어떤 날은 눈을 뜨고 어떤 날은 목사님의 손을 보고 또 어떤 날은 눈을 꼭 감고 기도했다. 찬양을 부르면서 동시에 수어를 할 수도 있었다. 그런 건 엄마 아빠는 못하는 코다만의 재주 같았다. 나와 교회 친구들은 그걸 은근히 자랑스러워했다. 우리는 코다였다.

농수저

호기롭게 시작한 수어 통역사 자격증 시험에 보기 좋게 떨어졌다. 하필 점수 미달 과목이 〈한국어의 이해〉였다. 나는 우스갯소리로 "엄마 아빠한테 한글은 배우지 못해서 그런가 봐!" 하며 다음 시험을 준비했다. 그리고 시험을 준비하면서 동시에 농아인협회 실습을 하게 되었다. 실습을 앞두고 아빠가 말했다.

"슬기가 농사회 가고 싶대. 얼굴 만들다 주다."

평소 엄마와 아빠는 나를 "딸", "첫째"라고 불렀다. 가족 안에서는 그렇게 불려도 괜찮았지만, 농사회라는 더 넓은 세계로 나가려면 나를 표현하는 고유한 '얼굴 이름'이 있어야 했다. 얼굴 이름은 농인 사회에서 사람을 부르는 방법이다. 외모적 특징이나 성격, 직업, 습관이나 버릇 등을 수어로 표현해 이름처럼 쓴다. 그래서 '눈썹에 점이 있는 사람', '냄새를 잘 맡는 사람', '곰 같이 생긴 사람' 같은 이름이 만들어진다. 한국어 이름을 지화로 하나하나 풀어내는 것보다 빠르게 지칭할 수 있고 그 사람의 개성을 담을 수 있어 농사회에서 더 일상적으로 사용된다.

아빠는 이름은 하루 만에 만들어지는 게 아니라며 고민해 보겠다고 말했다. 엄마는 예전에 내 이름을 지을 때 '은' 발음이 예뻐 '은미'로 지어보자고 했던 기억을 꺼내며, 이번에도 현명하고 지혜로우며 슬기로운 뜻을 담고 싶다고 했다.

엄마는 "똑똑 여자."를 제안했다. V자로 만든 손 모양에서 검지와 중지를 굽혀 손바닥이 얼굴을 마주하게끔 놓고 눈앞에서 왼쪽에서 오른쪽으로 움직이면 똑똑하다는 수어이다. 거기에 여자를 의미하는 새끼손가락을 더하면 똑똑한 여자라는 의미가 된다. (요즘은 성별 표지를 덜 쓰는 중성적 이름도 많다.)

"나 이름 '착하다' '똑똑' 빼줘. 부탁. 나 평생 그 칭찬, 이제 질렸어."

나는 이제 착해 보이는 건 그만하고 싶었다. 대신 더 나다운 이름을 지어 달라고 엄마 아빠에게 졸랐다. 엄마는 내가 가르쳐 준 적이 없는데 척척 잘 쓰고, 논술 대회 1등도 하고, 매일 엄마 글을 고쳐준 사실을 떠올렸다. 엄지·검지·중지·약지를 모으고 새끼손가락만 펼쳐 서예 하는 듯한 동작으로 한 손에 펜을 쥐고 그려나가는 이름을 제안했다. 하지만 나는 그것도 싫었다. 엄마 아빠를 위해 글 쓰는 아이, 통역하는 아이라는 이미지에서 벗어나고 싶었다. 나는 새로운 이름을 갖고 싶다고 강하게 어필했다.

엄마는 잠시 생각하더니 내 이름 '슬기'의 영어 스펠링 'S'를 따서 손의 움직임을 S로 바꾸었다. 'S+여자'라는 형상이 마음에 들었다. 그렇게 내 얼굴 이름이 생겼다. 엄마 아빠는 아마 여전히 '글을 잘 쓰는'이라는 의미를 담겠지만 나는 그냥 'S+여자'로 받아들였다. 이후 나는 농인을 만날 때마다 나를 'S 여자'라고 소개했다. 가끔 뜻을 묻는 사람들에게도 그렇게만 답하고 '글을 잘 쓴다'라는 설명은 조용히 접어 두었다.

농사회에서 만난 코다들은 다들 얼굴 이름이 투박하고 직관적이었다. '웃음 많은 여자', '화 잘 내는 남자', '코 큰 사람'. 그런 이름들 사이에서 내 'S 여자'는 아무런 특징이 없는 이름이었다. 농인 어르신 한 분이 물었다.

"S 무슨 뜻?"

"그냥… 이름 영어 S."

"아, 그래? 특별한 뜻 없어?"

나는 뜻이 없다고 대답했다. 모든 의미를 거부했고 특징을 지웠다. 그게 내가 원했던 거였다.

한창 실습이 진행되던 어느 날, 실제 현장을 배우라는 취지로 사흘간 지역 수어 통역 센터로 출근하게 되었다. 통역사 선생님은 만나는 농인분께 실습 교육 중이라며 양해를 구했고, 농인분들은 대부분 흔쾌히 나를 반겨주셨다. 센터를 다닌 지 이틀째 되던 날, 나와 함께 다니던 선생님이 내게 농인과 직접 대화를 나누고 오늘 부탁하신 통역 의뢰 내용을 확인해 보라고 했다.

나는 조심스럽게 물었다.

"오늘 통역 목적 뭐?"

그분은 건강검진 후 병원에서 검사를 권유받았지만 직장 때문에 시기를 놓쳤고, 최근 유방암이 진행 중이라는 결과를 받았다고 했다. 오늘은 정밀 검사와 함께 수술을 진행할지, 약물 치료를 시작할지를 상담하는 날이라 긴장된다고 말하며 내게 어떻게 수어를 이렇게 잘하냐고 물었다. 나는 "엄마 아빠 농인."이라고 답했다. 그러자 그는 내 손을 꼭 잡고 친밀함을 표시하면서 진료가 끝나면 딸에게 전화해, 나도 농인 부모의 딸인데 당신의 엄마가 지금 유방암에 걸렸다는 말을 전해 줄 수 있는지 물었다. 같은 코다가 말하면 딸이 더 잘 받아들일 것 같다는 거였다. 나는 아직 실습생이라 어려울 것 같다고 답했다. 농인분의 아쉬운 표정 뒤로 수어 통역사 선생님이 내게 '괜찮다.'라는 표정을 지으며 고개를 끄덕이셨다.

모든 통역을 마친 뒤, 선생님과 함께 그분의 따님에게 전화를 걸었다. 전화기 너머엔 나와 같은 코다가 있었다. 나는 어머니의 건강 상태를 전하며 목이 메었다. 참아야 했다. 그런데 말이 자꾸 끊겼다. 내 모습을 본 선생님이 대신 통화를 마무리했다.

실습을 마치고 대학교 졸업과 동시에 수어 통역사 자격증을 손에 쥐었다. 자격증의 무게는 생각보다 무거웠다. 자격증 없는 코다였다면 서툴러도 괜찮았을 텐데, 이제는 정말 잘해야 한다는 부담감이 어깨를 눌렀다.

그 후 나는 다양한 통역 현장을 다니며 선배 통역사들을 통해 실무를 배워나갔다. 수어 통역을 마치고 집에 돌아오면 감정 소모가 컸다. 매일 이유를 알 수 없는 우울함과 벅찬 감동이 번갈아 밀려왔다. 내게 선배 통역사가 말했다.

"코다라서 그래요."

그녀는 내가 쉽게 흔들리거나 금방 슬퍼지는 것, 그리고 유독 더 분노하는 이유를 '코다라서'라고 설명했다. 처음엔 그 말이 빈정거림처럼 들렸다.

"이렇게 매번 마음을 다 쓰면 이 일을 오래 못 해요. 통역은 통역일 뿐, 의미를 너무 붙이지 말아요."

나는 "어떻게 그래요?"라고 묻고 싶었다. 내가 만나는 농인의 사연은 엄마 아빠의 과거이자 미래였다. 누군가의 경험을 옮길수록 내 안의 오래된 아픔도 또렷해지는 느낌이었다.

수어 통역사의 세계에서는 코다라는 사실만으로 환대받기도 하고 질투받기도 했다. 어느 날에는 한 수어 통역사가 나의 유튜브를 잘 보고 있다고 칭찬을 늘어놓다가 조심스럽게 입을 열었다. "슬기 씨는 거만해지지 않았으면 좋겠어요." 그는 자신이 아는 통역사들은 얼굴과 이름이 알려지면 다들 거만해진다며, 유독 코다들이 더 그렇다고 말했다. 그는 이 말을 마치 따뜻한 조언인 것처럼 건넸다.

그럴 때마다 내게 힘이 되었던 건 주변에 나와 같이 경계에 서 있는 코다 수어 통역사들이었다.

"그렇게 슬프고 눈물이 나는 건 코다라서 그래요."

"청인들에게 분노하고, 그 안에 온전히 속하지 못하는 것도 코다라서 그래요."

"슬기만 그런 거 아니에요."

모두가 그랬고, 모두가 그렇다는 코다 수어 통역사들의 말은 위로가 되었다. 나는 그 이후로 내가 겪는 감정에 '코다라서 그래.'라는 말을 붙여보았다. 조금은 마음이 가벼워졌다. 엄마를 미워했던 것도 가족에게 화를 냈던 것도 집을 떠나 있었던 것도 모두 코다라서 그랬다. 그렇게 생각하니 마음의 짐을 조금은 덜어내는 기분이었다. 그렇다. 코다라서 그랬다.

그러자 비로소 내 안에 남은 것들을 또렷하게 볼 수 있었다. 나는 그것들을 한데 모아 '농수저'의 증거라고 부르고 싶다. 모두 엄마 아빠가 지니온 시간 속에서 내가 자연스럽게 물고 나온 것들이었다. 예민함이나 눈치, 고통 같은 것도 있었지만, 그 안에는 두 세계를 잇는 언어도, 경계에서만 보이는 남다른 시선도, 차별을 감지하는 촉각도 함께 있었다.

만약 누군가 이것들을 그냥 얻게 된 것으로 여긴다면 나는 그들에게 묻고 싶다. 다시 태어난다면 당신은 농인 부모를 선택하겠는가? 나는 여전히 쉽게 말로 꺼낼 수 없는 경험들과 농인 부모님의 억울한 삶의 증인이 되어 살아야 했던 시간에도 여전히, 기꺼이 코다로 다시 태어나고 싶다.

코다는 농인 부모의 자녀라는 정의의 범위를 넘어선다. 나는 그저 나로 존재한다. 단, 농수저를 든 채로 말이다.

수어 선생님

"왜 수어를 배우러 오셨나요?"

나는 첫 수업에서 가장 먼저 이 질문을 던진다. 대답은 늘 비슷하다. 열 명 중 여덟 명은 이렇게 말한다.

"수어를 배워서 봉사하고 싶어요."

이상하다. 사람들은 보통 외국어를 배울 때 "영어를 배워서 미국 사람을 도와주고 싶어요."라고 말하지 않는다. 자기 계발을 위해서거나 여행을 갔을 때 편하기 위해서 혹은 취업에 도움이 되기 때문에 언어를 배운다. 그런데 왜 수어에 관해서는 언제나 봉사라는 단어가 먼저 나올까.

수어를 '언어'가 아닌 '선행'으로 인식하기 때문이다. 그리고 그 속엔 하나의 전제가 깔려 있다. 농인은 도움이 필요한 사람이고 나는 도와주는 사람이라는 생각이다. 첫 수업에서 내가 가장 먼저 마주하는 건 바로 그런 시혜적 시선과 선민의식이다.

나는 일부러 천천히, 또박또박 말한다.

"대부분 봉사를 위해 배우러 오셨군요. 하지만 수어는 배워서 봉사하겠다는 착한 마음만으로 버틸 수 있는 언어가 아닙니다. 영어만큼 어렵습니다."

교실 뒤에서 달콤한 첫인사를 기대하던 센터장님이 이마를 짚는다. '아, 또 시작이구나.' 하는 표정이다. 센터장님은 늘 쉽다, 쉽다 하면서 학생들을 끌어들이라고 했지만, 나는 도무지 그럴 수가 없었다. 수어는 나에게도 어렵다. 게다가 봉사를 목표로 한다면 더 많은 어휘와 풍부한 농문화 경험이 필요하다. 그것부터 분명히 해두는 것, 그게 내 기초반 수업의 시작이다.

많은 사람이 수어가 한국어에 속해있다고 생각한다. 한국어를 손으로 옮겨 놓은 것쯤으로 여기는 듯하다. 하지만 수어는 한국어와 완전히 다른 독립된 언어다. 청인은 음성 언어를 쓰고 농인은 시각 언어를 쓴다. 우리는 명사를 이름으로 부르지만 농인은 모양과 형태를 그려낸다. 문법도 다르고 표현 방식도 다르다. 이 설명을 듣고 나면 학생들의 표정이 조금씩 굳는다. 나는 긴장한 그들을 향해 손을 펼친다.

"수어를 쉽다고 말씀드릴 수는 없습니다. 하지만 우리가 유리한 게 하나 있어요. 우리는 모두 한국인입니다."

학생들이 고개를 갸웃한다.

"한국 문화를 공유하고 있다는 거죠. 한국 농인도 한국에서 태어나 한국 문화 안에서 살아온 사람들이에요. 그래서 우리는 같은 문화적 배경을 가지고 있어 수어를 더 쉽게 이해할 수 있습니다. 예를 들어 어른에게 인사할 때 고개를 숙이잖아요. 농인도 마찬가지예요. 식사할 때 주식이 쌀밥이고, 수저를 쓰고, 국물을 마시는 문화도 그렇습니다. 이런 문화들이 수어에도 고스란히 반영되어 있어요. 우리의 공통된 경험이 공부에 큰 도움이 됩니다. 너무 겁먹지 마세요.”

학생들의 표정이 조금 풀린다. 어렵다는 말에 움츠러들었던 어깨가 다시 펴진다. 가벼운 마음으로 왔던 사람들은 조금 긴장하고 진지하게 배우려던 사람들은 고개를 끄덕인다. ‘제대로 배워봐야지.’라는 학생들의 열의가 불타오르기 시작할 때, 나는 비로소 내 소개를 시작한다.

“안녕하세요.”

손으로 인사를 한다.

“제 이름은 유슬기입니다.”

내 얼굴 옆을 손으로 스치며 얼굴 이름을 보여준다. 학생들이 설레는 표정으로 다음 소개를 기다린다.

“저는 코다예요.”

또다시 긴장이 풀렸던 부드러운 얼굴이 일제히 굳는다. 열 명 중 아홉, 아니 열 명 모두 미간을 찌푸린다.

“코다는 농인 부모의 자녀를 뜻합니다. 저는 부모님 두 분 모두 농인이십니다. 태어나 가장 먼저 배운 언어가 수어예요. 오늘 저의 모어이자 부모님의 언어인 수어를 가르치게 되어 영광입니다.”

194

그제야 학생들 얼굴에 놀라움이 번진다. 조금 전까지 '봉사'를 말하던 이들은 조금 민망해하기도 한다. 그렇게 학생들이 호기심 어린 눈빛으로 나를 다시 쳐다보면 비로소 우리의 수업이 시작된다.

첫 수업이 끝나면 나는 학생들에게 설문지를 나눠주고 자신의 특징이나 특기, 관심사를 적게 한다. 학생들의 관심사를 모아 수업을 진행하면 집중도가 높아지고 수업 후 활용도도 높기 때문이다. 설문지 맨 아래에는 요청 사항란이 있다. '회사가 멀어서 지각할 수 있어요.' 같은 평범한 문장 사이에서, 어느 날 유독 눈에 띄는 한 줄을 발견했다.

'저는 구화인입니다. 되도록 앞쪽 자리에 앉고 싶어요.'

수업이 끝나고 그 학생이 내게 다가왔다.

"앞자리로 지정해 주시면 좋겠습니다."

"오늘은 첫 수업이라 오리엔테이션 개념으로 음성 언어를 사용했지만, 다음 수업부터는 음성 언어를 거의 사용하지 않아요. 제 입 모양을 읽으려 애쓸 필요 없어요. 제가 보여드리는 정보만으로도 충분히 이해하실 수 있을 거예요."

그는 여전히 걱정스러운 표정으로 돌아갔다.

다음 수업, 그는 역시 앞자리에 앉았다. 나는 그림과 만화, 이미지 자료로 수업을 진행했다. 모두가 어려워했지만 그는 달랐다. 수어의 맥락과 의미를 빠르게 짚어냈고 옆자리에 앉은 사람과 짧은 문장을 만들며 수어로 대화했다. 그가 다른 수강생들의 입 모양을 애써 읽을 필요는 없었다.

어느 날 그가 조용히 수어와 제스처를 섞어 자신을 소개했다. 지문자로 'ㄱㅜㅎㅗㅏ'라고 표현한 뒤, 자신의 입술을 가리키고 '보다'와 '읽다'를 섞은 동작을 했다. 학생들은 무슨 의미인지 한참 갸우뚱했다. 그의 지문자를 이해한 학생이 조심스럽게 물었다.

"구화요?"

다른 학생이 놀라 소리쳤다.

"첫 시간에 선생님이 청각장애인은 어디에나 있다고, 겉으로 안 드러날 뿐이라고 했을 때 우리 다 고개 끄덕였잖아요. 그런데 진짜 우리 사이에 계실 줄이야!"

학생들은 입술을 읽으며 살아온 그를 통해 소통하는 법을 빠르게 배웠다. 나 역시 구화를 사용하는 수강생을 만나며 수업의 다양성에 대해 다시 생각하게 됐다.

사실 나는 내가 수어 교육자가 될 줄은 꿈에도 몰랐다. 대학 시절에 농아인협회에서 실습을 하면서 학교에도 나에 관해 아는 사람이 생겼다. 그들은 내게 수어를 배우고 싶다고 했고 나는 가벼운 마음으로 동아리에서 수어를 가르치기 시작했다. 막상 시작해 보니 생각보다 재미있었다. 후배가 아르바이트하면서 농인을 만났을 때 내게 배운 수어로 짧게나마 대화를 나눴다며 기뻐하는 모습을 봤다. 내가 가르친 언어로 청인이 농인을 만나는 걸 확인하니 가르치는 일이 얼마나 중요한지 새삼 깨닫게 됐다. 나는 더 잘 가르치고 싶어졌다.

그래서 한국수어교원 자격증을 취득했다. 정말 놀라움의 연속이었다. 그동안 내가 가르쳤던 방식이 얼마나 한정적이었는지 비로소 알게 됐다. 나는 이곳에서 시각 언어인 수어를 가르칠 때 효과적인 다양한 교수법을 배웠다. 특히 수어 문법과 분류사를 깊이 있게 들여다볼 수 있어 좋았다.

자격증을 준비하면서 가장 먼저 부딪힌 벽은 내가 청인이라는 사실이었다. 수어의 원어민은 농인이다. 언어를 배울 때 원어민에게 배우고 싶은 건 언어 너머의 영역까지 함께 배우고 싶어서일 것이다. 하지만 나는 청인이니 농인과 같은 방식으로 가르칠 수 없었다. 대신 내가 할 수 있는 것을 찾아야 했다. 내가 찾은 나만의 교수법은 바로 지금까지 코다로 살아오며 겪은 농문화를 단순히 청인으로서가 아니라 코다로서 들려주는 것이었다. 이를테면 '첫 만남'을 주제로 할 때는 내 얼굴 이름에 얽힌 에피소드를, '음식'을 이야기할 때는 농인과 식사할 때 신경 쓰면 좋은 것들을, '학교'를 주제로 할 때는 농학교와 농인의 교육 실태를 함께 들여다보는 것이다. 어쩌면 나는 코다로 살아온 시간을 학생들과 함께 천천히 되짚고 있는지도 모르겠다.

예전에는 '코다'라는 말이 무척 생소한 단어였다. 수어를 세계 공용어로 착각하는 사람도 많았다. 그러다가 팬데믹 시기를 기점으로 조금씩 변화가 생겼다. 그전에는 작은 동그라미 안에 있던 수어 통역이 정부가 매일 발표했던 브리핑에서 큰 화면으로 진출한 것이다. 마스크를 쓴 발화자와 투명한 플라스틱 벽을 사이에 두고 수어 통역사가 등장하면서 많은 이들이 처음으로 수어를 제대로 접하게 되었다. 이후 영화나 드라마 같은 각종 미디어에도 빈번하게 수어를 다루기 시작했다. 그 모습을 본 어떤 사람들은 생각했다.

'나도 배우고 싶다.'

요즘 내 수업에는 예전보다 훨씬 다양한 동기를 가진 학생들이 온다. 순수하게 호기심이 생겼거나 직업적으로 필요하거나 혹은 누군가와 소통하고 싶은 절실함을 가지고 온다. 그 이유가 무엇이든 나는 반갑다.

지금까지 나와 수업을 함께한 학생들이 지금 어디에서 무엇을 하고 있을까, 가끔 궁금해진다. 여전히 수어를 쓰고 있는지, 더 깊은 단계로 나아갔는지, 아니면 기초에서 멈췄는지 생각한다. 모든 사람이 끝까지 공부하지 않는다는 걸 안다. 일상으로 돌아가 배운 걸 모두 잊어버린 사람도 있을 것이다. 그래도 괜찮다. 한 번이라도 수어와 농문화를 만났다면 그 감각은 어딘가에 남는다.

나는 오늘도 첫 수업을 준비한다. 또 누군가는 "봉사하고 싶어요."라고 답할 것이다. 그러면 나는 그 대답이 틀렸다고 말하는 대신 내 이야기를 꺼낼 것이다. 그들에게 내가 나고 자란 세계를 정성껏 안내하고 싶다.

3장

식사합시다

어느 날 평소처럼 데이트를 하고 동규가 집 앞까지 바래다주는
길이었다. 저만치서 엄마가 걸어오는 게 보였다. 엄마도 나를 발견했
는지 눈이 동그래졌다. 엄마를 향해 크게 손을 흔들자 이내 엄마도
걸음을 멈추고 손을 흔들어 보였다. 처음으로 엄마와 동규가 마주한
순간이었다. 동규는 당황해서 고개를 숙여 인사를 하려다가 두 손으
로 주먹을 쥐고 "안녕하세요."라고 인사했다. 동규의 수어에 엄마는
어떻게 수어를 아느냐고 물었고 동규는 눈을 동그랗게 뜨고 나를 쳐
다보았다.

"수어 어떻게 알았냐고 물어보셨어."

"아! 언젠가 뵙게 되면 수어로 직접 인사드리고 싶어서 공부했다
고 전해줘."

엄마는 동규의 수어 인사에 기뻐하면서 다음에 집에 놀러 오면

맛있는 걸 해주겠다고 했다. 짧은 만남이 지나고 얼마 지나지 않아 동규는 정말로 우리 집에 정식으로 첫인사를 오게 되었다. 남자 친구를 소개하는 건 나인데 정작 엄마, 아빠가 더 긴장해서 안절부절못했다. 전날부터 엄마는 고기를 재워두고 육수를 냈고 아빠는 아침부터 내게 옷을 골라달라며 셔츠들을 꺼내 왔다. 머리에 무스까지 발라가며 준비하는 아빠를 보니 괜히 웃음이 났다.

동규는 엄마와 아빠를 만나기 전에 몇 가지 수어를 연습했다. '만나서 반갑습니다.', '맛있습니다.', '배부릅니다.', '물', '짜다', '더 주세요.' 등 식탁에서 쓸 만한 수어들은 죄다 외운 모양이었다. 현관 앞에 도착해서도 손가락으로 허공에 "ㅅㅣㄴ ㄷㅗㅇ ㄱㅠ" 지문자를 그리며 자기 이름을 연습했다. 직접 뵈면 머리가 하얘져서 다 까먹을 것 같다고 긴장한 목소리로 중얼거렸다.

현관문을 열자마자 동규가 아빠와 엄마를 향해 "안녕하세요." 하고 인사했다. 그러자 엄마가 두 팔을 벌리며 동규에게 다가갔다. 우리 가족의 인사법인 포옹이었다. 동규에게서 "어……, 어?"하며 당황한 목소리가 새어나왔지만 엄마 아빠는 듣지 못했다. 동규는 엄마의 따뜻한 포옹에 어색하게 팔을 들어 안겼다. 이어서 아빠도 가볍게 어깨를 두드리며 환영의 포옹을 했다. 아빠는 동규를 바라보며 특유의 무뚝뚝한 표정으로 수어를 건넸다. "편하다." 그러더니 부엌으로 자리를 피했다. 나는 편하게 있으라는 아빠의 말을 동규에게 전하고 음식 준비를 도왔다. 식사 준비를 하는 동안 거실에 앉은 동규가 손가락으로 무언가를 계속 연습하듯이 움직이고 있었다. 유리창 너머로 동규의 긴장감이 고스란히 드러났다. 나는 동규에게 다가가 물었다.

"혹시 불편한 거 있어? 있으면 말해! 부모님은 못 들으니까 편하게 이야기해도 돼. 내가 눈치껏 도와줄게."

동규는 잠시 머뭇거리더니 조심스럽게 물었다.

"혹시……, TV 볼륨을 좀 키워도 될까?"

우리 집 TV에는 소리가 없다. 나와 용호는 TV를 잘 보지 않고 엄마 아빠는 음향이 필요하지 않으니 소리 없이 켜둔다. 동규는 지글지글 제육볶음 만드는 소리, 된장국 끓는 소리, 달그락거리는 주방 소리 사이에서, 소리 없는 TV가 더 낯설게 느껴졌다고 했다. 그러면서 "슬기도 이렇게 지냈겠구나." 하며 경이로워하는 표정을 지었다.

식사 자리에서는 아빠가 엄마 옆에, 나는 엄마와 마주 앉게 되었다. 꽤 오랜만의 일이었다. 원래 엄마 아빠는 서로의 수어를 보기 위해 마주 보고 앉지만, 이날은 동규와 나를 보기 위해 자리를 바꿨다. 식사라는 게 수저를 들고 음식을 먹어야 하는 것인데, 나는 그날 수어를 하느라 수저를 들 새가 없었다.

엄마 아빠는 나를 안쓰럽게 보며 수어로 말했다.

"너 먹어. 수어 안 해도 돼."

그러면서도 동규에게 궁금한 게 있으면 슬쩍 수어로 물었고 동규는 어쩔 줄 몰라 했다. 나는 엄마 아빠의 말을 입말로 옮기고 동규의 말을 수어로 옮기느라 바빴다. 사실 나에게는 익숙한 상황이라 괜찮았지만, 동규는 당황한 듯 보였다. 식사를 마친 동규는 내게 말했다.

"슬기는 내 생각보다 훨씬 많은 사랑을 받고 자랐구나."

왜 그렇게 생각하냐고 묻자, 그는 말했다.

"엄마 아빠께서 계속 슬기만 보고 계시던데? 수어할 때도, 밥 먹을 때도, TV 볼 때도……. 늘 슬기만 보고 계시더라고."

부모님은 나를 향해 방금 동규가 무슨 말을 했는지 물었다. 나는 엄마와 아빠가 나를 바라보는 모습에서 나를 너무너무 사랑하는 게 느껴져서 동규가 감동했다고 전했다. 엄마는 눈시울을 붉혔다. 동규는 이어서 처음에 포옹할 때 너무 당황한 모습을 보여 죄송하다고 말했다. 자기 집은 아들만 둘이라 포옹하는 일이 별로 없는데 오늘 해 보니 너무 좋았다고, '사랑해.'라고 백번 말하는 것보다 포옹 한 번이 더 진심이 잘 느껴지는 것 같다고 했다.

동규가 "농인분들은 보통 포옹으로 인사하는 편이야?"라고 묻기에 나는 아니라고 대답했다. 우리 가족은 유독 스킨십이 많은 편이다. 우리 집에서 포옹은 자연스러운 인사다. 포옹뿐만이 아니다. 어릴 때부터 내 배와 귓볼을 만지거나 등을 긁어주던 엄마의 손길이 나에겐 최고의 자장가였다.

식사를 마치고 아빠가 수어로 물었다.

"맛있었지?"

동규가 자신 있게 가운뎃손가락으로 코를 두드렸다. 그 수어는 '별로'라는 뜻이다. 엄마와 아빠는 당황해하며 나에게 '설마 수어를 잘못한 거겠지?'라는 눈빛을 보냈다.

“오빠, 오늘 식사 별로였어?”

“아, 아니! 커피, 커피 사 온다고 말씀드리려던 건데.”

엄마와 아빠는 웃음을 참지 못하고 깔깔깔 웃었다. ‘커피’를 뜻하는 수어는 검지로 코를 두드려야 하고, ‘별로’라는 뜻은 중지로 손등을 두드려서 표현한다. 얼굴이 빨개진 동규가 말했다.

“다음엔 제대로 배워올게요.”

아빠는 웃으며 수어로 말했다.

“괜찮다, 괜찮다.”

시간이 조금 더 지나 용호가 스무 살이 되었을 때 기념으로 가족들과 함께 식사하는 자리가 생겼다. 그 자리에는 동규도 함께하게 되었다. 동규는 그때 처음으로 용호와 인사를 나눴다.

원래 우리 가족은 외식할 때 불이 너무 어두운 곳이나 고깃집은 잘 가지 않는다. 어두운 곳은 수어가 잘 안 보이고, 고깃집에서는 수어를 하기가 힘들다. 말 안 하고 밥만 먹거나 고기를 태우거나 둘 중 하나다. 그래서 우리는 그냥 정갈한 한식집만 자주 갔다.

오랜만에 고기를 먹고 싶다는 용호의 말에 동규는 자기가 고기를 잘 구우니 이번에 먹으러 가자고 제안했다. 내가 고기를 굽는 동안 어머님 아버님과 슬기는 대화하면 되지 않느냐, 라며 자신은 수어를 몰라 쓸 일이 없으니 괜찮다고 말했다. 동규는 지난번 식사에서는 슬기가 통역하느라 제대로 못 먹어 걱정이었는데 용호가 있으면 그래도 부담이 덜하다며 용호에게 잘 보여서 앞으로도 통역을 부탁해야겠다며 웃었다.

"누나 이거 뭐라고 통역해야 해?"

잠시 후 용호의 멋쩍은 한마디에 동규는 당황한 표정으로 용호를 바라봤다. 아빠가 동규가 하던 말을 궁금해하고 있었다.

"누나가 해야겠는데?"

동규의 말을 통역하던 용호가 대뜸 나에게 손짓하며 수어를 모르겠다고 말했다. 그 장면을 보던 엄마와 아빠는 "왜? 무슨?"이라고 물었다. 나는 그 상황을 엄마 아빠에게 설명했다.

"동규가 '시원섭섭' 단어 말했는데, 용호가 '시원섭섭'을 수어로 뭐라고 해야 할지 몰라서 나한테 물어봤어."

엄마와 아빠는 그런 상황이었냐며 고개를 끄덕였다.

"시, 원, 섭, 섭 무슨 뜻?"

"예를 들면 무슨 일 끝났는데 마음 감정 아쉽다. 시원하게 끝 아니고 뭔가 아쉬운 느낌. 한국어로 ㅅㅣㅇㅜㅓㄴㅅㅓㅂㅅㅓㅂ."

그제야 엄마와 아빠는 동규의 말을 이해하고 고개를 끄덕였다. 이번만큼은 용호에게 모두 맡기고 밥 한술 뜰 수 있으려나 했지만, 역시나 통역을 피할 수 없었고 두 손은 더 바빠졌다. 식사를 마치고 집으로 돌아가는 길에 건널목 앞에 서서 동규가 말했다.

"용호를…… 너무 믿었어."

나는 웃으며 고개를 돌렸다.

"왜?"

동규는 오늘 식사로 두 가지를 깨달았다며 이야기를 꺼냈다.

"어머님 수어는 그래도 좀 보이더라. 입 모양도 해주시고 손동작도 천천히 해주셔서. 근데 아버님 수어는 진짜 하나도 못 알아들었어. 너무 빨라.”

나는 고개를 끄덕였다. 엄마는 나와 용호를 키우면서, 그리고 청인들에게 수어를 가르치면서 자연스럽게 몸에 밴 게 있었다. 그래서 천천히, 크게, 또렷하게 수어를 보여준다. 하지만 아빠의 수어는 평소 아빠의 모습 그대로였다. 농인끼리 편안하게 나누는 수어와 똑같이 빨랐다.

“사람마다 목소리나 말투, 자주 쓰는 단어, 말 속도가 다르듯이 수어도 그래.”

동규는 고개를 끄덕였다.

“농인마다 수어 스타일이 모두 다르다는 걸 알게 됐어.”

“두 번째로 깨달은 건 뭔데?”

“코다라고 모두가 수어를 잘하는 건 아니더라. 통역하다가 용호가 갑자기 막막해하는 거 보고 당황했어. 나는 용호도 슬기만큼 수어를 할 줄 알았거든.”

내가 장녀이기도 하고 용호와 네 살 차이가 나다보니, 용호가 수어를 할 때쯤엔 내가 어느 정도 수어로 의사소통을 할 수 있었다. 엄마와 아빠는 으레 통역을 나에게 부탁했고 나중에는 자연스럽게 내 담당이 되었다고 설명했다.

“나처럼 장녀라고 해서 모두가 수어를 잘하는 것도 아니야. 나보다 더 잘하는 사람도 있고 수어를 못하는 코다도 있어. ”

동규는 신기하다는 듯 눈을 깜빡였다.

신호등이 바뀌고 우리는 천천히 횡단보도를 건넜다. 동규가 나를 향해 말했다.

"슬기 덕분에 새로운 세계를 알게 됐어. 조금 설레고 긴장도 되는데 내가 5년 안에 유슬기 없이 어머님 아버님이랑 프리토킹 한다!"

상견례 교육

나에게 상견례는 통역이라는 역할에서 잠시 벗어나고 싶은 자리였다. 이날만큼은 오로지 그저 딸로만, 예비 신부로서만 앉아 있고 싶었나. 하시반 내가 아니녀 양쏙 가속을 제대로 연결할 수 없다는 것도 이미 알고 있는 사실이었다.

상견례는 내가 사랑하는 두 세계가 만나 가족이 될 준비를 시작하는 자리이자 두 개의 완전히 다른 언어와 문화가 충돌하지 않고 조화롭게 만날 수 있도록 기획하고 준비해야 하는 자리였다. 나는 마치 기획자나 감독이 된 것처럼 여러 개의 체크리스트를 가지고 어떤 메뉴를 선택해야 할지, 어디에 앉아야 할지 고심했다.

상견례를 앞두고 아빠가 내게 물었다.

"상견례 날 통역, 너?"

사실 나도 같은 고민을 하고 있었다. 가족끼리 주고받는 일상 대화 정도는 혼자서 4명까지도 어떻게든 해볼 수 있다. 하지만 상견례는 다른 차원이었다. 엄마와 아빠의 수어를 음성 언어로 통역해야 하고 동규와 그의 아버님 어머님의 말씀을 수어로 통역해야 한다. 거기에 예비 신랑의 형과 형수님의 말, 식당에서 벌어질 각종 상황, 내가 직접 하는 말까지 더하면, 결국 아홉 사람의 대화를 오롯이 통역해야 하는 셈이었다. 그래서 상견례를 커피숍에서 간단한 다과를 나누는 정도로 마무리하면 어떨까 하는 생각도 했지만 그래도 식사하는 편이 좋겠다는 양가 부모님의 의견에 따라 결국 식사 자리를 예약했다.

다 함께 식사하는 자리라고 생각하니 엄마 아빠의 데프 보이스가 신경 쓰였다. 농문화 안에서는 그릇과 수저로 꽹과리를 치든 젓가락으로 드럼을 치든 뭐든 괜찮았지만, 청인과의 식사는 다르다. 혹시나 동규의 부모님께서 불편하게 여기실까 봐 조심스러웠다.

나는 엄마 아빠를 모시고 외식을 하면서 두 분이 식사하는 모습을 지켜보았다. 역시나 식사하면서 입으로 소리를 내기도 했고 그릇을 수저로 박박 긁어 소리가 나기도 했다. 나는 엄마 아빠가 식사를 마친 뒤 조심스럽게 이야기했다.

"상견례 때 동규 부모님 청인, 소리 민감 소리 크다 조심 부탁"

엄마와 아빠는 고개를 끄덕이며 내 말에 집중했다.

나는 우선, 음식을 먹을 때는 소리가 나고 음식 종류에 따라 그 소리가 다르다고 설명했다. 과자는 '바삭바삭', 국물은 '후루룩'. 표정과 제스처만으로 소리를 표현하려 애썼다.

"먹다 소리보다 입안에 음식물 보이다 말다 제발 부탁"

그리고 나는 가능하다면 그릇을 놓을 때나 수저를 놓을 때 천천히 놓는 게 좋다고 말했다. 아빠는 나의 말에 그릇을 들었다가 천천히 내리는 연습을 해보며 "나 잘하다 너 엄마가 쾅쾅쾅."이라며 엄마에게 한 번 더 조심하자고 일렀다. 엄마는 내가 신경 쓰는 것을 이해한다며 그간 엄마 아빠도 수많은 청인과 식사를 해봤으니 그 정도는 배려할 수 있다고 본인들을 믿어보라고 말했다. 나는 그 말에 웃음을 지었다.

상견례 교육은 예비 시부모님에게도 필요했다. 동규는 설명은 굳이 필요 없고 그냥 만나다 보면 자연스럽게 알게 될 거라고 했지만, 나의 경험상 '자연스럽게'라는 건 없었다. 나는 짧은 만남일수록 서로의 문화를 배워야 한다고 생각했다. 여행 갈 때 그 나라의 인사말을 배우고 그 나라의 화폐를 사용하듯이 청인과 농인도 어느 정도 서로에 대한 지식이 필요하나. 배려는 그다음 단계의 문제였다.

나는 어머님, 아버님께 데프 보이스를 어떻게 설명해야 할지 고민하다가 함께 영화를 보기로 했다. 당시 영화 〈코다〉가 개봉했을 때라 〈코다〉를 볼까 했지만 결국 〈반짝이는 박수소리〉를 선택했다. 이길보라 감독의 작품인 〈반짝이는 박수소리〉에는 감독의 농인 부모님의 수어와 데프 보이스가 기록되어 있다. 무엇보다 농문화 안에서 청인 자녀가 느끼는 정체성에 관한 문제를 섬세하게 풀어낸 영화이기 때문에 소리 없는 세상에서 자란 사람의 삶을 엿볼 수 있는 아주 좋은 영화라고 생각했다.

통역에 대한 고민은 여전히 남아 있었다. 엄마는 통역사를 부르자고 했다.

아빠는 반대했다.

아빠는 수어 통역사가 혹시라도 의도를 잘못 전달하는 것보다는 내가 통역하는 게 낫다고 말했다. 그 말에 엄마도 설득당했다.

동규가 말했다.

"그런 거라면, 슬기가 딱 맞지. 우리가 천천히 식사하면서 대화를 나누면 괜찮을 거야."

나는 그렇다면, 형제들은 제외하고 양가 부모님끼리만 인사하는 게 좋겠다는 의견을 전했다. 우리의 고민을 들은 동규의 형과 내 동생 용호는 흔쾌히 이해해 줬다.

드디어 상견례 날이 왔다. 예정된 시간보다 조금 이르게 도착했는데, 식당 복도에서 양가 부모님이 마주쳤다. 양가의 아빠들은 어색하게 악수를 나눴고 동규 어머님은 만나자마자 눈물을 보였다. 엄마도 어머님의 눈물을 보고 같이 눈물을 흘렸다. 아직 식사할 방으로 들어가기도 전이었다. 동규와 나는 입 모양으로 '오마이 갓!'을 주고받았다.

나는 통역을 해야 했기에 앉을 자리도 전략적으로 배치했다. 일반 상견례에선 보기 힘든 독특한 모습이었다. 내가 시부모님과 나란히, 동규는 우리 부모님과 나란히 앉았다. 내 수어를 엄마 아빠가 편하게 보기 위한 자리 배치였다. 상견례 자리라는 걸 알고 있는 식당 직원은 눈물을 보이는 양가 어머니들을 보며 분위기를 풀고자 사진을 권했고, 우리는 다 함께 사진을 찍었다. 직원은 말했다.

"아이고! 여기 어머님 아버님이랑 아드님이 닮았네요!"

그러자 아버님께서 말하셨다.

"아……, 저기 앉아 있는 애가 제 아들이고요. 이쪽이 며느리입니다."

직원은 헷갈린 것이 민망했는지 "아니……, 서로 닮았네요! 가족이 되려나 봅니다."하며 황급히 자리를 떠났다. 동규와 어머님, 아버님은 직원의 말에 웃음이 터졌고, 나는 그 상황을 엄마 아빠에게 빠르게 통역했다. 엄마와 아빠도 뒤늦게 웃음이 터졌다. 어머님께서 첫 마디를 건네셨다.

"슬기를 이렇게 예쁘고 귀하게 잘 키워주셔서 감사합니다."

엄마는 그 말에 한 번 더 눈물을 보였다. 아마도 나를 키우며 고군분투했던 모든 시간이 눈앞에 스쳐 지나갔을 것이다. 엄마는 대답했다.

"키우다 힘들다. 하지만 슬기 잘 크다 덕분에"

엄마는 연신 눈물을 훔치며 말했다. 나는 내 입으로 이 말도 전달했다.

"키우면서 힘들었는데 슬기가 잘 자라줘서 다행입니다."

"슬기는 다 혼자서 부모 농 도움 없이 혼자서 성공 아주 자랑스럽

213

다.”

“슬기는 제가 농인인데도 다른 도움 없이 혼자 잘 자라줬습니다. 아주 자랑스러워요.”

내 입으로 내 칭찬을 옮기는 건 여전히 쑥스러운 일이었다.

“여기서 이렇게 뵈니 그동안 어떻게 키우셨을지 짐작이 되어 눈물이 자꾸 납니다. 죄송합니다.”

양가 아버지들은 상견례 자리인데 왜 이렇게 우냐며, 각자의 부인을 다독였다. 식사가 마무리되어 갈 때쯤 아빠와 아버님께서 바깥으로 잠시 자리를 비우셨다. 몇 분 후 두 분이 들어오시더니 아버님께서 자랑스럽게 말씀하셨다.

“아니, 수어로만 대화해야 하는 줄 알고 잔뜩 긴장했는데, 이렇게 손바닥 위에 글을 쓰니까 다 아시네? 이렇게 하면 되는 건 줄 알았으면 진작에 말씀을 나눌걸. 다음엔 너희 없어도 사돈댁과 만날 수 있을 것 같다.”

아빠도 웃으며 손바닥 글씨와 제스처로 충분히 의사소통할 수 있다며, 대화하려는 의지가 중요한 것 같다고 말했다.

그날은 우리가 먼저 웃으면 그다음에 엄마 아빠가 웃고, 엄마 아빠가 웃으면 시부모님이 웃었다. 우리는 이 시간차 웃음 덕분에 하루 종일 오래 웃을 수 있었다.

수어 청첩장

결혼 준비를 하면서 가장 오래 고민한 것은 드레스도 예식장도 아닌, 청첩장이었다. 결혼이라는 벅차고 기쁜 소식을 전하는 일에 나의 보어가 빠질 수 없었다. 청첩장을 구상하기 시작한 순간 내가 가장 먼저 떠올린 것은 수어였다. 평생 부모님의 세계와 바깥세상 사이에 그어져 있던 경계를 이번만큼은 허물고 싶었다.

동규와 나는 수어 청첩장을 만들어 본 사람들을 찾기 시작했다. 분명 누군가 해 본 사람이 있을 거라고 생각했다. 경험 있는 사람에게 물어보는 게 가장 빠른 길이었다. 부모님의 지인들, 수어 통역사들, 농인 친구들에게 수소문했지만, 모두 한 번도 본 적이 없다고 답했다. 없다고 포기하는 건 내 사전에 없는 일이니 직접 만들어 보기로 했다.

동규와 나는 먼저 우리의 첫 인사말을 적어 내려갔다.

‘사랑을 듣고 자란 동규와 사랑을 보고 자란 슬기가 더할 나위 없이 좋은 인연으로 만나 평생을 함께하려고 합니다. 서로 아껴주며 받은 사랑을 베풀며 살겠습니다.’

우리는 카메라 앞에 서서 수어 인사를 남겼다. 손 모양과 표정, 호흡까지 맞추며 몇 번이고 다시 찍었다. 동규는 농인 하객분들께 보내는 첫인사니 잘 보이고 싶다며 특히 오랜 시간을 연습했다.

이제 문제는 이 영상을 어떻게 청첩장에 넣느냐였다. 우리는 QR코드를 떠올렸다. 청첩장에 영상을 QR코드로 넣으면 누구나 쉽게 볼 수 있을 것 같았다. 바로 여러 업체에 전화를 돌려 그렇게 할 수 있는지 물었지만 사실상 불가능하다는 답변을 받았다. 종이에 잉크가 번져 인식이 어렵다는 설명이었다. 테스트할 겸 출력한 시안에서도 코드를 인식하는 데 실패하기를 몇 번씩 반복했다.

우리는 결국 종이로 된 청첩장을 포기하고 모바일 청첩장에 수어 영상을 담기로 했다. 모바일 청첩장 화면 상단에 ‘수어 인사 보기’ 버튼을 넣어 바로 확인할 수 있게 했다. 종이 청첩장이 없는 건 아쉬웠지만, 그래도 새로운 방식이 마음에 들었다. 두고두고 농인들에게 기억될 것 같았다.

엄마와 아빠는 청첩장을 받고 매우 기뻐하셨다. 이런 초대장은 처음 받아본다며, 고맙다고 전했다. 엄마 아빠의 지인들 반응도 뜨거웠다. 한 엄마의 친구분은 청첩장은 보통 날짜만 확인하고 다시 열지 않는데, 우리가 보낸 건 두고두고 몇 번씩 보게 될 것 같다고 말했다. 무엇보다 농인은 얼굴을 기억하기 때문에 결혼식 전에 신랑 신부의 얼굴을 수어로 익힐 수 있어서 좋다고 했다. 사진으로 보는 것보다 수어로 보는 게 더 기억에 남는다며, 주변에서는 딸을 잘 키웠다고 엄마와 아빠를 치켜세웠다.

이날, 내가 속한 두 세계의 경계는 그렇게 허물어졌다. 나는 가장 설레는 순간을 가장 기쁘게 맞이했다.

결혼식

결혼식을 한 달 앞두고 아빠가 동규와 나를 불렀다.

"아빠 대머리 부끄러워. 중절모 쓰고 입장하면 어때?"

"아빠 원하는 대로 써도 좋아."

아빠가 잠시 내 얼굴을 훑더니 다시 물었다.

"너랑 같이 걸을 때 너 창피 없다?"

버진로드를 함께 걸을 내 의견이 더 중요하다는 듯 아빠가 말했다. 나는 당황했다. 아빠와 함께 버진로드를 걸을 생각이 없었기 때문이다.

"나…… 혼자 걸을 건데."

아빠의 표정이 굳었다.

나는 원래부터 혼자 입장하고 싶었다. 아빠 손에 이끌려 입장하고 싶지 않았다. 나는 어렸을 때부터 혼자 해온 게 많았다. 수어 통역도, 전화도, 은행 업무도 그랬다. 그래서 결혼도 당연히 그것의 연장선으로 생각했다. 독립의 의미를 담아 혼자 걷고 싶었다. 그날 밤, 부엌 식탁에 둘러앉아 가족회의가 열렸다.

엄마와 아빠는 나의 결정을 만류했다.

아빠는 서운한 듯 보였지만, 이내 “알겠다.”라고 답했다.

그리고 며칠 뒤, 엄마에게 영상전화가 왔다.

“아빠 서운하다.”

“뭐가?”

“너 혼자 입장 아쉽다. 딸 함께 걷기 아빠 소원.”

화면 밖에서 엄마와 나의 통화를 몰래 보던 아빠가 갑자기 나타나 말했다.

“마지막 소원.”

아빠는 계속 딸이랑 같이 입장하지 않으면 다른 농인들이 아빠를 엄청나게 흉볼 거라고 말했다. 제발 아빠의 체면을 생각해서라도 함께 입장해 달라고 부탁했다. 나는 잠시 화면을 가만히 바라보았다. 한 번뿐인 결혼식인데 딸이 원하는 대로 하라는 말이 아니라 체면을 생각해서 같이 걸어달라는 부탁이라니 어딘가 모순적으로 들렸다.

‘그래, 한 번뿐인 결혼식인데. 아빠도 하고 싶은 게 있겠지.’

나는 가족 카톡방에 메시지를 보냈다.

"결혼식 날 같이 걷자."

바로 답이 왔다. 짧고, 빠르게. "오켕."

결혼식을 준비하면서 가장 고민한 부분은 부모님과 농인 하객들도 충분히 즐길 수 있는 식이 되어야 한다는 것이었다. 일단 음성 언어와 수어가 빈틈없이 어우러지기 위해서는 공간이 가장 중요했는데, 버진로드와 신랑 신부만을 향해 쏟아지는 조명 때문에 하객석은 어두웠고, 그래서 수어 통역이 잘 보이지 않을 것 같았다. 우리는 수어 통역이 이루어질 위치에 핀 조명을 따로 쏘는 방안을 요청했지만 보수적이었던 식장에서는 내부 규정과 동선 때문에 조도를 확보하기 쉽지 않다고 답했다. 결국 통역의 위치를 무대 쪽으로 최대한 당기고 보조 조명을 확보하는 선에서 합의했다. 거기에 하객을 위한 수어 통역사와 하객석을 등지고 혼주석에 앉을 엄마 아빠를 위한 수어 통역사 두 분을 별도로 모시기로 했다.

수어 통역은 우리를 가장 잘 알고 있어서 우리의 진심을 제일 잘 전해줄 수 있는, 내가 많이 의지하는 코다인 미혜 언니에게 부탁했다. 나에게 소중한 날이니 언니가 결혼식을 즐겼으면 좋겠다는 생각도 있었지만, 언니만큼 믿고 맡길 수 있는 사람도 없었다. 나는 엄마에게도 가장 편한 수어 통역사를 말해달라고 부탁했다. 엄마는 귀한 자리의 중요한 통역이니 자신이 직접 엄마 교회의 사모님께 부탁드리겠다고 답했다.

아빠와 함께 버진로드를 걷는 일과 통역을 누구에게 부탁할지를 정한 뒤에도 수어 통역이 있는 결혼식이 매끄럽게 진행될지는 여전히 걱정되었다. 당시만 해도 이런 결혼식은 드물었다. 본 적도, 들어 본 적도, 가본 적도 없었다. 당연히 참고할 만한 영상도 없었다.

"하……, 왜 아무도 안 해본 거야."

나는 한숨을 쉬며 주변 코다 언니들에게 조언을 구했다.

"우리도 아직 결혼을 안 해봐서 몰라."

"슬기가 1호 수어 결혼식 해보고 다음에 우리한테 팁을 줘요."

역시 코다 다운 대답이었다.

그렇게 결혼식 전날이 다가왔다. 사실 동규가 결혼식을 준비하는 내내 귀에 딱지가 앉도록 강조한 게 하나있었다.

"울지 마."

나도 사실 걱정이었다. 엄마 아빠가 입장하는 걸 보거나 동규와 눈을 마주치면 결국엔 눈물이 날 것 같았다. 동규의 당부에 말로는 내가 알아서 하겠다고 했지만, 속으로는 계속 걱정했다. 정말 울면 어떡하지. 메이크업 샵에서도 모두가 신신당부했다.

"신부님, 절대 울지 마세요. 울면 눈도 붓고 메이크업도 망가져서 사진이 예쁘게 안 나와요."

나는 다시 한번 심기일전하고 울지 않기 위한 전략을 세웠다. 유튜브에서 '슬픈 결혼식', '신부 오열' 같은 단어를 검색하고 거기에 나오는 영상들을 보면서 미리 같이 울었다. 예방주사를 맞는 셈 치고 머릿속으로 눈물 날 상황의 시나리오를 그려보기도 했다. 엄마가 입장할 때, 아빠와 입장하는 순간, 동규가 서 있는 모습, 성혼 선언문을 외치는 모습을 계속 상상하면서 이러면 좀 덜 울지 않을까 생각했다.

결혼식 당일 아침, 웨딩 샵에 도착했을 때쯤에는 이미 정신이 없는 상태였다. 모두 자기 할 일을 하느라 샵 안은 부산했다. 헤어 디자이너는 머리를 만지고, 메이크업 아티스트는 분을 바르고, 누군가는 그 옆에서 드레스를 다림질했다. 엄마도 옆에서 메이크업을 받았고 아빠는 구석에 앉아 넥타이를 맸다. 나는 신부 역할만으로도 바빴기에 미혜 언니가 2시간이나 더 일찍 와서 나를 대신해 엄마 아빠에게 필요한 통역을 맡아서 해주었다. 손이 부족했던 나는 덕분에 부담을 한층 덜었다.

"다 준비됐지? 다 챙겼지?"

"잠깐, 차에 갔다 올게."

"왜?"

"차에 바지 두고 왔어."

어쩐지 불길한 기운을 감지하던 순간 아빠가 빈손으로 올라왔다.

"집에 바지 두고 온 것 같아."

나는 너무 놀라 잠시 모든 동작을 멈추고 완전히 할 말을 잃었다. 내 모습에 사람들이 무슨 일이냐고 물었다.

"아빠가 정장 바지를 집에 두고 오신 것 같아요."

순간 모든 사람의 움직임이 멈췄다. 시부모님도, 메이크업 선생님들도, 동규도 할 말을 잃었다. 문제는 시간이었다. 결혼식장은 수원에 있고 집은 일산이라 갔다 오기에는 무리였다. 삼촌은 이모에게 연락해 우리 집에 들러 바지를 가져와 달라고 부탁했다. 우리는 이모가 도착할 때까지 그저 애타게 기다릴 수밖에 없었다. 하지만 하객을 맞을 시간이 다 되어도 바지는 도착하지 않았고 아빠는 미리 식장에 가서 청바지를 입은 채로 손님들을 맞았다. 아빠의 난처한 얼굴을 본 아빠 친구들은 어떻게 된 건지 사정을 듣고 나더니 짓궂게 웃으며 아빠를 놀렸다.

"외국 청바지 결혼 있다. 너 청바지 결혼 1호 영광 축하."

나는 그 모습에 웃음이 터졌다. 결국 바지는 결혼식 50분 전에 도착했고 아빠는 그제야 편안한 얼굴로 손님들을 맞을 수 있었다. 결혼식장은 음성 언어와 수어로 가득 찼다. 멀리서 바라만 봐도 시끌시끌했다. '이거지.' 정말 나다운 결혼식이었다. 신부 대기실에서도 분위기는 크게 다르지 않았다. 나는 엄마 친구들에게는 수어로 말하고 내 친구들에게는 음성 언어로 말했다. 머릿속에서 두 언어가 빠르게 오갔다.

드디어 신부가 입장할 시간이 다가왔다. 큰 문 하나를 사이에 두고 나만 혼자 서 있었다. 너무 떨렸다. 동규가 입장할 때 나오는 노래가 들렸고 이어서 큰 환호가 들렸다. 동규가 입장하는 모습이 궁금했는데 중요한 장면을 놓치다니 아쉬웠다. 그때, 뒤에서 누군가 말했다.

"신부님, 10초 뒤에 입장할게요. 6, 5, 4, 3, 2, 1."

숨 멎을 듯 긴장했지만 문이 열리자 바로 앞에 대머리 아빠가 서 있었다. 아빠와 눈이 마주치는 순간 '마지막 소원'이라며 같이 걷고 싶어 하던 아빠의 말이 생각났다. 바지를 두고 온 것도 생각났다. 웃음이 났다. 그렇게 버진로드를 걷기 시작했다.

아빠와 함께 걷는 도중에 아빠 친구가 우리와 같이 버진로드를 따라 나란히 걸으며 아빠에게 수어했다.

"I love you 해. I love you."

중지와 약지만 접으면 미국 수어로 'I love you.'라는 의미가 되는데 좁은 하객석 사이를 따라온 아빠 친구가 아빠에게 계속 따라 하라며 재촉했다. 마지못해 아빠는 'I love you.'라고 수어로 말했고, 나는 그마저도 너무 웃겼다.

그 사이 어느새 동규가 서 있는 곳에 다다랐다. 내 손은 이제 아빠의 손을 떠나 동규의 손을 잡았다. 그때부터 갑자기 눈물이 날 것 같았다. 나는 머릿속으로 되뇌었다.

'바지, 바지, 바지. 아빠 바지. 바지, 바지.'

동규와 나는 준비한 성혼 선언문을 수어로 마치고 양가의 부모님께 인사를 드렸다. 엄마와 아빠에게 인사하고 돌아설 때는 정말 죽을 듯이 슬펐다. 가슴이 미어져 마치 다시는 못 보는 사이가 되는 것 같았다. 나는 끝까지 입술을 다물고 울지 않으려고 애썼다. 아빠도 엄마도 빨개진 눈으로 나를 안았다. 내 등을 토닥토닥 천천히, 아주 천천히 두들겼다. 그리고서 우리는 동규의 부모님을 향해 걸어갔다. 시부모님께서 내 귀에 속삭이셨다.

"고마워. 사랑한다."

그렇게 두 부모님의 격려와 축복을 받은 우리는 하객 앞에 서서 정말 잘 살겠다고 행복해지겠다고 다짐했다. 신랑 측 손님들은 짝짝 짝 박수를 쳤고 신부 측 손님들은 반짝반짝 수어 박수를 쳤다. 두 박수가 식장을 가득 채웠다. 동규가 귓속말로 말했다.

"별빛들이 박수를 치네."

농인 가족과 청인 가족이 만드는 수어와 음성 언어, 그리고 반짝 박수와 짝짝 박수를 받으며 그렇게 우리는 부부가 되었다.

가족 여행

'가족끼리 여행 가면 싸운다던데.'

나는 부모님과 함께 떠나는 여행을 앞두고 어느 정도 각오를 다진 후 공항으로 출발했다. 나와 남편, 엄마, 아빠, 넷이서 떠나는 첫 해외여행이었다. 여행을 계획하면서 어려운 점은 거의 없었다. 엄마 아빠가 우리가 원하는 여행 스타일대로 따르겠다고 말해준 덕분에 수월하게 계획을 짤 수 있었다.

"278번 게이트에서 312번 게이트로 변경되었습니다."

나와 남편은 게이트가 바뀌었다는 안내 방송을 듣고 서둘러 자리를 옮겼다. 하지만 엄마와 아빠는 어떤 상황인지 알 수 없었다. 엄마와 아빠의 시선으로 바라본 공항은 생각보다 더 불친절한 곳이었다. 게이트가 변경되었거나 승객을 호출할 때, 비행기가 지연되었을 때 나오는 안내 방송은 음성 언어로만 송출되었다. 만약 엄마와 아빠만

있었다면 아무것도 모른 채 그 자리에 서 있었을 것이다.

방송은 계속 이어졌다. 나는 한국어, 영어, 중국어로 같은 내용이 반복되는 걸 들으면서 화가 났다.

"왜 수어는 없는 건데?"

기내에서도 마찬가지였다. 승무원들이 설명하는 비상 대피 방법을 엄마와 아빠가 알 수 있는 방법이 없었다. 여러 번 봐서 어느 정도 안다며 구명조끼 사용법을 유심히 바라보는 엄마와 아빠를 보며 생각했다. 왜 수어 통역이 없을까. 한국수화언어법과 장애인차별금지법에 따르면 서비스 제공자는 장애인이 비장애인과 동등하게 서비스를 이용할 수 있도록 정당한 편의를 제공해야 한다. 주요 안내 방송은 전광판이나 문자로 시각화되어야 하고 비상 대피 시연은 수어나 자막의 형태로 제공되어야 한다. 수어를 제공하는 것은 이제 더 이상 선의가 아닌 의무이다. 여러모로 아쉬운 부분이 많았다.

그러면서 생각이 많아졌다. 엄마와 아빠도 자식들이나 통역 없이 단둘이 오붓하게 해외여행을 할 수 있을까? 게이트가 바뀌거나 비행기가 지연되면 어떻게 하지? 만약 비상 상황이라도 생긴다면? 나는 질문에 선뜻 답할 수 없었다.

이륙 후, 기내에 불이 꺼지자 부모님은 머리 위에 있는 조명을 켰다. 옆자리 승객은 눈살을 찌푸렸지만, 부모님에게 불빛은 대화의 조건이자 안전장치이다. 소리로 판단할 수 없는 상황에서 보는 것은 아주 중요하다. 옅은 핀 조명 아래, 부모님은 여행에 대한 기대감을 수어로 나눴다.

베트남에서는 매일 마사지를 받았다. 그날도 어김없이 한 마사지 샵에서 부모님이 농인이니 제스처를 유심히 봐달라고 설명하려던 참이었다. 그런데 직원이 먼저 제스처가 그려진 안내지를 내밀었다. 손바닥을 활짝 펴면 '아프다', 손가락 한 개를 펼치면 '더 세게', 주먹을 쥐면 '살살'이라는 의미였다. 무릎을 '탁' 쳤다. "그래! 이거지." 장애인을 위한 특별 배려가 아니라 언어가 통하지 않는 여행자들이 누구나 사용할 수 있도록 만든 안내지였다. 한 장의 종이가 모두의 공통 언어가 된 것이다.

여행을 하면서 한가지 재미있었던 것이 있다. 바로 엄마와 아빠의 의사소통 능력이었다. 나와 동규에게는 외국인을 만나는 일이었지만, 엄마와 아빠에게는 그저 청인을 대하는 것이었기에 평소와 그다지 다르지 않았다. 오히려 한국에서보다 외국에서 제스처가 더 잘 통한다며 자신 있게 베트남 사람들과 소통하는 모습이 신기하고 재미있었다.

골목의 작은 발 마사지 전문점에서의 일이었다. 엄마와 아빠, 남편과 나는 두 팀으로 나뉘어 서로 마주 보고 앉았는데, 우리가 수어로 대화 나누는 모습을 보더니 직원들이 궁금해하며 힐끗 쳐다봤다. 그들의 눈길을 느낀 엄마가 우리에게 물었다.

"저 사람들 무슨 말 해? 왜 쳐다봐?"

그들은 엄마와 눈이 마주치자 엄마에게 '예쁘다'라는 제스처를 보였다. 엄마는 예쁘다는 말에 신이 나서 몇 살 같아 보이냐고 물었고 그들은 손으로 4와 0을 표현했다. 엄마는 행복한 웃음을 지었다.

동규는 엄마와 마사지사가 대화하는 모습을 보고 "저 직원 팁 넉넉히 챙겨줘야겠다."라며 웃었다.

엄마는 팔꿈치를 높이 들어 베트남 지도를 표현했다. 주먹이 하노이라면 팔등을 타고 쭉 내려온 중간 부분이 나트랑이었고 팔꿈치 위가 호찌민이었다. 엄마는 다낭 위치를 가리키며 다낭의 랜드마크인 거대한 손바닥 조형물을 제스처로 표현했다. 두 손을 활짝 펴 하늘을 향해 올리자 직원들은 "다낭!" 하며 고개를 끄덕였다. 한 직원이 자기 팔꿈치의 북쪽을 가리키며 고향이 여기라고 설명했다. 그러자, 또 다른 직원이 손목 쪽이 고향이라고 가리켰다.

나는 외국인과 이야기할 때 발음이 안 좋아서 상대방이 잘 알아듣지 못하거나 내용이 잘못 전달되지 않을까 하는 걱정으로 대화를 주저할 때가 많았다. 마사지를 받을 때도 외국인 마사지사와 대화할 생각조차 하지 못했다. 하지만 엄마에게는 그런 두려움이 없었다.

엄마의 제스처만큼이나 엄마가 말하고자 하는 바를 집중해서 본 그들의 태도도 인상 깊었다. 그들은 엄마의 문화를 존중하고 엄마의 언어를 읽으려 애썼다. 한국에서는 "못 들어요, 안 들려요."라고 하면 대부분 과장되게 입 모양을 크게 하거나 바로 휴대폰을 켜 메모로 대화를 나눈다. 하지만 그곳에서는 서로 눈을 보며 제스처로 충분히 소통할 수 있었다.

남편이 엄마에게 물었다. "베트남, 미국, 한국, 일본, 멕시코 사람이 한자리에 모이면 어떻게 소통해요?" 엄마는 자신 있게 말했다. "할 수 있어." 남편은 충분히 그럴 거 같다며 오히려 그곳에서는 엄마 아빠가 통역의 역할을 할 수 있을 거라고 말했다.

공항으로 향하는 버스 안에서 나는 창밖을 바라보며 생각했다. 과연 누가, 무엇이 진짜 장애일까? 사흘이라는 시간이 언제 지나갔는지도 모르게 순식간에 흘러갔다. 한바탕 난리가 날 거라고 각오했었는데 막상 함께 온 여행은 너무나도 평온했다. 아니, 평온함 이상이었다. 엄마 아빠가 누리는 세계는 내가 생각했던 것보다 훨씬 넓고 자유로웠다.

표를 끊는 카운터 앞에서 한 직원이 우리가 수어로 대화하는 모습을 지켜보더니 부모님이 농인이냐고 물었다. 내가 그렇다고 하자 그는 우리 네 사람의 티켓을 한데 모아 호치키스로 찍더니, 맨 위 티켓에 'Deaf Family'라고 적었다. 한국과는 다른 대응이라 신선했다. 농인 승객을 인지하는 절차 같아 어쩌면 한국보다 낫다고 생각했다.

보안 검색대 앞에 서자 사람들이 줄지어 신발을 벗기 시작했다. 엄마는 신발을 신은 채로 그 자리를 통과해 가방을 마구 내려놓고 있었다. 이를 발견한 베트남 보안 직원이 큰 소리로 외쳤다. "헤이! 헤이! 헤이!" 그는 몽둥이를 들고 총을 찬 채 화난 목소리로 소리쳤지만 엄마는 듣지 못했다. 그리고 엄마는 또다시 직진했다. 그의 화난 표정이 무서웠다. 나는 그에게 소리쳤다.

"She is a DEAF! She can't hear."

직원은 멈칫하더니 이마를 짚었다. 그리고 엄마를 다시 데려오라고 했다. 동규가 엄마에게 뛰어가 어깨를 두드렸다. 엄마는 뒤를 돌아보고는 상황이 좋지 않다는 것을 깨닫고 깜짝 놀라며 당황한 표정을 지었다. 엄마는 돌아와 손을 가슴에 대고 원을 그렸다. "Sorry."라는 미국 수어였다. 직원은 고개를 끄덕이며 괜찮다는 표정을 지었다. 우리는 순서에 맞게 다시 검사를 받았다. 가방을 열고 신발을 벗고 하나하나 통과했다. 엄마는 그제야 내 손을 꽉 잡았다.

한국으로 돌아가는 비행기에 탑승하고 좌석에 앉자마자 승무원이 우리에게 다가왔다. 티켓의 'Deaf Family' 표기를 보고 온 것 같았다. 그는 영어로 지금부터 본인이 설명하는 안전 수칙을 자신이 보는 앞에서 부모님에게 통역해 줄 수 있냐고 물었다. 한국에서는 한 번도 받아본 적 없는 요청이었다. 승무원은 비상구 위치와 구명조끼의 위치, 착용법 등을 천천히 또박또박 설명했고 동규가 그의 말을 수어로 통역했다. 동규가 마지막으로 엄마와 아빠에게 "오케이?"하고 묻자 엄마와 아빠는 고개를 끄덕였다.

나는 창밖을 바라봤다. 베트남의 하늘이 점점 멀어시고 있을 내 'Deaf Family'라는 단어가 계속 머릿속을 맴돌았다.

임신

신혼 생활 3년 차쯤 되자 주변으로부터 가장 많이 듣는 질문이 "아이 계획 있으세요?"가 되었다. 나는 "네, 준비되면요."라고 말했지만, 사실 그 준비가 무엇인지 잘 몰랐다. 남편이 신년 목표 체크리스트에 적어놓은 '아기'라는 단어는 설레면서도 두려웠다. 내가 좋은 엄마가 될 수 있을까?

엄마도 내게 자녀 생각이 있는지 물었다. 고민하는 내 표정을 본 엄마는 오히려 아이가 없는 게 낫다고, 둘이서 번 돈으로 여유 있게 사는 게 가장 좋다고 했다. 하지만 그러면서도 말했다.

"만약 네가 아기를 낳으면 너한테 못 해줬던 것들 네 아기에게 다 해줄게."

엄마의 말이 계속 맴돌았다.

나와 남편은 건강검진을 하고 건강과 식사에 신경을 쓰며 아기를 만날 준비를 했다. 몸은 준비가 되었는데 아직 내 마음이 준비가 되지 않았다. 나는 아기를 낳으면 온전히 아이에게 시간과 마음을 쏟고 싶었다. 지금 상황으로는 그럴 수 없을 것 같았다. 우리는 아기 준비를 1년 더 미루기로 했다.

그렇게 새로운 봄이 찾아왔다. 3월이 되고 내 생일을 맞아 남편이 향수를 선물했다. 내가 좋아하는 브랜드의 향수였다. 그런데 뚜껑을 열자마자 역한 냄새가 코를 찔렀다.

"왜 이런 향을 샀어?"

남편은 당황하며 대답했다.

"내가 매년 선물하던 향기랑 같은 건데?"

나와 남편은 바로 병원을 찾았다. 뱃속에는 작은 생명이 집을 만들고 있었다.

"여기 보이는 게 난황이에요."

나는 임신을 확인하고 2주 터울로 병원을 찾았다. 2주라는 시간 동안 작은 생명은 아기집을 만들고, 건강한 난황을 만들고, 심장과 손가락, 발가락을 만들었다. 지금 내 뱃속에서 이렇게 경이로운 일이 생기고 있다니!

'쿵, 쿵, 쿵.'

진료실을 가득 메우는 소리는 바로 태아의 심장 소리였다. 저 작은 밥풀만 한 데에 심장이 있다니. 게다가 이렇게 건강하게 뛰고 있다니. 엄마가 되었다는 기쁨이 벅차오르다 못해 흘러넘칠 정도였다. 나는 그저 검은 화면에 오르내리는 파동만 가만히 쳐다보았다. 선생님은 더 즐기라는 듯 오랜 시간 심장 소리를 들려주었다. 이거 하나만으로 이렇게 눈물이 나고 웃음이 나다니 정말 알 수 없는 감정이었다. 아기의 첫 심장 소리가 며칠 동안 귓가에 맴돌았다.

남편과 나는 뱃속의 아이를 뭐라고 부를지 고민했다. 평소 나는 동규를 '쿠쿠'라는 애칭으로 불렀다. 우리가 가장 아끼는 애칭을 주고 싶었다.

"나는 '쿠'니까 자기는 '키'로, 너와 나의 반쪽이라는 의미 어때?"

"좋아."

그렇게 뱃속의 태아는 '쿠키'로 불리게 되었다.

쿠키가 안정기에 들어섰을 때, 우리는 쿠키의 존재를 부모님께 알리기로 했다. 5월은 우리 집에서 가장 큰 행사가 있는 달이다. 엄마 생신은 5월 8일, 아빠 생신은 5월 10일이다. 우리는 매년 어버이날에 부모님 생신 파티를 함께 여는데 그때 임신 사실을 알리면 좋겠다고 생각했다.

여러 방법을 고민하다가 할머니 할아버지가 그려진 카드와 크리스마스트리가 그려진 카드를 봉투에 담았다. 크리스마스에 부모님이 할아버지 할머니가 된다는 뜻이었다. 나는 엄마가 눈치가 빠르니 금세 알아채지 않을까 기대하는 마음으로 약속 장소에 도착했다. 그리고 평소와 같이 생신을 축하하며 카드를 건넸다. 엄마와 아빠는 자연스레 봉투를 열어 안에 담긴 카드를 봤다.

"카드? 좋아, 좋아"

남편은 전혀 눈치채지 못하고 있는 부모님을 향해 다시 한번 그림을 보고 어떤 의미인지 맞혀보라고 했다. 엄마와 아빠는 "크리스마스? 할아버지 할머니?" 하며 한참 카드를 번갈아 보더니 모르겠다고 대답했다. 예상했던 반응이었다. 나는 노란 카드에 쿠키 초음파 사진을 담아 다시 건넸다. 카드를 열어본 엄마와 아빠는 누구보다도 크게 놀랐다.

"어머! 너? 너 임신?"

아빠는 그제야 다시 그림 카드를 열어보더니 "12월 25일 예정일!"이라고 말했다. 엄마는 또 눈물을 흘렸다. 그리고 엄마는 내 배를 만지며 말했다. "축하한다. 축하한다."

우리의 새 가족이 될 쿠키야 환영해.

심장 소리

엄마는 임신한 나에게 자주 영상 통화를 걸며 쿠키가 잘 있는지 물었다. "오늘 쿠키 잘 있지?" 내가 아닌 쿠키가 잘 있냐는 질문에 '응?' 하고 생각하다가 내게 잘 지내는지 물어 본 거겠지 싶어 "잘있다."라고 대답했다. 뱃속의 쿠키가 잘 있냐는 엄마의 안부가 귀여웠다. 나는 쿠키 대신 대답했다.

"쿠키 잘 있다. 어제 병원 다녀왔고 건강! 심장 소리 튼튼."

엄마는 쿠키의 초음파 영상을 보며 한참 눈을 떼지 못했다. 옛날에 나를 임신했을 때, 내 심장 소리를 어떻게 들었냐고 물으니 엄마가 이렇게 답했다.

"의사 선생님 표정 찡그리면 안 좋은 것. 표정 밝거나 무뚝뚝하면 이상 없음."

아주 명쾌한 답이었다. 엄마는 옛날에는 이렇게 집에서 초음파 영상을 볼 수 없었다며 사진이 전부였다고 말했다. 그때는 초음파 사진이 추억이 될 줄 모르고 병원에서 받으면 버렸다며, 사진을 수첩에 모아둔다는 걸 알게 된 것은 둘째 용호를 임신했을 때였다고 했다. 엄마는 내 초음파 사진은 없지만 용호 초음파 사진은 있다며 멋쩍어했다. 나는 내심 아쉬웠다. 대신 엄마에게 우렁찬 쿠키의 심장 소리를 보여줄 수 있어 다행이라고 생각했다.

엄마는 내게 공포 영화나 징그러운 것, 특히 외계인이 나오는 영화 같은 것들을 보지 말고 항상 좋은 것을 보고 신선한 것을 먹고 깨끗한 옷을 입으라고 했다. 임산부에게 건네는 조심하라는 말들은 왜 이렇게 다정한지 모르겠다. 엄마는 뱃속에 있는 아이는 엄마의 감정에 큰 영향을 받는다며 스트레스받지 말고 늘 좋은 생각만 하라고 했다. 물론 나를 임신했을 때 스트레스가 많아서 내가 신경질적인 아이가 되었다며 험담 아닌 험담도 했지만 말이다. 문득 궁금한 게 생각났다.

뜻밖의 대답이었다. 엄마는 우연히 TV에서 뱃속에 있는 아기도 소리를 들을 수 있다는 정보를 알게 되었다고 했다. 그리고 그날 바로 옆집에 찾아가 음악 테이프를 빌려 달라고 말했다. 옆집 아줌마는 청각장애인 부부가 왜 노래를 듣냐고 물었고, 엄마는 배를 가리키며 말했다. "임신." 옆집 아줌마는 태교에는 이게 좋다며 조용필 노래 테이프를 엄마에게 건넸다.

테이프를 받고 집에 돌아온 엄마는 그제야 노래를 들으려면 카세트가 있어야 한다는 것을 깨달았다. 다시 할아버지를 찾아가 태교를 하고 싶으니 카세트를 빌려 달라고 부탁했다. 할아버지는 네가 못 듣는데 무슨 태교냐 했지만, 엄마는 다른 청인 엄마들처럼 뱃속의 아기에게 뭐라도 해주고 싶었다.

결국 카세트를 빌려 온 엄마는 하루 종일 조용필 노래를 틀어놓았다. 가끔은 뱃속에 있던 내가 신나서 움직이기도 했다고 한다. 엄마는 사람들이 말하는 '좋은 노래'를 틀어두고 태동을 느끼며 태교를 했다.

세월이 흘러, 엄마는 내 배를 어루만지며 말했다.

"쿡! 히햐! 할머니 할, 머니 엄마 말 잘 듣고 밥 잘 먹고 잘 자고 예쁘게 자라 쿠키! 야."

엄마는 뱃속에 크게 이야기했다. 그러고는 쿠키가 평소에 들어 보지 못한 소리를 들어서 "저 사람 누구야?"하고 인상 쓰고 있는 거 아니냐며 깔깔깔 웃었다. 엄마는 뱃속에서부터 데프 보이스를 들어야 나와서도 적응할 수 있다며 만날 때마다 뱃속의 쿠키에게 말을 건넸다.

나도 쿠키에게 조용필 노래를 들려줄까 싶어 엄마에게 어떤 노래를 들었냐고 물어보니 가끔 북소리가 나는 부드러운 노래라고 답했다. 테이프 안에 많은 노래가 들어 있어서 무슨 노래인지 정확히는 몰랐다.

나는 웃으며 그랬겠네, 생각했다. 아마도 내가 들었을 때 가장 좋은 노래이지 않을까. 나에게 가장 익숙한 노래라는 뜻일 테니 말이다. 그런 마음으로 쿠키를 태교하는 내내 조용필의 〈단발머리〉를 들었다.

그때의 그 소녀는 이제 할머니가 되었다.

무례

임신 15~20주 사이가 되면 산모는 기형아 검사를 한다. 임신부의 혈액을 채취해 염색체 이상이나 신경관 결손 등을 확인하는 절차다. 이때가 되면 예비 엄마 아빠들은 괜히 마음을 졸인다.

"만약 아기가 장애를 갖고 태어난다면?"

나는 무엇보다 마음의 준비가 가장 중요하다고 생각했다. 단순한 출산 준비가 아니라, 아기가 장애를 가지고 태어나도 잘 키울 수 있도록 마음을 다잡는 준비였다. 엄마가 되는 것이란 많은 것을 감당할 각오를 해야 한다고 믿었다.

남편은 아기에게 장애가 있다면 어떨 것 같냐는 내 질문에 이렇게 대답했다. 임신 전에는 키우기 힘들 거라고 생각했지만, 쿠키의 심장 소리를 듣고 태동으로 교감한 이상, 이 아이에게 어떤 장애가 있든 평생 보호하고 함께할 자신이 있다고 했다. 남편의 목소리는 확신에 차 있었다. 나는 그 확신이 부러운 동시에 화가 났다.

"안 해봤잖아."

나는 청각장애가 있는 부모님과 평생을 함께 살아왔다. 그런 삶이 얼마나 처절하고 힘든지 안다. 다른 장애가 있다면 그것은 또 얼마나 힘들까. 나는 그 세계는 잘 모른다. 경험해 보지 못한 장애에 대한 막연함은 더 큰 두려움을 몰고 왔다.

"내 새끼니까 품어야지."

하지만 이건 품고 말고의 문제가 아니다. 어떻게 품을 것인가의 문제다. 지금까지도 평생을 부모님을 위해 살아왔는데, 앞으로 남은 인생을 얼마만큼 내려놓아야 하는지의 문제였다.

"장애가 있는 부모님과 함께 살아온 나도 이렇게 막막한데, 한 번도 해보지 않았으면서 어떻게 그렇게 쉽게 말할 수 있어?"

시간이 지날수록 배가 점점 불러왔다. 누가 봐도 임신부라는 게 드러날 무렵 수어 수업을 마무리하던 중 한 학생이 질문이 있다며 손을 들었다.

"근데 선생님, 청각장애가 유전되면 어쩌려고 임신을."

그는 중년의 남자 수강생이었다. 그의 질문에 얼마큼 솔직하게 답해야 할지 고민하던 중 주변 수강생들이 말했다.

"그건 선생님께 너무 실례되는 질문이에요."

"맞아요. 청각장애는 유전이 아니에요. 설령 그렇더라도 그런 식으로 말씀하시면 안 되죠."

나는 그가 나쁜 의도로 질문한 게 아니라는 것을 알고 있었다. 자녀가 장애인으로 태어나는 것을 감수하면서 임신을 준비하는 내 모습이 그에게는 낯설고 이상하게 느껴졌을지도 모른다.

"우선, 저희 부모님은 후천적 청각장애인이에요. 두 분 다 두세 살에 열병으로 청력을 잃으셨어요. 그래서 유전될 확률은 낮습니다만…… 저는 제 아이가 청각장애를 가지고 태어나도 괜찮을 것 같아요."

그가 놀란 표정을 지으며 연신 사과했다. 나는 마음이 복잡해졌다.

그리고 어느 날 같은 코다이자, 먼저 엄마가 된 지인으로부터 안부 전화가 왔다. 그녀는 당시 7개월 아기를 임신 중이었다.

"슬기, 몸은 좀 어때요?"

나는 기형아 검사를 앞두고 너무 불안하다며 솔직한 마음을 털어놓았다. 그녀도 산전 검사 때 부모님이 청각장애가 있다고 적었는데 청각장애가 유전될 확률이 있다는 말을 들었다고 했다. 그녀가 내게 물었다.

"만약 아이가 장애를 갖고 태어나면, 슬기는 어떨 것 같은데요?"

사실, 내가 하고 싶었던 질문이었다. 대답하기까지 시간이 걸렸다.

"솔직히 말하면…… 저는 자신이 없어요."

그녀는 내 말에 "응."하고 동조하며 다시 물었다.

"만약, 아이한테 청각장애가 있다면요?"

"음…… 그렇다면 조금 다를 것 같아요. 한 번 겪어봤으니까, 수어도 가르쳐주고 농사회도 보여주고 할머니 할아버지랑도 잘 지낼 수 있을 것 같고요.”

말하고 나니, 내 안의 모순이 또렷해졌다.

“사실 위아래로 장애가 있는 가족을 돌봐야 한다고 생각하니 앞이 막막해져요. 근데 만약 아이가 농인이라면…… 제가 아는 세계니까, 더 잘해볼 수 있을 것 같아요. 참 이상하죠?”

그녀는 내게 임신한 코다들은 비슷한 감정을 겪는 것 같다며 자기도 똑같은 생각을 했다고 말했다. 충분히 할 수 있는 생각이라고, 틀리거나 잘못된 감정이 아니라고 위로했다.

엄마는 점점 불러오는 배를 보며 얘기했다.

“나중 쿠키 태어나면 같이 수어 하겠지?”

“왜 물어봐?”

“할머니 말 못 해 무식 답답해 생각 싫어할 수 있어”

나는 엄마에게 쿠키가 만약 농인이면 어떨 것 같냐고 물었다. 엄마는 조금 놀란 표정을 하며 내게 되물었다.

“쿠키? 너? 너 어때?”

“나…… 청각장애 태어나면 잘 키울 자신 있다. 이미 엄마 아빠 키워봤잖아”

엄마는 잠시 말이 없었다. 그러고는 엄마 이야기를 꺼냈다. 사실 처음 나를 임신했을 때 엄마는 내가 농인이면 좋겠다고 생각했다. 내가 장애인으로 태어나길 바랐다는 뜻이 아니라, 같은 언어와 같은 문화를 공유하며 살면 아이가 더 행복하지 않을까, 생각한 것이다. 농인 아이라면 무엇이 행복인지 자신이 가르칠 수 있겠지만, 청인 아이라면 엄마가 느끼는 행복과 아이의 행복이 같을지 확신이 없었다고 했다.

그러나 나의 청각 검사 결과를 기다리면서 엄마는 '이 아이가 청각장애가 있어도 저는 괜찮을 것 같아요.'라는 말은 하지 못했다. 가장 큰 바람은 아이가 그저 '건강'하게 자라는 것이었지만, 세상이 말하는 건강은 장애가 없는 '정상'적인 아이였다. 그래서 속내를 꺼내면 아이를 향해 저주를 내리는 이상한 사람으로 보일 것 같았다고 말했다. 엄마는 "엄마 아니고 마녀 귀신." 이라고 수어하면서 당시의 심정을 더 들려주었다. 아이가 농인이면 좋겠다고 생각했지만, 막상 검사 결과에 아무런 이상이 없다고 나오자 엄마는 자기도 모르게 기뻐했다고 말했다.

"들을 수 있어 다행 생각"

같은 언어를 나누길 바라면서도 동시에 세상이 말하는 '정상' 아이이길 바랐던 것이다. 엄마의 모순된 마음을 나도 어렴풋이 알 것 같았다. 그날 밤부터 나는 매일 밤 기도했다.

"하나님, 제발 건강한 아이가 태어나게 해주세요. 만약 제게 장애가 있는 아이를 주신다면, 청각장애가 있는 아기로요. 제발. 제발요."

이 기도가 옳은지 모르겠지만 그게 내 진짜 마음이었다.

홈사인

임신 초중반에는 입덧이 심했다. 그러다가 후기로 갈수록 소화가 더뎌졌다. 입안에는 늘 쓴맛이 남았고 사소한 냄새에도 속이 울렁거렸다. 나는 임신 기간 동안 돈가스와 떡볶이만 주야장천 먹었다. 남편은 걱정하며 영양을 생각해서 골고루 먹으라고 했지만, 다른 음식은 뱃속의 아기가 뱉어내는 느낌이었다.

그런데 엄마 집에만 가면 달랐다. 문을 열자마자 퍼지는 참기름 냄새와 내가 좋아하는 소고기 콩나물국의 간장 향에 오히려 속이 차분해졌다. 임신 내내 엄마 음식만큼은 아기도 나도 잘 먹었다. 남편은 내가 밥그릇을 비울 때마다 안도의 눈웃음을 지었다.

엄마표 김치 김밥은 여전했고 엄마가 끓여주는 떡볶이는 맵고 달고 짠 정도가 내 입에 딱 맞았다. 특히 한동안은 엄마가 만들어 주는 김치볶음밥에 빠져 지냈다. 하지만 그렇다고 매일 그것만 먹으러 화성에서 일산을 오갈 수는 없는 노릇이었다. 결국 남편이 엄마에게 김치볶음밥을 만드는 방법을 배워왔다. 남편은 요리를 못했다. 못한다기보다, 해본 적이 거의 없었다. 엄마가 알려준 레시피를 그대로 따라 해도 나는 먹을 수가 없었다.

"배워볼게."

남편은 쑥스러운 듯 고개를 긁적이며 "엄마처럼은 못하겠지만."이라고 덧붙였다. 그 후 남편은 엄마가 사용하는 간장, 소금, 각종 소스를 똑같이 집에 갖춰 두고 엄마가 사용하는 냄비까지 들여왔다. 그러고는 씩 웃으며 말했다.

"이제 어머님이 사용하시는 재료들이랑 똑같아. 맛있게 해줄게."

첫 도전은 계란찜이었다. '달걀 4+물 1컵, 약불 12분'이라고 적어놓고 요리를 시작했다. 뚜껑을 살짝 열어본 남편은 몽글몽글 올라오는 김에 눈을 찡그리고는 익은 정도를 알아보기 위해 젓가락으로 계란찜을 푹 찔렀다. 찌른 자리에 구멍이 났다. 엄마의 계란찜은 아기 궁둥이처럼 부드럽고 말캉한 순두부 같았는데, 남편의 계란찜은 어딘가 퍼석하고 너무 많이 익어서 계란 향이 올라왔다. 나는 웃었고, 남편은 어깨를 으쓱했다.

"구멍 난 구름이라고 생각해."

남편은 10번의 실패 끝에 엄마의 계란찜과 닮은 맛을 만들어냈다. 나는 그 계란찜에 밥을 비벼 먹으며 입맛을 되찾았다.

"엄마가 끓여준 소고기 콩나물국이 먹고 싶어."

오랜만에 먹고 싶은 음식이 떠오르면 남편은 엄마에게 영상 통화를 해 레시피를 물었다. 통화할 때는 휴대폰 녹화 버튼을 눌러 엄마의 수어를 저장했다. 그렇게 만들어진 음식들은 엄마 요리와 똑같지는 않았지만 조금은 헛헛한 맛 속에 남편의 사랑과 엄마에 대한 그리움이 담겨 있었다.

그러던 어느 날이었다. 의자에 오래 앉기 힘들어 소파에 누워서 남편이 영상 통화로 엄마와 정기 검진에 다녀온 이야기를 나누는 모습을 보고 있었다. 그러던 중 이상한 수어를 발견했다. 나는 남편의 수어를 이해하지 못했는데 엄마는 알아듣는 것 같았다. 둘만 아는 수어 단어였다. 남편은 V자 손 모양에서 검지와 중지를 구부려 이마를 몇 번 두드리고, 주먹으로 오른쪽 턱뼈를 여러 번 두드렸다.

"병? 과자?"

남편은 검지와 중지를 구부려 이마를 몇 번 두드리는 수어를 다시 보여주며 "병원!"이라고 말했다. 나는 왼손 등 위에 검지와 중지를 두드리며 "이게 병원이지."라고 설명했지만 영상 속 엄마는 웃으며 "동규 수어 홈사인."이라고 말했다. 주먹으로 오른쪽 턱을 두드리는 동작을 물으니 남편은 '쿠키'라고 설명했다. 쿠키를 지문자로 쓰는 게 어려워서 "과자"라는 수어를 쓴 것이다.

"왜 나만 몰랐어!"

'홈사인'은 청인 부모와 농자녀, 혹은 농인 부모와 청인 자녀 사이에서 자연스럽게 만들어지는 의사소통 체계를 말한다. 제스처를 기반으로 하며 수어를 더 쉽게 변형한 형태도 있다. 특히 코다 아동에게서 자주 발견할 수 있다.

나에게도 홈사인이 있었다. 원래 수어에서는 '할머니'를 이마의 주름으로 표현한다. 손가락으로 이마에 주름을 형상한 뒤 여자를 표현하면 할머니가 되는데, 나에게 할머니는 지팡이를 짚는 분이었다. 그래서 주먹을 쥐고 바닥을 향해 두 번 두드려 표현했다. 그것이 유슬기 버전의 '할머니'였다.

수어로 '쉽다'는 검지를 입술 가까이 한 번 대고 왼쪽 손바닥을 찍는다. 하지만 나는 눈을 한 번 찍고 왼쪽 손바닥을 찍었다. 어찌 보면 '발견'이라는 단어와 더 비슷하다. 나는 오랫동안 '발견'과 '쉽다'가 같은 뜻인 줄 알았다. '방법을 발견했으니 이제 쉬워졌다.'라는 의미인가 보다 했다.

지금은 수어를 가르치고 통역을 하면서 자연스럽게 표준 수어로 대체되었지만, 나에게도 더 많은 홈사인이 있었을 것이다. 옛날의 홈사인이 사라져 버린 것이 조금 아쉽기도 했는데 남편을 통해 다시 보니 반갑고 애틋했다.

남편은 우리 가족과의 첫 만남 이후 혼자서 수어를 책으로 공부한 적은 있어도 정식으로 배운 적은 없다. 그보다 엄마와 아빠와 직접 대화하며 수어를 배웠다. 다 같이 여행을 가거나 일이 생겨 1박 2일, 2박 3일씩 같이 붙어있는 날에는 갑자기 수어가 확 늘어 오기도 했다.

나는 남편이 천방지축으로 수어하는 모습을 보며 생각했다. 나도 저렇게 수어를 익혔을까? 남편은 언어와 언어 사이의 간극을 몸으로 직접 부딪쳐 채워나갔다. 마치 코다처럼 새로운 자기만의 단어를 만

들어 내는 모습이 정말 우리 집의 새 식구다웠다.

그 이후로도 남편에게는 점점 더 많은 단어가 생겼다. 나는 그 단어들을 메모 앱에 적어 모으기 시작했다. 남편의 홈사인을 보면서 세상의 언어보다 집안의 언어를 먼저 배우고 만들던 나의 어린 시절을 발견한다. 쿠키가 태어나면 이 집의 언어는 한층 더 늘어날 것이다.

아기가 처음 내미는 주먹, 처음 펼치는 손바닥, 처음 가리키는 검지. 작은 움직임마다 뜻이 붙어 '배고파'라는 단어가 생기고 '졸려'라는 단어가 생기고 '사랑해'라는 단어가 생길 것이다. 그렇게 소리와 손짓 사이사이를 자유롭게 오갈 것이다. 그리고 어느 날, 홈사인으로 우리를 부르는 날이 올지도 모른다. 우리는 그 단어의 뜻을 맞추며 또 한 번 웃겠지.

출산

쿠키의 출산 예정일은 12월 24일, 크리스마스이브였다. 의사 선생님은 초산인지라 예정일이 미뤄지거나 당겨질 수 있다며 예정일은 예정일일 뿐이라고 말했다. 임신과 출산의 과정은 나에게 많은 가르침을 준다. 계획은 언제든지 어긋날 수 있는 것이다.

16주 차에는 아기가 아들일 확률이 80%라는 말을 들었다. 의사는 쿠키가 뱃속에서 이리저리 움직여 확언은 어렵다는 말과 함께 초음파 모니터에서 외생식기로 보이는 부분을 가리키며 설명했다.

사실 이미 예상한 부분이었다. 양가 어머님들의 태몽이 모두 아들을 의미했기 때문이다. 시어머님께서는 윤기 나는 큰 소가 마당을 도는 꿈을, 엄마는 커다란 다이아몬드 반지를 손에 끼우는 꿈을 꾸셨다. '커다란 한 가지가 나온다'라는 꿈은 대체로 아들을 뜻한다기에 나는 줄곧 든든한 아들의 엄마가 되는 상상을 했다.

신기하게도 쿠키는 내가 음성 언어로 말할 때보다 수어로 이야기할 때 더 분명히 반응했다. 꿈틀거릴 때마다 아기와 신호가 연결된 것 같은 느낌이 들었다. 그리고 한편으로는 왠지 딸일 것 같은 느낌이 들었다. 아무래도 딸 같은데, 혹시 성별이 바뀔 수도 있지 않나 하는 생각을 줄곧 해왔다. 그럴 때마다 지인들은 내가 너무 딸이기를 바라서 그렇다며, 임신을 해본 사람이건 아니건 쿠키의 초음파를 보자마자 완벽하게 아들이라고 말했다. 나는 그렇다면 '딸 같은 아들'이 나오려나 보다 하고 생각했다.

임신 20주 차쯤 되었을 때 50~60대 농인을 대상으로 의왕에서 문해력 교육을 하게 되었다. 이때 만난 한 농인 선생님이 내 배를 가리켰다.

농인 선생님들은 하나같이 "아들 힘들다, 아들은 엄마 마음 몰라, 결혼 가면 끝."이라며 딸을 치켜세웠다. 맵고 솔직한 농문화의 맛이다. 그러면서 쉬는 시간엔 내가 좋아하는 과일과 떡을 한가득 챙겨주셨다.

그리고 틈날 때마다 임산부가 해서는 안 되는 일들을 알려줬다.

이것도 하지 마, 저것도 하지 마 하는 그들의 말이 나를 위한 걱정과 사랑처럼 느껴져 괜히 기분이 좋았다.

임신 초기에는 2주에 한 번 가던 병원을, 중기부터는 한 달에 한 번 찾았다. 우리는 17주에 성별을 한 번 확인하고 21주가 지날 때쯤 다시 병원에 갔다.

“지난번에 제가 아기 성별 뭐라고 했죠?”

“아들이요.”

“옷 아직 안 사셨죠?”

“왜요?”

“오늘 보니까 아무것도 없네요. 딸이에요.”

초음파 모니터에서 보이는 다리 사이가 매끄러웠다. 있던 게 없어진 것 같았다. 믿기지 않아 다시 물었다.

“저게 있다가도 없고 그런가요?”

“태아의 외생식기는 발달 전까지 비슷해요. 안으로 들어가면 딸이고 그대로 밖으로 유지되면 아들인데 쿠키는 조금 늦게 들어간 경

252

우예요. 어머, 아버님 우세요?"

간호사 선생님의 말씀에 뒤돌아보니 동규가 조용히 눈물을 흘리고 있었다.

"너무 좋아서요. 정말 기뻐요."

나는 쿠키를 임신하는 동안 정말 행복했다. 그리고 임신하기 전보다 오히려 더 많이 일하게 됐다. 쿠키를 출산하고 나면 다시는 일을 못 할지도 모른다는 마음이 나를 일하게 했다. 마지막으로 보는 사람일 수도 있고, 마지막 일일 수도 있었다. 이제 앞으로는 쿠키와 함께하는 삶을 살면서 개인적인 목표는 잠시 내려놓을 생각이었다. 나는 배가 불러온 채로 쿠키와 함께 여러 일들을 해냈다. 다행히 욕심 많은 임신부를 배려해 주시느라 주변 선생님과 함께 일한 분들의 노고가 많았지만 말이다.

그렇게 지내다 33주 차가 되었을 때 갑작스러운 가진통이 생겼다. 너무 아프고 놀라서 급히 병원에 갔더니 곧 출산이 임박한 것처럼 아이가 너무 밑으로 내려왔다는 말을 들었다. 자궁경부도 많이 짧아져 조금 위험한 상황이었다. 눈물이 났다.

"내가 너무 욕심냈구나, 아기는 힘들었구나."

강의는 짧게는 1시간 길게는 4시간씩 진행된다. 아무래도 너무 오래 서 있었던 것이 쿠키에게 무리가 된 것 같았다. 남은 강의들은 양해를 구하고 앉아서 진행하고, 강의 시간 외에는 집에서 누워서 생활했다. 그렇게 몇 주를 조심하며 지내다가 37주 차가 되자 이제 조금씩 몸을 움직이면서 출산을 준비하라는 말을 들었다. 청소와 짐볼,

산책 같은 일상생활을 하면서 아기를 기다렸지만 39주 차 4일이 지나가도록 쿠키는 소식이 없었다. 쿠키는 이미 골반 밑으로 많이 내려와 병원에서는 유도 분만을 권유했다. 나는 40주가 넘어도 좋으니 조금 더 기다려보고 싶다는 의견을 전했지만, 쿠키가 위험할 수도 있다는 말에 유도 분만을 결정했다. 그날 엄마와 통화했다.

"엄마, 나 유도 분만."

"그게 뭔데."

"아기가 안 나와서 주사 넣고 아기 나오게 유도."

"아…… 괜찮아 잘할 거야."

"무서워."

"괜찮아 괜찮아 잘해 너 잘해."

나는 엄마에게 엄마가 되는 것이 무섭다고 말했다. 그리고 이 모든 과정을 혼자 준비하고 맞닥뜨렸을 엄마를 생각하니 눈물이 났다. 엄마는 눈물을 보이는 나를 보며 한참을 함께 울었다. 우리 모녀가 꺽꺽대며 울고 있을 때 양쪽의 남편들은 서로의 부인을 달랬다. 아빠가 엄마에게 말했다.

"울다 그만 행복 웃음 빠빠이."

"그래 어머님 걱정하셔. 그만 울고 좋은 생각만 하자. 잘될 거야."

"아기 낳다 먹고 싶다 뭐?"

"먹다 보다 다른 거."

"뭐?"

"나 아기 낳으면 편지 써줘."

아침밥을 든든히 먹고 가라는 엄마의 조언에 나는 유도 분만이 예정된 날 속이 편한 전복죽을 잔뜩 먹고 병원으로 향했다.

"산모분 혈당이 너무 높은데, 혹시 식사하셨어요?"

"네!"

"아…… 잠시만요."

내가 아침을 먹은 탓에 혈당이 너무 높게 잡힌다는 것이었다.

"하하! 엄마가 먹으랬는데."

"네, 드셔도 되는 데 드신 지 얼마 안 돼서 그런 거예요. 괜찮아요. 소금만 기다려봅시다."

나는 유도제를 맞으며 쿠키가 나오기를 기다렸다. 주사약이 들어가는 동안 별별 생각이 다 들었다. '이제 쿠키가 나오는구나. 나오면 나는 엄마가 되겠네. 아기가 정말 예쁘겠지? 많이 아플까? 그래도 예쁘겠지? 곧 있으면 우리는 세 가족이 되는 거네? 신기하다, 근데 정말 아플까?'

그러면서도 쿠키가 나오고 싶은 시간까지 기다려주지 못한다는 게 마음 아팠다. 별것이 다 미안한 산모였다.

그렇게 8시간의 진통을 겪는 동안 양수가 터졌고 자궁도 9cm나 열려 출산이 임박했다. 나는 아침밥 먹은 힘까지 모두 끌어모았다.

계속 힘주는 동안 옆에 있는 기계에서 '삐삐' 소리가 났다. 뒤돌아보고 싶었지만 볼 수 없었다. 무슨 상황인지 물어볼 힘도 없었다.

"잠시만요! 빨리 선생님 불러!"

"산모님, 잠시만 크게 심호흡해 볼까요?"

동규가 무슨 일인지 묻자 간호사는 아기의 호흡이 일정하지 않다고 말했다. 힘주기를 너무 오래 했던 탓일까, 쿠키가 나오면서 탯줄이 목에 감겼거나 혹은 양수가 너무 부족해져서 숨을 잘 못 쉬고 있을 확률이 있다고 했다.

"응급 수술에 들어가야 할 것 같아요."

나는 지금까지 해 온 시간이 있기에 한 번 더 시도해 보고 싶다고 말했고, 내 말에 의료진은 이번에 해 보고 안 되면 빠르게 내려가야 한다며 미리 수술방을 잡아두었다. 나는 죽을힘을 다해 힘을 주었지만, 쿠키는 나오지 않았다. 결국 급격히 떨어지는 심음에 수술실로 옮겨졌다. 수술실로 내려오기까지는 5분도 채 걸리지 않았다.

"엄마는 심호흡하고, 무조건 편하게 있어요. 우리 쿠키 엄마 너무 고생하네."

그렇게 마취하고 쿠키를 꺼내자마자 선생님이 말했다.

"유슬기 님, 16시 16분 유슬기 님의 아기가 태어났습니다."

나는 가장 먼저 아기를 불러보았다.

"쿠키야, 반가워. 보고 싶었어."

선생님은 쿠키를 보자마자 엄마랑 똑같이 생겼다고 말했다. 나는 그 말에 기분이 좋아졌다가 다시 잠이 들었다. 눈을 떠보니 어디론가 이동하고 있었고, 동규가 보였다. 동규는 나를 보며 울었다. 나도 눈물이 났다. 우리가 부모가 되었다니. 내가 엄마라니, 당신이 아빠라니. 40주의 시간이 스쳐갔다. 어쨌든 잘 해냈다.

"쿠키 봤어?"

"응."

"어때?"

"아주 예쁘고 귀여워 죽겠어."

"건강해? 심장 이런 거는?"

"다 좋대. 다 건강해. 엄청 예뻐. 거기 누워있는 애들 중에 제일 예뻐."

동규는 쿠키의 사진을 보여주었다.

"엄마 아빠는 뭐래?"

"아직. 병실 들어오면 전화드리려고 기다리고 있었어."

동규는 가장 먼저 엄마에게 영상 통화를 걸었다. 엄마 아빠는 3초도 지나지 않아 전화를 받았다. 엄마는 눈물을 흘렸다.

"아침 7시에 갔는데, 저녁까지 연락 없어서 걱정."

동규는 진통이 길었고 결국 응급수술을 했다는 소식을 그제야 전하며, 연락할 정신이 없었다고 말했다. 엄마와 아빠는 수술 이야기에 놀랐다. 엄마는 또다시 울었다.

"나 누워있는 거 엄마한테 보여주지 마, 엄마 울어."

동규는 화면을 돌려 통화를 마쳤다.

내가 유도 분만을 했고 응급 수술을 했고 그래서 내 아기가 저 아래 있다는 사실이 믿기지 않았다. 사진 속의 쿠키는 너무 작고 머리숱이 많았다. 눈을 감고 있어 누구를 닮았는지 잘 모르겠는데, 선생님도 남편도 엄마도 보는 사람마다 모두 슬기가 슬기를 낳았다고 말했다.

그렇게 12월 23일, 유슬기의 아가가 태어났다.

신 유 봄

신생아실 유리창 앞에 도착하자, 이제 막 부모가 된 이들이 아기를 기다리고 있는 모습이 보였다. 나도 그들 사이에 섰다. 면회 시간이 되자 신생아실을 가리고 있던 블라인드가 올라갔다. 나는 한눈에 쿠키를 찾을 수 있었다. 남편 말대로 누워 있는 아가 중에서 머리숱이 가장 많은 아이가 바로 쿠키였다. 눈물이 났다. 저 아기가 내 아기라니. 너무 예쁘고 소중하고 사랑스러운 아가였다.

쿠키의 머리맡에는 작은 명찰이 붙어 있었다. '유슬기 님의 아기 태명: 쿠키' 그 글자를 보는 순간 문득 아빠가 떠올랐다. 유리창 너머로 서툴게 꾸물대는 아기를 보면서 아빠가 느꼈을 감정을 이제야 알 것 같았다. 주어진 면회 시간은 고작 10분이라 나는 10분 내내 눈을 떼지 않고 쿠키를 바라봤다.

우리는 쿠키가 태어나기 전부터 미리 생각해 둔 이름이 있었다.

아기는 아빠 성을 따라 신 씨가 될 테니 가운데 글자에 내 성씨인 '유'를 넣기로 했다. 신과 유로 시작하는 이름이다. 우리는 함께 '유'와 어울리는 여러 단어를 떠올렸다. 그러던 중 우리가 처음 만난 그리고 쿠키를 품게 된 계절을 떠올렸다. 봄이었다.

더불어 우리에게는 최우선으로 따져볼 조건이 하나 있었다. 엄마와 아빠가 아기의 이름을 편안하게 부를 수 있어야 한다는 것이었다. 사주나 한자의 뜻보다 할아버지와 할머니가 손주의 이름을 또렷하게 불러주는 것이 더 중요했다. 남편은 종이 한 장을 꺼내 들고 엄마 아빠 앞에 앉았다. 그리고 또박또박 세 개의 단어를 적었다.

'솔', '봄', '주'

엄마와 아빠는 고개를 갸웃하며 종이를 들여다보셨다. 갑자기 웬 발음 연습인가 싶으셨을 것이다. 아빠가 먼저 입을 열었다.

"홀!"

엄마도 따라 읽었다.

"소홀!"

역시 내 이름처럼 시옷은 발음하기 어려운 듯 보였다. 남편이 다음 단어를 가리켰다. 아빠는 "봄!"하고 또렷하게 발음했다. 순간 나와 남편의 눈이 마주쳤다. 엄마도 이어서 "봄!"하고 정확하게 말했다. 다. 다른 단어들보다 확실히 또렷했다. 마지막 단어는 '주'였다. 아빠는 "추!", 엄마는 "두!"라고 말했다. 역시나 정확하지 않았다.

남편은 종이를 다시 가져가 이번에는 다른 단어를 적었다. 진짜 후보들이었다.

‘유솔’, ‘유봄’, ‘유주’

“유홀!”

“유호르!”

두 분 다 발음이 매끄럽지 않았다. 나는 속으로 ‘역시’라고 중얼거렸다. 두 번째 단어의 차례였다. 아빠는 “유봄!”하고 힘차게 말했다. 엄마가 “유봄!”하고 발음하는 순간 남편과 다시 눈이 마주쳤다. 거의 완벽했다. 아니, 완벽했다.

세 번째 단어는 아빠가 “유투!” 엄마는 “유두!”라고 발음했다. 누가 들어도 가장 정확했던 건 ‘유봄’이었다. 그리고 그 이름은 우리가 가장 마음에 들었던 이름이기도 했다. 모든 퍼즐이 맞아떨어지는 순간이었다. 나는 엄마 아빠의 표정을 살폈다. 두 분도 어떤 단어가 자신들 입에서 가장 편하게 나왔는지 느끼신 것 같았다. 엄마가 물었다.

남편이 웃으며 답했다.

엄마와 아빠는 눈이 휘둥그레져서 종이를 다시 한 번씩 읽어보았다.

“유홀!” “유봄!” “유추!”

엄마와 아빠는 ‘봄’이라는 소리가 좋아서 계속 부르고 싶은 사람들처럼 "봄", "봄", "봄" 연거푸 연습했다. 엄마는 종이 위에 적힌 '봄'이라는 글자를 보며 눈시울을 붉혔다. 아빠는 오늘부터 이름을 더 연습하겠다고 다짐했다. 그래서 아기를 만나면 제일 먼저 "유봄아!" 하고 부르고 싶다고 말했다. 우리는 더 이상 고민할 필요가 없었다. 농인 할머니 할아버지가 가장 편안하게 부를 수 있는 다정한 이름이자 우리가 가장 사랑하는 계절, 그리고 우리 둘의 이름이 담긴 이름이었다.

신유봄.

만물에 생명이 움트고 꽃이 피는 설렘이 완연한 봄처럼 너도 그렇게 싱그럽고 다정하게 자라나길.

사랑 하는 승기에게

오랫동안에 편지를 안 쓰지만 승기가 엄마한테 편지를 받고
싶어서 이렇게 편지를 쓰겠다.
　문장력 부족하지만 이해 해 다오.

2024년 12월 23日 출산 준비해서 승기가 힘들게 수술 해서
아기 낳아서 건강한 모습으로 너는 승기 건강한 너무 고마워.
　사진 유봄 보고 너무 건강모습. 너무 이쁘고 귀엽게 생겼다.
　사랑스러운 아기가 유봄이 이목구비 모양 너무 이쁘다.
　엄마가 많은 잠 못하지만 유봄이 밤을 쉽게 부를 수있게
　고맙다. 아빠가도 마찬가지.
엄마가 잘 순산 할수 있게 매일 기도 했었다.
　평상도 항상 기도하고 있단다.

　엄마가 회사병원 다녀도 너를 도와 주지 못해서 걱정스러웠다.
마침내 유봄아빠가 육아휴직 1년 하기로 했어.
　정말 다행스럽고 대신 주말마다 오려올강 반찬. 국. 무창등량
승기집에 방문하고 유봄 보고 겸. 가게 되었다.

　승기야. 아프지 말고 늘 건강하고 식사등랑 잘 챙겨라.
유봄아빠도 승기랑 서로 사랑하면서 행복 되길 바래.
유봄아. 할머니 많이 사랑 해 주께. 사랑한다.
　　더 쓰고 싶은데 한계 있어서 이제 그만
쓰겠다.
　　　　건강해 행복 되길...
　　　　2025. 1月 18日
　　　　　엄마가.

들을 수 있다는 건

엄마의 엄마, 그러니까 나의 외할머니는 내가 자고 있을 때 발소리가 나지 않게 숨을 죽이고 살금살금 걸어와 잠든 내 옆에서 갑자기 힘껏 손뼉을 쳤다. 갑작스러운 소리에 화들짝 놀라 내가 울음을 터뜨리면 할머니는 환한 웃음을 지으며 기뻐했다고 한다. 내가 들을 수 있는 아이인지 확인하는 방법의 하나였다.

내가 태어났을 때 청인 가족의 최대 관심사는 아기가 '정상적'이라는 사실이었다. 사람들은 아이가 들을 수 있어 다행이라며 부모와 다르게 태어난 사실을 축복이라고 말했다.

할아버지의 칠순 잔치 때는 친인척들이 모두 모여 식사를 하고 노래방에 갔다. 엄마는 농인이라 노래방이 취미가 아니었고 가고 싶지도 않았지만, 갓난 나를 안고 있어 할아버지와 함께 차를 타고 돌아가야 하는 처지라 결국 따라갔다. 나는 엄마 품에서 잠들어 있었고 친척들은 탬버린과 젬베 같은 악기를 흔들며 연신 노래를 불러댔다. 엉덩이와 팔뚝으로 전해지는 둔한 진동과 큰 소리에 엄마는 몇 번이고 혹시 내가 깨지는 않았는지 살폈다. 그런데 온갖 시끄러운 소리에도 꿈적하지 않고 자는 나를 보더니 친척들이 말을 얹기 시작했다.

"얘도 못 듣는 거 아니야?"

"이렇게 시끄러운데 안 깨고 잔다는 게 말이 안 돼."

"검사해 봤어?"

엄마는 그 말들이 오가는 내내 눈을 질끈 감고 대화하지 않았다고 했다. 그 이후로 할머니의 확인은 더 잦아졌고 더 자극적으로 변했다. 콕, 찌르던 게 이쑤시개에서 바늘로 바뀌었고 손뼉 소리에서 냄비를 두드리는 소리로 커졌다고 했다. 할머니에게 '듣는다'라는 건 어떤 의미였을까.

유봄이가 태어난 날 엄마는 반복해서 물었다.

"아가 건강?"

"이상 없다?"

"너도, 아기도 문제 없지?"

엄마 아빠의 물음에는 여러 의미가 있었을 것이다. 유봄이가 태어나자 신생아에게 필요한 검사가 몇 가지 진행됐다. 눈 검사, 유전자 검사, 청력 검사, 대사질환 검사 등 다양한 검사가 있었는데, 단연 눈에 띄는 것이 청력 검사였다. 의사 선생님은 모든 검사 결과 유봄이가 건강한 아이라고 전했다. 엄마가 직접 묻지는 않았지만 나는 엄마에게 유봄이는 청인이라고 설명했다.

집으로 돌아오던 날, 엄마는 계속 유봄이와 눈을 맞추었다. 그리고 조개껍데기만 한 유봄이의 손을 감히 쥐어보지도 못한 채 그저 하염없이 눈물만 흘렸다. 유봄이는 옹알이를 했다. "에!" 남편은 엄마에게 "유봄 소리 있다."며 입 모양을 '에' 모양으로 과장되게 벌린 뒤 유봄이가 내는 소리를 몸으로 설명했다. 그 소리가 무슨 의미냐고 묻는 엄마의 질문에 남편이 그냥 의미 없이 내는 소리라고 말하자 엄마는 웃었다.

"슬기 어릴 때 입 모양이랑 비슷해."

엄마와 아빠는 유봄이 방에 놓인 물건들을 손으로 만지며 궁금해했다. 엄마가 그중에서 모빌을 발견하고 무의식적으로 전원을 켰다. 그러자 모빌에서 음악이 흘러나왔고 잠들어있던 유봄이가 꿈틀대기 시작했다. 엄마는 급히 모빌에 귀와 손을 가져다 대보고 소리가 느껴지자 황급히 전원을 껐다. 그 밖에도 소리 나는 장난감들의 스피커에 귀를 가만히 대고 괜히 몸을 흔들며 박자도 타고 손뼉도 쳤다. 엄마는 알록달록한 유봄이의 물건들을 바라보며 말했다.

"슬기 너는 이런 거 못 해줬는데."

옛날에도 정보가 많았더라면 나를 더 잘 키울 수 있었을 거라며 내 머리를 쓰다듬었다. 내가 엄마에게 유봄이를 건네주며 "자! 키워 봐." 하자 엄마와 아빠가 웃었다. 엄마 아빠의 폭발적인 웃음소리에 유봄이가 꿈틀댔다. 아빠는 유봄이를 조심스레 안아 들고 햇빛이 없는 그늘로 가 몸을 흔들며 손바닥으로 '툭툭' 자장가를 대신해 토닥였다. 유봄이는 다시 잠에 들었다.

들을 수 있다는 건 소리의 유무를 가르는 것이 아니라 서로의 존재를 확인하는 일이다. 할머니는 나의 울음소리를 통해 존재를 확인했고 엄마는 유봄이의 숨결을 만지며 존재를 확인한다. 유봄이 또한 할머니 할아버지의 손바닥을 어루만지며 그들의 존재를 확인한다. 그렇게 우리는 감각으로 서로를 증명한다.

24시간 말 안 하고 살기

'하루 종일 수어만 쓰면 생기는 일'이라는 주제로 유튜브 콘텐츠를 촬영하면서 남편에게 오늘은 음성 언어를 쓰지 않고 수어로만 생활하겠다고 선언했다. 음성 언어를 다른 각도에서 바라보면 어떻게 되는지 영상으로 남기고 싶었다.

오전 내내 식사 준비와 집안일을 하면서 남편과 수어로 대화했다. 내가 수어만 사용하니 평소에 자연스럽게 수어를 읽는 남편도 혼란스러워했다. 수어를 보고도 서로 잘 이해하지 못하는 일이 생기는 게 재미의 포인트였다.

오후에는 유봄이까지 셋이서 외출을 했다. 공원을 걷는 동안 사람들의 시선이 느껴졌다. 그 시선도 영상에 담고 싶었는데 그럴 수 없어 아쉬웠다. 어릴 적부터 받아왔던 익숙한 시선이었다. 사람들의 얼굴에 수어를 쓰는 모습을 신기해하는 호기심이 가득했다. 남편은 이런 시선은 처음이라며 낯설어했다.

우리는 산책하다가 우연히 한 소품 가게에 들렀다. 남편과 수어로 이야기하고 있으니 가게 사장님이 문틈 사이로 힐끗힐끗 쳐다봤다. 불편한 눈초리에 빨리 나가려던 차에 사장님이 우리를 불러 세웠다.

"잠시만요! 요즘 정말 아이가 없어요. 아이가 귀하거든요. 이곳에 아이가 온 것도 처음이고 그래서 제가 선물을 하나 드리고 싶어요."

사장님이 건넨 건 명태 인형 열쇠고리였다.

"제가 기쁘고 좋은 일만 상상하며 만들었어요."

사장님은 이렇게 말하며 열쇠고리를 직접 기저귀 가방에 달아주었다. 나는 마음이 불편했다. 지금까지 살면서 안면도 없는 제삼자에게 선물을 받아본 적은 처음이었다. 수어를 사용하는 걸 보고 청각장애인이 아이를 안고 있는 모습이 안쓰러워서 주는 건가 하는 생각이 들었다. 동정 받고 싶지 않았기에 그런 의도의 선물이라면 받고 싶지 않았다.

사장님은 다시 한번 말했다.

"아기가 너무 귀해서요. 아기가 잘 자랐으면 해요."

나는 그 자리에서 "감사합니다."라고 음성 언어로 말할까 고민했다. 내가 들을 수 있는 사람이라는 것을 밝히면 어떨까 싶었다. 계속 망설이다가 결국 수어로 감사하다는 인사를 남기고 나왔다.

가게를 나오니 남편도 이런 경험은 처음이라며 얼떨떨한 표정을 지었다. 나는 남편에게 사장님의 선물이 동정처럼 느껴져서 기분이 언짢다고 말했다. 남편도 처음에는 나와 비슷하게 생각했지만 유봄이를 정말 예뻐하시는 게 보였고 아이가 귀해서 주는 선물이라니 받았다며 내게 너무 부정적으로 생각하지 말자고 말했다.

남편과 나는 그 후에 골목길에 있는 카페를 찾아 자리에 앉았다. 카페 입구에서 남편에게 무엇을 먹을 거냐고 물어보니 남편이 아이스 아메리카노를 먹겠다고 대답했다. 나는 카페인이 든 음료를 마시지 않기에 다른 음료를 살피러 메뉴판으로 가까이 다가갔다. 사장님이 계산대 안쪽에 서 있다가 내 옆으로 자리를 옮겼다.

내가 한참 고민하자 사장님이 말차라테를 손으로 가리켰다. 나는 말차를 좋아하지 않아서 고개를 갸웃거렸다. 그러자 사장님은 휴대폰 메모 앱을 켜고 '달콤 쌉싸름한 맛'이라며 2순위로 밀크티라테를 추천했다. 사장님의 센스 덕분에 편하게 소통하면서 주문할 수 있었다.

보통 카페의 메뉴는 대부분 한국어로 구성되어 있고 발음이 어려운 경우가 많다. 당연히 청각장애인에게는 더욱 쉽지 않을뿐더러 이름만 봐서는 그게 어떤 음료인지도 알기 어렵다. 심지어 나도 잘 외워지지 않는 영어식 메뉴도 허다하다. 그래서 농인이 선택하기 가장 좋은 것은 바로 사진이 있는 메뉴판이다.

나는 이번 영상을 통해 농인의 일상에 어떤 도전이 있는지 직접 보여주고 싶었다. 무엇보다 수어에 익숙하지 않은 청인이 농인을 만났을 때 어떻게 소통해야 할지에 관해서 물음표를 던지고 싶었다. 저녁 식사를 하며 남편이 물었다.

"오늘 하루 종일 어땠어?"

나는 한참 생각하다가 대답했다.

"생각보다 따뜻한 사람들이 많더라."

나는 그렇게 말하면서 지난날 "우리 엄마 아빠는 말을 못 해요!"라고 큰 소리로 말하던 어린 시절을 떠올렸다. 그때의 나는 왜 그렇게 서둘렀을까. 사람들이 이상하게 볼까 봐 걱정돼서였을까, 아니면 엄마 아빠가 오해받는 게 두려웠던 걸까, 그것도 아니라면 나 자신이 불편해서였을까.

나는 어느새 어렸을 때 그토록 되고 싶었던 어른이 되었다. 이제는 아이까지 있다. 오늘 하루는 내게 유독 엄마가 생각나는 날이었다. 엄마도 나와 같은 감정을 느꼈을까. 호기심 어린 시선과 친절과 동정 사이에 있는 모호한 순간과 말없이 건네는 따뜻한 손길을 겪었을까. 엄마도 나를 안고 이런 순간을 수백 번 수천 번 지나쳤을 거라 생각하니 가슴이 먹먹해졌다.

동시에, 오늘 내가 받은 뜻밖의 친절을 엄마도 언젠가 마주할 수 있겠다는 생각이 들자 눈물이 났다. 그 눈물이 안도의 눈물이었는지 감사의 눈물이었는지는 알 수 없지만 엄마가 조금이라도 더 친절한 세상에서 살기를 바란다는 마음만큼은 분명했다.

열흘 간의 동침

아파트 안내문을 발견한 순간 눈앞이 아득해졌다. 한 달간 엘리베이터를 교체하는 공사를 진행한다는 내용이었다. 그것도 8월, 가장 더운 계절이었다. 남편은 운동도 되고 오히려 좋다며 웃었지만, 나는 생각보다 훨씬 더 힘들 거라는 걸 직감했다. 9kg이 넘는 유봄이를 안고 계단을 오르내리는 상상만으로 벌써 허리가 저릿했다.

유봄이가 이유식을 시작한 뒤 우리는 이틀에 한 번 장을 봤다. 장바구니를 들고 계단을 오르내리는 건 금세 일상이 되었다. 유봄이는 하루에 한 번 산책해야 밤에 잠도 쭉 자고 밥도 잘 먹었다. 온종일 집에 있으면 몸을 비틀며 짜증을 내니, "밖이 너무 덥다. 유봄아, 오늘은 집에 있자."라고 몇 번씩 다독이다가도 낮잠을 거부하면 어쩔 수 없이 유봄이와 유봄이 짐, 유모차를 챙겨 계단을 내려갔다. 배달이나 택배도 전부 1층에서 픽업해야 했다. 치킨 하나를 시켜 먹을 때도

1층까지 내려갈 각오가 필요하니 결과적으로 강제 다이어트를 하게
되었다.

　엘리베이터 공사가 시작된 지 열흘쯤 되었을 때, 결국 엄마에게
영상 통화를 걸었다. 화면이 켜지자마자 세상에서 가장 애절한 표정
으로 "큰일."이라고 말했다. 엄마는 놀라서 "왜?"라며 검지로 관
자놀이가 뚫릴 듯 눌렀다. 옆에서 남편도 "살려주세요."라고 크게
입 모양을 했다가 엄마가 이해하지 못하자 "도와주세요."라며 수어
로 도움을 요청했다. 나는 한숨을 쉬며 "앞으로 한 달간 엘리베이터
가 수리 중. 장 본 것, 유모차, 신유봄, 택배 들고 계단 오르내릴 수 없
다."라며 여름 휴가 겸 엄마 집에서 지내겠다고 말했다.

　엄마는 처음엔 3주나 같이 산다는 말에 단칼에 거절했지만, '유봄
이가 힘들어한다.'라는 핑계를 내세우고 기간을 2주로 줄인 끝에 겨
우 허락을 받았다. 허락이 떨어지자마자 우리는 기다렸다는 듯 짐을
싸기 시작했다. 출발할 때도 문제는 짐이었다. 계단을 거쳐야 하니
최소화하는 것이 좋았지만, 유봄이 앞에서 '최소화'라는 단어는 무
용지물이었다. 이유식용 냄비와 그릇, 수저, 목욕용품은 기본이고 유
봄이가 조금이라도 편히 지내기 위해서는 장난감과 애착 이불, 애착
인형, 이유식 의자까지 챙겨야 했다. 결국 우리는 맥시멀리스트가 되
어 집을 떠났다.

　엄마 집에 도착하자마자 현관문의 도어락이 고장 났다는 사실을
알게 되었다. 문을 열고 닫을 때마다 이상한 소리가 나고 비밀번호
도 제대로 작동하지 않았다. 어떨 때는 잠기고 어떨 때는 잠기지 않

았다. 오늘 우리가 와서 알게 된 게 그나마 다행이었다. 왜 이런 일은 꼭 내가 올 때마다 생기는 걸까 싶다가도 엄마 아빠의 삶에는 늘 이런 불편함이 도사리고 있을 거라 생각하니 마음이 쓰렸다. 이웃이 엄마 아빠가 농인이라는 걸 알고 집을 털어가는 괜한 상상을 하며 더욱 화가 나고 속상했다.

한참 도어락을 만지작거리는 우리를 보며 엄마가 멋쩍은 듯 "도어락 오래 되었어."라고 했다. "불편해? 문제없어?"라고 묻자, 그저 오래되었을 뿐 불편은 없다고 말했다. 엄마는 도어락이 고장난 줄 모르고 있었다. 예전의 나라면 고장도 못 알아차리냐며 다그쳤을지도 모르지만 지금의 나는 고장 얘기는 꺼내지 않고 오래돼서 바꿀 때가 됐으니 하숙비 삼아 바꿔주고 싶다고 말했다. 엄마는 비싸다며 다음에 바꾸겠다고 거절했지만 나는 "도어락 돈 만만하다."라며 자신 있게 말했다. 엄마의 부담을 덜어주고 싶었다. 늘 어린 어른이었던 내가 처음으로 정말 어른이 된 것 같아 괜히 기뻤다. 도어락을 새 걸로 바꾸고 나니 조금은 안심이 되었다. 도어락이 잘 잠기지 않았던 날에도 아무 일도 일어나지 않아서, 그리고 도어락이 고장 났다는 사실을 빨리 알게 되어 감사하다고 기도했다.

엄마 집에서 지내는 첫 번째 밤이 지났다. 유봄이의 하루는 오전 6시쯤 시작된다. 다행히 엄마 아빠도 6시쯤 함께 일어나 출근 준비를 한다. 이제 막 잠이 깬 유봄이와 침대 위에서 속삭이고 있으면 엄마와 아빠가 우리 방으로 찾아와 "유봄아, 흘리야, 동구! 잘 잤어?"라고 인사를 건넨다. 수어를 모르는 유봄이를 위해 수어와 입말을 함께 쓴다. 아빠는 "유봄아."라고 부르기도 한다. 정말 사랑스러운 목소리다.

이 장면을 보니 나의 어린 시절이 떠올랐다. 내가 어렸을 때도 엄마 아빠는 늘 내 방으로 먼저 와서 "잘 잤어?" 하고 아침 인사를 해주곤 했다. 저녁에도 마찬가지였다. "빠빠이, 잘 자, 내일 봐." 하며 항상 내 방까지 찾아왔다. 그때는 잠을 깨우는 것이 귀찮기도 하고 혼자 있고 싶을 때 방문을 어는 게 싫기도 했는데, 지금 떠올리니 너무나 정겹게 느껴졌다.

오전 6시 30분, 우리 가족의 식사 시간이다. 엄마 아빠는 식탁에 앉아 식사를 하고 유봄이는 내 품에서 분유를 먹었다. 한 번도 상상해 본 적 없는 장면이었다. 1분 1초도 놓치지 않고 머릿속에 저장하고 싶었다. 모두 출근 준비에 바쁘고 나가는 시간도 다르지만 함께 식사하는 시간만큼은 여전히 변함없었다. 괜히 시큰해지는 코끝을 하품으로 감추며 나는 유봄이를 품에 더 꼭 끌어안았다.

아침에 일어나 집을 자세히 보니 유봄이가 온다고 집안 곳곳을 정리한 흔적들이 보였다. 날카로운 모서리가 있는 식탁과 수납장은 모두 치워져 있었고, 유봄이가 충분히 기어다닐 수 있게 거실에는 매트가 깔려 있었다. 집안 곳곳에서 엄마 아빠의 마음이 느껴졌다.

오후에는 유봄이와 산책할 겸 장을 보러 나갔다. 집에 거의 도착할 때쯤 엄마에게 영상 통화가 왔다. 집이 코앞이니 도착해서 이야기해도 되겠다 생각하고 집에 들어가 보니 엄마가 당황해하며 말했다.

"집 냉장고 고장"

이게 무슨 말인가? 집안을 살펴보니 다른 곳에는 전기가 들어오는데 냉장고에만 들어오지 않았다. 두꺼비집을 열어보니 누전인 것 같았다. 어디가 문제인지 찾다가 결국 전문가를 불렀다. 전기공 아저씨는 우리 집의 콘센트와 배선 상태를 살펴보더니 우선 원인부터 알아보자며 집안의 모든 플러그를 꽂았다 빼기를 반복했다. 잠시 후 아저씨가 엄마가 자주 사용하는 콘센트를 들면서 설명했다.

"이 콘센트가 문제인 것 같아요. 이게 정말 안 좋은 거거든요. 스위치를 껐다 켰다 하는 건데 국산을 쓰셔야 해요."

엄마는 저 콘센트를 산 지 얼마 안 되었다며 한국에서 샀다고 억울해했지만, 제조국이 중국이기 때문에 문제가 될 수 있다는 말을 듣고 곧바로 수긍하며 "아유."라고 답했다. 딸의 가족과 손녀 유봄이가 온다기에 위험해 보이는 오래된 전기 콘센트들을 바꾼 것이 오히려 화근이 되었다. 다행히 급히 달려와 주신 전기공 아저씨 덕분에 냉장고는 다시 제 기능을 찾았다.

나는 아저씨의 말에 걱정이 되어 집 안에 있는 모든 콘센트를 살펴보았다. 콘센트끼리 서로 연결해서 전기를 과도하게 사용하고 있는 곳이 많았다. 남편은 엄마에게 웃으며 *"슬기 없으면 큰일 날 뻔."* 이라고 했고 엄마는 *"맞아 맞아."* 하며 공감했지만 나는 그저 심란했다.

'엄마 아빠가 나를 낳지 않았다면, 그러니까 내가 없었다면 이 집은 불이 났을까? 내가 수어를 못했다면? 왜 하필 오늘이지? 내가 없는 날이었으면 어쩔 뻔했어?'

늘 "괜찮아 괜찮아."를 입에 달고 사는 엄마가 그날따라 미웠다. 집에 누전이 생기면 수어 통역사를 통해 복잡하게 일을 처리하게 될 엄마를 생각하니 머리가 아팠다. 엄마 집에서 함께 산 지 이틀째에 생긴 일이었다.

소리의 경계

일산에 오고 며칠 동안 잠을 푹 잘 수 없었다. 엄마 집은 에어컨이 거실에 하나뿐이라 밤에 잠잘 때는 방문을 열어놓고 자야 하는데, 밤새 아빠와 엄마가 물 마시는 소리, 화장실 가는 소리, '쓱쓱' 하는 발걸음 소리, 코 고는 소리가 온 집안에 울려 깊이 잘 수 없었다. 문을 열고 자면 시끄럽고 닫고 자면 너무 더웠다. 어느 날 새벽에는 낑낑대는 소리에 잠에서 깨보니 아빠가 물을 마시는 중이었다. 그 소리에 유봄이가 깨버렸고 다시 재우는 데 거의 한 시간이 걸렸다. 나는 소리에 예민해졌다.

유봄이가 적응할 시간도 필요했다. 갑자기 낯선 환경에 놓여 잠자리가 바뀐 데다가 집에서와는 다른 소음으로 아기도 피곤했을 것이다. 유봄이는 평소보다 자주 보채고 밥도 잘 먹지 않았다. 새로운 곳에서 느끼는 불편함이 고스란히 보였다.

하루는 유봄이가 낮잠 잘 시간인데도 안 자고 버티고 저녁밥을 먹는 둥 마는 둥 하면서 잔뜩 신경질이 난 탓에 겨우 재워놓고 나왔을 때였다. 엄마와 아빠가 에어컨 바람이 너무 세다며 유봄이에게 이불을 덮어주고 싶다고 했다. 내가 유봄이는 아직 어려서 이불을 사용하지 않는다고 말했지만 엄마는 아무것도 덮고 자지 않아 추워 보인다며 걱정스럽다고 말했다. 엄마는 솜이불 말고 좋은 냉감 이불이 있다고, 분명 유봄이가 좋아할 거라고 말하며 이불을 찾았다. 엄마는 유봄이의 머리맡에서 빨아두고 먼지가 붙을까 봐 비닐봉지에 넣어 둔 이불을 바스락거리며 꺼냈다. 그 순간 유봄이가 잠에서 깨 엉엉 울었고 나는 결국 쉴 수 없었다.

"비닐봉지 소리 있어, 조심해야지."

"비닐봉지 소리 있는 줄 몰랐어······. 아이고······."

"유!봄아! 미안해!"

나는 검지를 입에 가져다 대며 엄마에게 "쉿! 쉿! 조용히."라고 말했다. 엄마는 조용히 방을 빠져나갔다. 어깨가 조금 축 처진 것 같았다. 나는 유봄이를 안고 토닥이면서 내가 너무 심했나, 생각했다.

엄마 말대로 유봄이는 이불을 좋아했다. 시원하고 부드러운 감촉이 항상 무언가를 잡고 자는 유봄이에게 딱 좋았나 보다. 유봄이는 이불을 꼭 껴안고 다시 잠들었다. 나는 엄마에게 너무 예민하게 굴어 미안하다고 전했다. 엄마는 말했다.

"모든 부모가 그래."

다음 날 오후, 엄마는 책장에서 이솝 우화 책들을 꺼내 유봄이에게 수어로 읽어주었다. '토끼와 거북이' 이야기를 들려주며 엄마의 손이 공중에서 춤을 췄다. 토끼가 깡충깡충 뛰는 모습과 거북이가 천천히 기어가는 모습이 생생했다.

유봄이는 사람들의 수어를 유심히 보는 편이다. 수어로 태교를 해서 그런 건지 엄마가 수어를 하면 엄마를 바라보고, 아빠가 수어를 하면 고개를 획 돌려 아빠를 유심히 본다. 엄마 아빠는 그 모습을 보고 *"유봄이 눈힘이 강해.", "농인의 피 흐르고 있다."*며 웃었다.

유봄이가 낮잠을 잘 때면 엄마 아빠는 발걸음 소리에 아기가 깰까 봐 바닥에 발을 붙여 '쓱쓱' 걸어다녔다. 그런데 그 소리가 크게 나다 보니 매번 유봄이가 잠에서 깼다. 나는 그냥 천천히 걸었으면 좋겠다고 생각했다. 엄마와 아빠는 조용히 걸었는데 왜 깼냐며 의아해했다. 나는 또 예민해진 상태로 유봄이를 달래기 바빴다. 그러자 동규가 엄마 아빠에게 차분히 설명했다.

"발에 물 없으면 부드러워서 소리 작은데, 발 각질이랑 바닥 소리가 만나면 소리가 나요. 그리고 발바닥에 물이 있을 때 걸어 다니면 끈적끈적 소리가 나요. 하지만 양말을 신으면 소리가 줄어요."

그날부터 엄마와 아빠는 집 안에서도 양말을 신고 다녔다. 아빠는 양말을 신고 걸으며 유봄이가 깰까 조마조마해했다.

그렇게 며칠이 지났다. 엄마는 유봄이의 이름이 좋았는지, 하루 종일 유봄이의 이름만 불렀다.

"유, 봄아! 할머니! 나 카!하! 칼머니!"

유봄이는 할머니의 큰 목소리에 놀라다가도 수어만 보면 다시 두 눈을 또렷하게 떴다.

그날 저녁, 유봄이가 잠든 사이에 남편과 산책도 하고 숨도 돌릴 겸 치킨을 사러 나갔다. 엄마와 아빠가 유봄이를 보고 있을 테니 다녀오라고 했다. 10분 정도면 금세 다녀올 수 있는 거리라 우리는 오래간만에 외출할 수 있었다. 집을 나서는 순간부터 공기가 달랐다. 주변이 조용했다. 하지만 마음 한편에는 혹시나 유봄이가 엄마 아빠가 내는 소리에 우는 긴 아닌지 마음이 펴하지 않았다.

집에 돌아왔을 때, 엄마와 아빠는 유봄이가 자는 방문 앞에 의자를 나란히 두고 앉아 있었다.

"계속 여기 있었어? 그냥 자주 왔다 갔다 하면서 보면 되는데."

엄마와 아빠는 혹시라도 유봄이가 우는데 놓칠 수도 있으니 그냥 보고 있는 게 마음이 펴하다고 했다. 그렇게 의자에 앉아 속삭이듯 조용히 대화했다. 나는 그 장면을 보고 눈물이 왈칵 쏟아졌다. 엄마와 아빠가 나를 이렇게 키웠겠구나 생각했다. 내가 잘 때 소리 내지 않으려 애쓰고, 내가 깰까 봐 조마조마해하고, 내가 우는 소리를 놓칠까 봐 문 앞에서 내내 기다리는 엄마와 아빠의 모습을 떠올렸다.

나는 그 시간을 기억하지 못하지만 엄마 아빠는 여전히 기억하고 있었다. 그리고 또다시 딸을 위해, 그리고 딸의 딸인 유봄이를 위해 기꺼이 함께해 주었다.

다정함을 너에게 줄게

생후 열흘도 안 된 유봄이는 녹은 인절미 같았다. 혹시 흘러내리지는 않을까 살금살금 조심스럽게 아이를 안았다. 내 팔 안에 자리 잡은 작은 몸과 처음 느껴보는 온기가 가슴으로 스며들었다. 유봄이의 손은 내 손가락보다 작았고 발바닥은 내 손바닥 안에 다 들어올 정도로 자그마했다. 아이의 속쌍꺼풀 진 예쁜 눈에서 닭똥 같은 눈물이 흐를 날도 있을 테고 꼼작거리는 입으로 밥을 오물오물 먹을 날도 올 거라 생각하니 가슴이 벅찼다.

언젠가 나를 "엄마"라고 부를 미래를 생각하며, 작은 코로 커다란 숨을 쉬며 곤히 잠든 아기를 바라봤다. '너에게 못 해준 것들을 모두 네 딸에게 해 줄게.'라는 엄마의 말이 떠올랐다. 나를 처음 안았을 때 엄마도 이런 마음이었을까. 자신과 다른 세계를 살아갈 아이를 보고 어떤 생각을 했을지 나는 짐작할 수 없었다.

나는 내가 항상 부족하게 자랐고 보호받지 못했으며 아이답게 크지 못했다고 생각했다. 다른 아이들처럼 엄마를 "엄마!"라고 부르지 못했고 흔하디흔한 자장가조차 들어보지 못했다. 친구들이 엄마와 전화 통화를 하는 모습을 보면 내심 부러웠다. 학교에서 무슨 일이 있었는지, 오늘 뭐 먹고 싶은지, 사소한 이야기를 도란도란 나누는 걸 보면서 내가 받은 사랑이 부족하다고 생각했다. 하지만 사람들은 종종 나에게 "사랑받은 티가 나요."라고 말했다. 그런 말을 들을 때면 '티가 난다니, 티는 무슨 티.' 하며 내가 얼마나 고군분투하며 자랐는지 모르고 하는 소리라고 생각했다.

그러다 엄마가 유봄이의 기저귀를 갈아주는 모습을 보게 되었다. 엄마는 아무리 아기라도 갑작스럽게 옷을 벗기면 당황한다며 항상 아기도 존중해야 한다고 말했다. 그래서 기저귀를 갈 때면 유봄이를 살포시 내려놓고 유봄이와 눈을 마주친 뒤 눈앞에 기저귀를 보여준다. '이제 기저귀 갈 거야'라는 신호다. 청인이었다면 "기저귀 갈자!" 하고 말했겠지만, 엄마는 눈을 마주치고 기저귀를 보여주는 것으로 그 말을 건넨다.

그 모습을 보며 내가 기억하지 못하는 시절에도 엄마의 다정함은 분명히 존재했을 거라 생각하니 뭉클해졌다. 이제 와서 지나간 날들을 돌이켜보면 나는 정말로 행복했다. 우리는 봄이 오면 꽃구경을 갔고 여름엔 물놀이를 했다. 가을엔 제철 음식을 잔뜩 먹었고 겨울엔 스키장에서 온몸으로 계절을 누렸다. 무엇보다 내 곁에는 등을 토닥이고 머리를 쓰다듬고 귓불을 만지며 사랑을 말하는 엄마 아빠가 있었다. 그 사실을 온전히 깨달은 건 유봄이를 낳고 나서였다.

나는 이 사랑스러운 아이를 어떻게 하면 더 사랑할 수 있을까 자주 고민한다. 아이를 키워본 적도, 청인인 엄마의 모습을 가까이서 배운 적도 없는데 충분히 좋은 엄마가 될 수 있을지 의심하게 되는 순간도 있었다. 모든 부모가 처음에는 그럴 것이다. 이 작고 여린 존재를 어떻게 사랑해야 하는지 아무도 가르쳐주지 않으니 말이다.

하지만 몸은 이미 알고 있다. 누가 시키지 않아도 아이의 머리칼을 쓸어내리고 작은 발바닥을 어루만지고 등을 토닥인다. 어디서 배운 걸까 생각하다 문득 배운 것이 아니라는 걸 깨달았다. 모두 내가 받은 것이었다. 누군가의 손끝이 내 몸 어딘가에 고스란히 새겨져 있어 아이를 품에 안으면 손끝을 통해 다시 흘러나온 것이다. 사랑은 그렇게 한 사람에게서 다음 사람에게로, 언어가 아닌 몸으로 전해진다.

유봄이는 '고다(GODA, Grandchild of Deaf Adults)'다. 농인 조부모가 있는, 그러니까 코다의 자녀를 일컫는 말이다. 농과 관련된 정체성에는 각각 이름이 있으며 거기엔 특별한 유난도 낙인도 없다. 그저 '농'이라는 단어로 충분히 설명할 수 없는 것을 부르는 명칭일 뿐이다. 농인 당사자와 그 언어를 함께 사용하는 가족은 서로 경험하는 바가 다르다. 이런 단어는 농인은 아니지만 농과 밀접한 사람들 사이의 역할과 경계를 분명히 하는 역할을 한다. 그렇게 우리는 두 세계 사이에 선다.

나는 나만의 감각과 방식으로 유봄이를 키우고 있다. 밥을 먹을 때면 "밥!"이라고 말하면서 동시에 "밥" 수어를 해 보였다. 수어를 가르치겠다는 목적은 아니다. 아이들의 조음기관은 태어나고 한참 지나야 제 기능을 갖추기 시작하지만, 손과 팔은 훨씬 이른 시기부터 움직일 수 있기 때문이었다.

특히 유봄이는 흉내 내기를 좋아해 내가 수어를 하면 곧잘 따라 했다. 처음에는 우연처럼 보였다. 내가 "밥"이라고 수어 하면 유봄이도 손을 입 근처로 가져갔다. 정확하지는 않았지만, 똑같이 따라 하려고 시도한 것이다. 그렇게 한 달 정도가 지나자 "밥 먹자."라는 말을 들으면 스스로 손바닥을 입에 부딪히며 "와와와와!" 소리내기 시작했다. 더 놀라운 것은 놀다가 배가 고프면 "와와!"라고 말하기 시작한 것이다. 처음에는 왜 갑자기 저런 소리를 내는지 의아했지만, 얼마 지나지 않아 그것이 유봄이가 배고플 때마다 사용하는 사인이라는 걸 알게 되었다. 스스로 감정을 나타낼 방법을 찾은 것이다. 벌써 저렇게 의사 표현을 할 수 있다니! 나는 눈을 동그랗게 뜨며 놀람을 감출 수 없었다. 남편이 웃으며 대답했다.

"우리 유봄이에게도 농 유전자가 흐르는 거지."

농담처럼 한 말이었지만, 어쩌면 정말 그럴지도 모른다는 생각이 들었다. 유봄이의 몸에는 농인 조부모의 유전자와 코다 엄마의 경험과 청인 아빠의 세계가 함께한다. 내가 삶 속에서 수어를 배운 것처럼 유봄이도 그럴 것이다. 유봄이는 가끔 두 언어와 두 문화를 보며 자랄 것이다. 그리고 그것이 특별한 일이 아닌 자연스러운 일상이 될 것이다. 농인 할머니 할아버지의 감각과 코다 엄마의 사랑이 유봄이에게 어떤 영향을 줄지 벌써 궁금하다.

나는 가끔 내가 청인 부모 밑에서 태어났다면 어땠을까 생각한다. 더 편안했을까. 더 행복했을까. 하지만 그런 상상은 오래가지 않는다. 나는 엄마 아빠의 딸이고, 그 시간이 지금의 나를 만들었다. 코다로 사는 것은 힘들었지만 나는 그 경험을 후회하지 않는다.

나는 엄마 아빠처럼 다정해지고 싶다. 유봄이에게 손으로 말하는 법도 소리로 말하는 법도 가르쳐주고 싶지만, 무엇보다 사랑이 어떤 모양인지 온몸으로 느끼게 해주고 싶다. 다정함은 소리가 아니라 마음으로 전해지니까.

이 모든 이야기를 허락해 준 아빠 유정순, 엄마 최미숙에게,
뱃속에서, 품 안에서, 등 뒤에서 엄마의 작업을 함께해준
나의 아가 유봄에게,
나의 이야기와 눈물과 기쁨을 끝까지 함께해준 찍꿍 신동규에게,
이 책을 바칩니다.

그 집의 언어

초판 1쇄 발행 2026년 4월 28일

지은이 유슬기
펴낸이 유성권

편집장 윤경선
책임편집 조아윤 **편집** 김효선
홍보 윤소담 **디자인** 박채원
마케팅 김선우 강성 최성환 박혜민 김현지
제작 장재균 **물류** 김성훈 강동훈

펴낸곳 ㈜이퍼블릭
출판등록 1970년 7월 28일, 제1-170호
주소 서울시 양천구 목동서로 211 범문빌딩(07995)
대표전화 02-2653-5131 **팩스** 02-2653-2455
메일 tiramisu@epublic.co.kr
인스타그램 instagram.com/tiramisu_thebook
블로그 blog.naver.com/tiramisu_thebook

티라미슈 THE BOOK 은 ㈜이퍼블릭의 인문·에세이 브랜드입니다.